Felix Fechenbach — Der Puppenspieler

Felix Fechenbach

# Der Puppenspieler

Ein Roman aus dem alten Würzburg

Herausgegeben von
Roland Flade und Barbara Rott

Königshausen & Neumann

CIP-Titelaufnahme der Deutschen Bibliothek

**Fechenbach, Felix:**
Der Puppenspieler : e. Roman aus d. alten Würzburg / Felix
Fechenbach. Hrsg. von Roland Flade u. Barbara Rott. —
Würzburg : Königshausen u. Neumann, 1988
ISBN 3-88479-376-4

© für diese Ausgabe: Verlag Königshausen & Neumann, Würzburg 1988
Umschlag: Hummel / Homeyer
Druck: Königshausen + Neumann, Würzburg
Alle Rechte vorbehalten
Printed in Germany
ISBN 3-88479-376-4

# Inhalt

*Roland Flade*
Leben und Tod Felix Fechenbachs .............................. 7

*Barbara Rott*
Felix Fechenbach und das Puppenspiel ......................... 31

Literaturhinweise ............................................. 43

*Felix Fechenbach*
Der Puppenspieler. Ein Roman aus dem alten Würzburg ........... 45

Nachwort .................................................... 214

# Roland Flade

# Leben und Tod Felix Fechenbachs

## I.

Am 7. August des Jahres 1933 schrieb der 39jährige „Schutzhäftling" Felix Fechenbach aus dem Detmolder Gefängnis einen Brief an seine Frau Irma. Kurz zuvor hatte er ihr das letzte Kapitel des in der Haft entstandenen Romans „Der Puppenspieler" geschickt, der ihr gewidmet war. „Daß Du die Widmung des Romans in Deiner Bescheidenheit ablehnen würdest, sah ich voraus," hieß es in dem Brief. „Es bleibt aber doch dabei. Der Roman ist für Dich geschrieben und soll Dir gewidmet sein. Du mußt Dir das schon gefallen lassen, Liebes. Ich kann Dir ja sonst nichts geben und schließlich, wem soll ich so etwas, was so ein ganz persönliches Werk ist, sonst geben?"

Auch Fechenbachs Eltern in Würzburg war ein Exemplar des Romans zugegangen. „Sie werden sich sicher sehr damit freuen", vermutete der Autor in jenem Brief, der sein letzter sein sollte. „Ihnen ist ja jeder Winkel in Würzburg vertraut, und manches, was in meinen Kindheitserinnerungen eingeflochten ist, haben sie selbst miterlebt, direkt oder indirekt. Für mich selbst war die Zeit, in der ich den Roman schrieb, die erträglichste der Zelle. Ich hatte eine Aufgabe, konnte etwas gestalten, schöpfte aus dieser Kraft und Vertrauen. Wie's später im Konzentrationslager wird, bleibt abzuwarten."

Einige Stunden später war Fechenbach tot, ermordet durch mehrere Pistolenschüsse.

## II.

Felix Fechenbach wurde am 28. Januar 1894 in Mergentheim als zweites Kind des Bäckers Noe Fechenbach geboren. Die Geschichte der Familie läßt sich bis zum Beginn des 19. Jahrhunderts zurückverfolgen. 1817 heiratete Seligmann, Sohn des Lazarus, der aus Igersheim stammte, Taicha Ladenburger, deren Eltern in der Mergentheimer Judengasse eine Metzgerei und Bäckerei betrieben. Im Jahr 1828 gab sich Seligmann den Familiennamen Fechenbach, der vom Dorf Fechenbach, gelegen am Main zwischen

Miltenberg und Wertheim, abgeleitet wurde. Damals ordnete das „Gesetz in Betreff der öffentlichen Verhältnisse der israelitischen Glaubensgenossen" die Annahme deutscher Familiennamen für die württembergischen Juden an. Zuvor war dem eigenen Namen der Name des Vaters nachgestellt worden.

Seligmann und Taicha Fechenbach hatten vier Kinder, von denen nur der 1822 geborene Lazarus in Mergentheim blieb. Dieser heiratete 32jährig die Gastwirtstochter Jetta Mai, mit der zusammen er die von den Eltern übernommene Metzgerei samt Bäckerei sowie später die Gastwirtschaft seiner Schwiegereltern betrieb. Das Ehepaar war streng orthodox und befolgte die in der Thora, den fünf Büchern Mose festgelegten Gebote und Verbote; Seligmann Fechenbach studierte in seinen freien Stunden den Talmud, seine Frau trug den für verheiratete jüdische Frauen vorgeschriebenen „Scheitel" (Perücke). Ihr Haus war für seine Gastfreundschaft bekannt. Sie hatten neun Kinder.

Der 1859 geborene zweite Sohn Noe diente drei Jahre lang aktiv bei der Kavallerie. Gemeinsam mit seinem Bruder Abraham übernahm er die elterliche Bäckerei und machte sich bald selbständig. 1891 heiratete er die Metzgerstochter Rosalie Weikersheimer aus Gaukönigshofen bei Ochsenfurt. Zwei ihrer fünf Söhne wurden noch in Mergentheim geboren: 1892 Siegbert und 1894 Felix. 1894 zog die Familie nach Würzburg, wo drei weitere Söhne zur Welt kamen: 1896 Max, 1898 Moritz und 1899 Jakob.

Noe Fechenbach erwarb das Haus Ursulinergasse 2 und eröffnete darin eine Bäckerei. Die Gasse war schmal; an ihrem südlichen Ausgang stand das Kloster St. Ursula, in dem der Orden seit 1710 ein Internat und Lyzeum für katholische Mädchen betrieb. Am Nordende, zur Wolfhartsgasse hin, lag die kleine Bäckerei. Fechenbach konte sich keine Laufburschen leisten und deshalb lieferten Felix und sein älterer Bruder Siegbert in den frühen Morgenstunden die frischen Backwaren an die Kundschaft. Als Felix in die jüdische Volksschule in der nahegelegenen Domerschulstraße kam, war er wohl schon müde von dieser Nebentätigkeit, was seinen Leistungen im Unterricht offensichtlich schadete.

In einem Lebenslauf, den Felix Fechenbach im Juli 1918 formulierte, berichtete er von „vielen Schlägen", die er von seinen Lehrern und dem Vater bekam und davon, daß er seine Hausaufgaben „rasch und flüchtig" gefertigt habe — um „wieder hinaus zu kommen in meinen lieben Wald oder auf die Feste Marienberg". Erst in der vierten Klasse habe ein verständnisvoller Lehrer die Freude an der Schule in ihm geweckt, so daß er „einer der ersten in der Klasse" geworden sei. Auffallend entwickelte sich bereits in früher Kindheit die Phantasie des Knaben Felix. Immer neue Geschichten mußte er sich für seine Brüder ausdenken.

Nach dem vierjährigen Besuch der jüdischen Grundschule wechselte er auf die Werktagsschule im benachbarten, damals noch nicht eingemeindeten Heidingsfeld über. Doch schon nach drei Jahren ging er ab, nachdem er, laut Lebenslauf, seine Eltern so lange „gequält" hatte, „bis sie zu Ostern 1907 ihre Einwilligung dazu gaben, daß ich die Schule verlassen und Kaufmann werden sollte." Das Abschlußzeugnis vom 16. Juli 1907 zeigte Felix Fechenbach als Durchschnittsschüler. Bei vier Notenstufen erhielt er die Hauptnote „2-3" und in den meisten Fächern die Noten 2 oder 2-3. Der Lehrer bescheinigte ihm „gute Anlagen", „genügenden Fleiß" und „lobenswürdiges Betragen". Daß er seine Anlagen in der nur sieben Jahre währenden Schulzeit nur ungenügend entfaltet hatte, erkannte Fechenbach indes bald. Stets blieb er in den folgenden Jahren bestrebt, Versäumtes nachzuholen.

Noch 1907 trat er eine dreijährige Lehre in einer Würzburger Schuhwarengroßhandlung an. Ihm „behagte die relative Freiheit", die er jetzt „genoß", schrieb er später in seinem Lebenslauf; er besuchte die Fortbildungsschule und fand „allmählich Freude am kaufmännischen Beruf". Fechenbach-Biograph Hermann Schueler berichtet über die Tätigkeit in der Großhandlung, daß er hier „die die jugendliche Phantasie anregende Bekanntschaft eines Originals" gemacht habe, „die etwas tragische Gestalt eines nach 30 Jahren Haft begnadigten Lebenslänglichen, der einen heizbaren Stiefel erfand. Felix unterstützte ihn bei den Bemühungen um ein Patent." 1910, nach dem Abschluß der Lehre, wurde Fechenbach „Commis" bzw. Handlungsgehilfe. Nun trat er, auf Anregung seines gewerkschaftlich aktiveren älteren Bruders, dem „Zentralverband der Handlungsgehilfen und -gehilfinnen Deutschlands" bei. Erstmals wird hier der politisch denkende Felix Fechenbach sichtbar. Der Verband war eine sozialdemokratisch orientierte Angestelltenorganisation, die den SPD-nahen Freien Gewerkschaften angehörte. Auch in der sozialdemokratischen Jugendbewegung in Würzburg engagierte er sich.

Die Würzburger Verhältnisse wurden dem mittlerweile 17jährigen bald zu eng. Er wollte „in eine große Stadt" und „auf eigenen Füßen stehen", schrieb er späer. Das wirtschaftliche Unglück seines Vaters habe diese Absicht in ihm gefestigt. 1910 hatte Noe Fechenbach mit seiner Bäckerei Konkurs angemeldet. Zwei Jahre lang schlug er sich als Agent verschiedener Versicherungen durch, bevor er 1912 ein kleines „Mehlwerk" eröffnete und schon im Jahr darauf einen „Handel mit gebrauchten Säcken" anmeldete. Er verkaufte das Haus in der Ursulinergasse und zog in eine Wohnung in die Semmelstraße 21. Einen Nebenverdienst brachte die Lieferung ritueller Mazzenbrote an jüdische Familien, alljährlich zu den Pessachfeiertagen, im Auftrag einer Mazzenbäckerei.

Felix Fechenbach ging 1911 nach Frankfurt. Das Zeugnis seines Würzburger Arbeitgebers bestätigte, daß er sich als „stets ehrlich und fleißig" erwiesen habe und „jedermann bestens empfohlen" werden könne. Als Erwachsener hat Fechenbach unter dem Titel „Kasperl als Lehrbub" ein Stück verfaßt, in das er seine als Lehrling gemachten nicht nur positiven Erfahrungen mit ironischer Distanz einbrachte. „Du bist wohl unser neues Kindermädchen?" fragt darin der „Fußbekleidungskünstlermeister".

Kasperl: „Im Gegenteil, ich bin der neue Lehrling."
Meister: „Das ist ja dasselbe."
Kasperl: „So? — Was muß ich denn da den ganzen Tag tun?"
Meister: „In der Früh mußt du aufstehen, den Kaffee kochen, Die Stullen zum Frühstück schmieren, die Windeln waschen, das Kind in den Schlaf wiegen und der Meisterin die Gänge besorgen."

Aus Kasperls Auftrittsmonolog läßt sich auch manches über Fechenbachs Schulerlebnisse entnehmen: „Der Lehrer, das war ein alter Griesgram und ist immer mit dem Rohrstock herumgelaufen. Nicht mucksen haben wir uns dürfen. Immer still sitzen wie die Wachspuppen! Und hat man seinem Kameraden einmal etwas arg Wichtiges zu sagen gehabt, gleich war der Lehrer mit seinem Rohrstock da! Und eine eigene Meinung haben wir schon gar nicht haben dürfen. Gerade immer genau so hätten wir denken und reden sollen, wie es uns der Lehrer vorgesagt hat. (Zu den Kindern): Sagt einmal, Kinder, hätte euch eine solche Lernerei Spaß gemacht?"

In Frankfurt trat Felix Fechenbach als Handlungsgehilfe in eine Schuhwaren-Großhandlung ein. Als der Chef die Arbeitszeit ohne gleichzeitige Lohnerhöhung verlängern wollte, organisierte der 17jährige den geschlossenen Widerstand des Personals und wurde entlassen. Einige Monate lang hielt er sich mit Gelegenheitsarbeiten und als Reisender über Wasser, bis er sich 1912 in München niederließ. Zunächst nahm er eine Stelle in einem Schuhwarengeschäft an, die er jedoch schon nach kurzer Zeit zugunsten einer Position im „Arbeitersekretariat" aufgab. Er war nun „tätiger Funktionär der Arbeiterbewegung geworden", wie es im „Felix-Fechenbach-Buch" heißt. Der 18jährige kümmerte sich im Auftrag der Münchner Gewerkschaftsorganisation um die Angestellten und ihre Probleme. Tagsüber arbeitete er im Büro, abends hielt er Versammlungen ab, besuchte wieder die Fortbildungsschule, um seine lückenhafte Bildung zu vervollständigen und betätigte sich in der SPD-Jugendsektion. Gleichzeitig erschienen in der Gewerkschafts- und SPD-Presse die ersten Artikel aus seiner Feder.

Als Fechenbach immer bekannter wurde und gelegentlich auch in Versammlungen des reaktionären und antisemitischen Deutschnationalen Handlungsgehilfen-Verbandes (DHV) als Diskussionsredner auftrat, wurde bald seine Religionszugehörigkeit von den Gegnern in denunziatorischer

Absicht zum Thema gemacht. In einer DHV-Zusammenkunft mußte er sich anspucken und als „dreckiger Judenbub" beschimpfen lassen.

Felix Fechenbach war überzeugter Antimilitarist; schon in der Jugendsektion der SPD hatte er warnend auf kriegsverherrlichende Tendenzen in Teilen der deutschen Jugendbewegung hingewiesen. Doch als der Erste Weltkrieg ausbrach und er am 30. August eingezogen wurde, widersetzte er sich nicht. Der „vaterländische Gesinnungsdruck" (Schueler) war stark und auch viele Sozialdemokraten teilten die Auffassung, es handle sich um einen gerechten Kampf gegen den despotischen russischen Zarismus. An der Westfront zeichnete sich Fechenbach durch seinen Mut aus; für selbständiges Vorgehen als Patrouillenführer hinter den feindlichen Linien erhielt er das Eiserne Kreuz II. Klasse. Am 9. Februar 1915 wurde er so schwer verwundet, daß er mehrere Monate in Lazaretten verbrachte und nicht mehr an der Front eingesetzt werden konnte. Sein älterer Bruder Siegbert wurde, ebenfalls im ersten Kriegsjahr, schwerverletzt nach Hause gebracht, der Bruder Max geriet in französische Gefangenschaft, in der ihm ein Bein amputiert werden mußte. Der Bruder Moritz wurde daraufhin aus der vordersten Linie zurückgenommen. Der vierte Bruder, Jakob, war taubstumm und arbeitete als Schneider in Würzburg.

Felix Fechenbach selbst war nur noch garnisonsverwendungsfähig und in militärischen Büros in München eingesetzt. Wie schon von der Front schrieb er auch aus der Landeshauptstadt unzählige Briefe an seine in Würzburg lebenden Eltern, in denen er vor allem um Verständnis für seine politischen Anschauungen warb, die sich so grundlegend von den ihren unterscheiden. „Ich bin mir wohl bewußt, "hieß es in einem Brief aus dem Jahr 1915, „wie schwer es ist, in geistigem Kontakt mit den Eltern zu bleiben, wenn ich auf ganz anderen geistigen Bahnen gehe, mit ganz anderen Moralbegriffen rechne, überhaupt in einer anderen Weltanschauung lebe als die Eltern. Aber deshalb braucht die gefühlsmäßige Verbindung nicht zu leiden. Und das tut sie nicht, wenn wir gegenseitig tolerant sind, wenn ich zu verstehen suche, daß Ihr aus Euren ganzen gesellschaftlichen und wirtschaftlichen Bedingungen heraus in den traditionellen Auffassungen lebt, und wenn ihr Euch bemüht, zu verstehen, daß ich als junger Mensch, der mit offenen Augen durch die Welt geht, nicht unberührt bleiben konnte von den geistigen Bestrebungen unserer Zeit und deshalb in Konflikt kommen muß mit den Anschauungen, die für mich als überwunden gelten. Ich kann von meinen Eltern nicht verlangen, daß sie meine Ansichten unterschreiben, aber ich kann erwarten, daß sie mich gewähren lassen. Wenn Ihr, liebe Eltern, unser Verhältnis zueinander so betrachtet und nicht immer Vergleiche zieht mit anderen ‚wohlgerateneren' Söhnen, die in den Fußstapfen ihrer Eltern wandeln, dann werdet Ihr viel leichter über die

Tatsache hinwegkommen, daß ich so ganz anders bin, als Ihr Euren Sohn gern sehen möchtet."

## III.

In München nahm Felix Fechenbach die Arbeit in der Jugendsektion der SPD wieder auf. Schon bald kam es zu Konflikten mit der sozialdemokratischen Parteiführung, die die Jugendgruppe unter anderem wegen des dort herrschenden antimilitaristischen Geistes mit großem Mißtrauen betrachtete und ihr wenig Handlungsspielraum einräumen wollte. Fechenbach trat nun mit einigen Freunden an den politischen Journalisten Kurt Eisner heran, der außerhalb der Sektion für eine stetig wachsende Zahl von Interessenten regelmäßige Diskussionsabende veranstaltete und die Zuhörer mit geheimgehaltenen Informationen über die Hintergründe des Kriegsausbruchs vertraut machte. „Kurt Eisner lehrte uns richtig lesen", schrieb Fechenbach später, „zeigte, was in Zeitungsartikeln, Regierungskundgebungen und anderen Dokumenten zwischen den Zeilen und Worten stand und was nicht gesagt worden war." Bei diesen Treffen wurde Fechenbach in den Bann Eisners gezogen — so sehr, daß er lange nach Eisners Ermordnung sein erstes Kind, den Sohn Kurt, nach ihm benannte. Der Schriftsteller Oskar Maria Graf, der selbst an den Diskussionen teilnahm, skizzierte das Auftreten Fechenbachs bei diesen Gelegenheiten so: „Immer saß Felix Fechenbach als ‚Apostel' neben Kurt Eisner. Er war ausgehungert, die Uniform schlenkerte um seinen mageren Körper, arglos sahen seine Augen aus dem jungen blassen Gesicht, und sein Lächeln machte ihn ganz und gar knabenhaft. Er war so gar kein Intellektueller, so gar kein routinierter Parteimann. Ich glaube fast, er ist erst damals zum Kriegsgegner und Sozialisten geworden."

In der SPD hatte sich im ganzen Reich mittlerweile der Widerstand gegen den Krieg verstärkt. Besonderen Zorn erregte bei der innerparteilichen Opposition die Tatsache, daß die SPD-Reichstagsfraktion durch die Gewährung immer neuer Kriegskredite die Kämpfe verlängern half. Die Kriegsgegner spalteten sich als „Unabhängige Sozialdemokratische Partei" (USPD) im April 1917 von der SPD ab. Schon im März hatte sich in München ein USPD-Ortsverein gebildet, dessen zentrale Figur Eisner wurde. Auch Fechenbach engagierte sich in der USPD, die gegen die Kriegskredite agitierte und deshalb in München von den Behörden nicht geduldet wurde. Über eine verbotene Kundgebung notierte er: „Als wir [...] im August 1917 mit einer öffentlichen Versammlung hervortreten wollten, wurde das durch ein Verbot des bayerischen Kriegsministeriums verhindert. Polizei sperrte den Saalzugang. Trotzdem setzten sich 70 oder 80 Versammlungsbesucher im Vorgarten an die Tische. Eisner wurde am Reden gehindert. Es wurden revolutionäre Lieder gesungen, Hochrufe auf [...] Rosa Luxemburg und Karl Liebknecht ausgebracht. Ich selbst war in Uniform anwesend. Die Polizei erstattete an das Generalkommando Meldung, unter anderem auch über die Beteiligung ‚eines Unteroffiziers vom Infanterie-Leibregiment mit rotem Muttermal auf dem rechten Handrücken', konnte aber meinen Namen nicht ermitteln."

In dieses unruhige Jahr 1917 fiel ein bedeutsames Ereignis in Fechenbachs Privatleben. Während eines Urlaubs in Würzburg lernte er die angehende Medizinerin Martha Czernichowski kennen, eine russische Staatsbürgerin polnischer Nationalität, deren Vater seit mehreren Jahrzehnten in Ostpreußen ansässig war. Fechenbach besuchte Martha auch an ihrem Studienort Heidelberg und verlobte sich mit ihr. In München hörte er volkswirtschaftliche Vorlesungen an der Ludwig-Maximilians-Universität und legte Anfang Oktober 1918 eine Prüfung ab, die ihm den Zugang zur Handelshochschule München ermöglichte.

Dreieinhalb Jahre nach Kriegsbeginn war angesichts der nicht endenwollenden opferreichen Kämpfe und der immer schlechteren Versorgungslage die Kriegsbegeisterung der Bevölkerung verflogen. Es gelang Kurt Eisner in München, Teile der Arbeiterschaft in Massenversammlungen für Streiks zu mobilisieren; Fechenbach verfaßte und verteilte illegale Flugblätter, was den Militärbehörden nicht verborgen blieb: „Ich meldete mich am 4. Februar [1918] bei meinem Truppenteil. Dort war man inzwischen über meine Beteiligung am [Munitionsarbeiter-]Streik informiert worden. Es gab Vernehmungen über Vernehmungen. Als ich beim Generalkommando vor dem Gerichtsoffizier das Protokoll unterschrieb, wurde mein Muttermal auf dem rechten Handrücken sichtbar. Der vernehmende Offizier pfiff leise durch die Zähne: ‚Haben wir das Bürschchen endlich?' Dann griff er sich einen alten Akt aus dem Schrank. ‚Wir sind noch nicht fertig miteinander. Wie war das damals, im August 1917, mit der verbotenen USPD-Versammlung? Sie waren doch dabei?' Das Muttermal war mir zum Verhängnis geworden. In Untersuchungshaft kam ich merkwürdigerweise nicht. Aber ich wurde strafversetzt in die kleine Garnison Passau. Dort hat man immer wieder Schrankvisiten bei mir vorgenommen; auch mein Strohsack wurde aufgeschnitten. Ich war vorsichtig genug, mir meine Post, Zeitungen und Broschüren unter Deckadresse kommen zu lassen. Was gelesen war, wurde sofort vernichtet. Erst im Oktober kam ich vor das Kriegsgericht des ersten bayerischen Armeekorps in München."

Das Urteil fiel sensationell milde aus: Fechenbach wurde lediglich wegen unerlaubter Entfernung von der Truppe mit fünf Tagen Arrest bestraft, die er nie absaß. Bei der Organisation des Streiks billigte ihm das Gericht „vaterländische Beweggründe" zu. Der Angeklagte sei überzeugt gewesen, „daß damals der letzte Augenblick gewesen sei, einen für Deutschland erträglichen Frieden zu erreichen. Der Streik sollte nach dem Willen der Streikenden ein ehrliches Friedensangebot erzwingen und so Deutschland und das deutsche Volk vor einer Niederlage und einem drückenden Frieden bewahren." Das Urteil ging möglicherweise auf den Einfluß des bayerischen Kronprinzen Rupprecht zurück, dessen Äußerungen über die Unsinnigkeit weiterer Kriegsanstrengungen im Offizierskorps kursierten. Am 29. September hatten zudem die führenden deutschen Militärs zugeben müssen, daß der Krieg mit militärischen Mitteln nicht mehr zu gewinnen war. Am 5. Oktober richtete der neu ernannte Reichskanzler Prinz Max von Baden ein Friedensangebot an den amerikanischen Präsidenten Woodrow Wilson.

Felix Fechenbach blieb in München und wohnte bei Kurt Eisner, der zielstrebig auf die Revolution hinarbeitete und in dem blinden Bauernführer Ludwig Gandorfer einen Bundesgenossen fand. Inzwischen hatten sich in Kiel die kriegsmüden Matrosen erhoben. Eisner gelang es, die Münchner SPD dafür zu gewinnen, bei einer großen Friedenskundgebung am 7. November auf der Theresienwiese erstmals wieder gemeinsam mit der USPD aufzutreten. An diesem Tag fiel in München die Entscheidung zugunsten der Revolution, und Felix Fechenbach hatte daran entscheidenden Anteil.

Nach Auskunft Fechenbachs fanden sich weit mehr als 100 000 Menschen am Versammlungsort ein. Die Redner, darunter der SPD-Landesvorsitzende Erhard Auer und Kurt Eisner, begründeten eine Resolution, die den sofortigen Abschluß eines Waffenstillstandes verlangte; sie wurde begeistert angenommen. Anschließend zogen viele jener Demonstranten, die sich der SPD und den Gewerkschaften zugehörig fühlten, durch die Stadt, angeführt von einem Musikkorps. Am Friedensengel forderte man sie nach einer kurzen Schlußansprache auf, ruhig nach Hause zu gehen. Auf der Theresienwiese hatten sich unterdessen um Eisner Soldaten, Matrosen und Arbeiter gruppiert. Felix Fechenbach über die folgenden Ereignisse: „Drei Redner sprachen an der Stelle, wo die Soldaten standen. Zuerst Kurt Eisner, kurz und bündig. Es sei jahrelang geredet worden, man müsse jetzt handeln. Der Bauernführer Ludwig Gandorfer verspricht, daß das Landvolk die Arbeiter nicht im Stich lassen werde. Dann trete ich vor in Uniform, die rote Fahne in der Hand, erinnere daran, daß die Soldaten in den Kasernen zurückgehalten werden. ‚Soldaten! Auf in die Kasernen! Befreien wir unsere Kameraden! Es lebe die Revolution!'" Aus dem Blickwinkel Oskar Maria Grafs stellten sich die entscheidenden Minuten so dar: „Und dann kam etwas Ungeheueres. Plötzlich schwingt einer neben Kurt Eisner

*Felix Fechenbach (im Militärmantel mit Pelzkragen) zusammen mit Ministerpräsident Kurt Eisner und dessen Frau bei einer Demonstration am 16. Februar 1919 in München.*

die rote Fahne und schreit: ‚Genossen und Genossinnen! Wir wollen nicht mehr lange reden! Die Revolution ist da! Wer dafür ist, mir nach, uns nach!' Ein ungeheuerer Jubel, ein jähes Losgehen. Wer hat denn geschrien? Wer hat denn uns alle mitgerissen? Jener rührend unbeholfene, einfache Felix Fechenbach."

Die nächsten Stunden sollten zeigen, daß diese Charakterisierung kaum zutraf. Unter Eisners, Gandorfers und Fechenbachs alles andere als unbeholfenen Leitung setzte sich ein etwa 1000köpfiger Zug zu den Kasernen in Marsch. „Unter gelegentlicher Gewaltanwendung, meist aber unter zustimmendem Beifall fiel eine Kaserne nach der anderen in die Hand der Aufrührer" (Schueler), während der Landtag über die Versorgung der Bevölkerung mit Kartoffeln beriet. Als die Minister bemerkten, daß sie über keine Truppen mehr verfügten, rieten sie König Ludwig III. zur Flucht. Im

Mathäserbräu konstituierte sich ein Arbeiter- und Soldatenrat, zu dessen Vorsitzenden Eisner gewählt wurde. Kurz vor Mitternacht proklamierte dieser im Landtag Bayern zur ersten Republik im Deutschen Reich. Anschließend berichtete Fechenbach den Abgeordneten über die Ereignisse des Tages. Am 9. November wählte der provisorische Nationalrat, der aus den Mitgliedern des Arbeiter-, Bauern- und Soldatenrates, den bisherigen Landtagsfraktionen der SPD, des Bauernbundes und einigen liberalen Abgeordneten gebildet worden war, eine neue Regierung. An ihrer Spitze stand Kurt Eisner als Ministerpräsident; Fechenbach wurde sein Sekretär, das heißt sein persönlicher Referent. Beide zogen in das Ministerium des Äußeren, den Amtssitz des bayerischen Regierungschefs. Fechenbach richtete sich in Eisners Vorzimmer ein. Erhard Auer trat neben anderen Sozialdemokraten als Innenminister in die neue Regierung ein. Am 9. November übergaben die königlichen Minister ihre Geschäfte in aller Form an die Revolutionsregierung Eisner. Vier Tage später stellte der geflohene König Ludwig III. „allen Beamten, Offizieren und Soldaten die Weiterarbeit unter den gegebenen Verhältnissen frei" und entband sie von dem ihm geleisteten Treueeid. Mittlerweile waren auch alle anderen deutschen Herrscherhäuser gestürzt worden und das Deutsche Reich eine Republik. Am 11. November unterzeichnete im Wald von Compiègne die deutsche Delegation den Waffenstillstand. Der Erste Weltkrieg war beendet.

In einem Brief machte Fechenbach seine Verlobte, die diese Entwicklung offenbar mit großer Skepsis betrachtete, mit seiner neuen Aufgabe vertraut: „Zum ersten Mal in meinem Leben können sich meine besten Kräfte und Fähigkeiten nutzbringend auswirken. Ich empfinde tiefste Befriedigung über meine Tätigkeit. Ich handele aus reinstem Idealismus, bin tief durchdrungen von der Notwendigkeit dieser Revolution." Fast beschwörend fuhr er fort: „Es geht jetzt um den Bestand oder den Untergang des deutschen Volkes. Es fehlt an brauchbaren fähigen Leuten, die am Neuaufbau mithelfen. Jeder, der sich dazu fähig fühlt, muß seine Kraft zur Verfügung stellen. Versuche doch zu begreifen, welch hohe sittliche Idee mich leitet."

Fechenbach erledigte gemeinsam mit einem weiteren Sekretär Eisners Korrespondenz; die im Arbeitersekretariat gewonnenen Organisations-Erfahrungen kamen ihm nun zugute. Engagiert beteiligte er sich an den Sitzungen des provisorischen Nationalrates, dessen Mitglied er war, und hielt Vorträge für die USPD. Martha Czernichowski war indessen mehr an einer bürgerlichen und akademischen Karriere ihres Verlobten interessiert und bestürmte ihn, mit dem Studium zu beginnen („In anderthalb Jahren vom Juli gerechnet, kannst Du Deinen national-ökonomischen Doktor machen und dann steht Dir die ganze Welt offen"). Tatsächlich belegte Fechenbach im Januar 1919 mehrere juristische, volkswirtschaftliche und historische Vorlesungen an der Münchner Universität.

Nachdem bei der Landtagswahl am 12. Januar 1919 die USPD nur 2,5 Prozent der abgegebenen gültigen Stimmen und drei von 180 zu vergebenden Sitzen erhalten hatte, wurde Eisners Stellung als Ministerpräsident unhaltbar. Vom Haß der erstarkenden Reaktion verfolgt und mit mehreren Morddrohungen konfrontiert, beschloß er sein Amt zur Verfügung zu stellen. Beim Attentat auf ihn war auch sein Vertrauter Felix Fechenbach dabei, der später schrieb: „Als Eisner am Vormittag des 21. Februar gegen 10 Uhr vom Ministerium ins Landtagsgebäude ging, um dort den Rücktritt der Regierung zu erklären, baten ihn seine Freunde, er möge nicht über die Straße, sondern durch den ‚Bayerischen Hof' gehen, dessen rückwärtiger Ausgang gegenüber dem Landtagsgebäude lag. Vergebens. Eisner bestand darauf: ‚Man kann einem Mordanschlag auf die Dauer nicht ausweichen, und man kann mich ja nur einmal totschießen.' [...] Plötzlich krachen hinter uns schnell nacheinander zwei Schüsse. Eisner schwankt einen Augenblick, er will etwas sprechen, aber die Zunge versagt ihm. Dann bricht er lautlos zusammen. Das alles geschah im Bruchteil einer Sekunde. Im selben Augenblick, als die Schüsse krachten, hatte ich mich umgedreht, den Attentäter am Arm gefaßt und zu Boden geschleudert. Er blieb bewußtlos liegen. Ich ließ Eisner ins Ministerium bringen und sofort einen Arzt rufen. In der Zwischenzeit hatte ein herbeigeeilter Soldat mehrere Schüsse auf den Attentäter abgegeben."

Die Ermordung Eisners durch Anton Graf von Arco-Valley sorgte für eine Radikalisierung und krisenhafte Zuspitzung der Lage in München, bis hin zur Entstehung mehrerer einander ablösender Räterepubliken im April und einer kurzfristigen „Diktatur der Roten Armee" mit Geiselerschießungen. Die neue Regierung unter dem Mehrheits-Sozialdemokraten Johannes Hofmann wich Anfang Mai nach Bamberg aus und ließ München von preußischen, bayerischen und württembergischen Truppen „zum Teil mit vollem militärischem Einsatz (Artillerie und Flammenwerfer, Panzerzüge, Panzerwagen und Kampfflugzeuge) in der Form eines schonungslosen Bürgerkrieges" (Handbuch der bayerischen Geschichte) zurückerobern. In Würzburg hatten regierungstreue Treuppen gemeinsam mit Schülern, Arbeitern und Studenten bereits Mitte April eine kommunistische Räterepublik nach wenigen Tagen niedergeschlagen.

Felix Fechenbach war „in keinem Organ der Räterepublik in ihren verschiedenen Ausformungen vertreten, noch nahm er an irgendeiner ihrer Aktionen teil" (Schueler). Am 25. April 1919 verließ er München, um zu heiraten. Am Tag darauf wurde er im Auftrag der „Politischen Sicherheitsabteilung" in Ulm „wegen politischer Umtriebe gegen die Regierung Hofmann" verhaftet, obwohl kein Zweifel besteht, daß für ihn Sozialismus nur in einem demokratischen Rahmen denkbar war und er die Ausschreitungen in München ablehnte. Fechenbach kam in „Schutzhaft" — so bereits damals die Bezeichnung — und wurde erst am 11. Juni entlassen, weil dem Staatsanwalt beim Standgericht München eine „Straftat nicht erweislich" schien. Am 12. August fand die Hochzeit mit Martha Czernichowski statt, zu der unter anderem Albert Einstein und seine Frau gratulierten.

## IV.

Über die ersten gemeinsamen Schritte des Ehepaars schreibt Hermann Schueler: „Fechenbach hatte nun eine Ehe geschlossen. Seine wirtschaftliche Zukunft jedoch war unsicher geworden. Aus dem Dienste des bayerischen Staates war er Anfang April ausgeschieden, hatte aber noch bis Juli Gehalt bekommen. An eine Fortsetzung seiner politischen Karriere war unter den neuen Verhältnissen nicht zu denken. Die Studienpläne ließ der junge Ehemann fallen, und er wandte sich, auf Drängen seiner Frau, seinem früheren kaufmännischen Beruf zu. Er wurde Reisender für eine Chemnitzer Textilfabrik und wohnte auch bei seinem Bruder Siegbert in der sächsischen Industriestadt. Im Januar zog er mit seiner Frau zusammen in eine Wohnung in Leipzig." Später wurde Fechenbach für zwei Monate Redaktionsleiter der Zeitung der sudetendeutschen Sozialdemokraten in Aussig, bevor ihn wegen unerwünschter politischer Aktivitäten die tschechoslowakische Regierung auswies.

Die Zeit in Aussig ließ in ihm die Gewißheit reifen, daß er genug Begabung und Engagement für den Beruf des Journalisten besaß. Schon zuvor hatte Fechenbach journalistisch gearbeitet. Unter anderem dokumentierte er unter dem Titel „Münchener Tagebuchblätter" in zahlreichen Berichten für die Basler „Nationalzeitung" die Geschichte der Münchner Räterepubliken. Er gründete ein Pressebüro und belieferte die gesamten USPD-Zeitungen in Deutschland mit Berichten aus Bayern, in denen er sich unter anderem kritisch mit rechtsradikalen Umtrieben auseinandersetzte, die auf die Duldung und Förderung der seit Mitte März 1920 rein bürgerlichen Regierung stießen. Von dieser von Fechenbach scharfsinnig analysierten Rechtswende der bayerischen Innenpolitik profitierte auch der Eisner-Mörder Arco. Das Gericht machte Anfang des Jahres 1920 kein Hehl aus seiner Sympathie für den Angeklagten, der zwar zum Tod verurteilt, jedoch bereits am nächsten Tag in Anbetracht seiner „ehrenhaften Motive" zu lebenslänglicher Festungshaft begnadigt wurde. Nach seiner Entlassung im April 1924 übernahm er einen Direktorenposten bei der süddeutschen

Lufthansa. Der Hauptzeuge des Attentates, Felix Fechenbach, war zu dem Prozeß nicht einmal geladen worden — offensichtlich aus Furcht, er könne die rechte „vaterländische" Veranstaltung durch seine Aussage stören.

Mit ausgesuchter Milde behandelten bayerische Gerichte auch in den nächsten Jahren rechtsradikale Aktivisten — bis hin zum skandalös niedrigen Strafmaß gegen Adolf Hitler, der im November 1923 vergeblich versuchte, die konservative bayerische Regierung zu stürzen („Hitlerputsch"). Mit drakonischer Härte ging man jedoch gegen jeden vor, der in Verbindung mit den Räterepubliken gebracht werden konnte. „Die verhängten Freiheitsstrafen beliefen sich auf insgesamt 6000 Jahre, von denen drei Viertel verbüßt wurden" heißt es im Handbuch der bayerischen Geschichte. „65 Angeklagte wurden zu Zuchthaus, 1737 zu Gefängnis, 407 mit Festung bestraft. Selbst Mitläufer wurden unter Hochverrats-Anklage gestellt; Requirieren von Lebensmitteln bei bestehender Hungersnot in München wurde nicht als Mundraub, sondern als räuberische Erpressung geahndet." Konnten verurteilte Rechtsradikale bald mit einer Begnadigung rechnen, so wurde diese den Teilnehmern an der Räterpublik von der Regierung meist verweigert.

Vor diesem Hintergrund muß der politische Schauprozeß gesehen werden, der im Jahr 1922 gegen Fechenbach inszeniert wurde. Für die „nationalen" Kreise Bayerns war er eine der zentralen Symbolfiguren des Umsturzes vom November 1918, für den er nun büßen sollte. Die Handhabe hierfür boten Berichte deutscher Diplomaten vom Juli und August 1914, die nach Ansicht Eisners und Fechenbachs bewiesen, daß Deutschland nicht schuldlos in den Ersten Weltkrieg hineingezogen worden war, und daß Deutschland nicht so mäßigend auf seinen Verbündeten Österreich eingewirkt hatte, wie man es dargestellt hatte. Die geheimen Berichte waren von der bayerischen Revolutions-Regierung — gekürzt — veröffentlicht worden, um den ehemaligen Kriegsgegnern zu zeigen, daß man nun in Deutschland bereit sei, sich der Vergangenheit zu stellen. Darüber hinaus hatte Fechenbach nach der Ermordung Eisners einem schweizer Journalisten eine bereits kurz zuvor publizierte Denkschrift des Zentrumsabgeordneten Matthias Erzberger ausgehändigt, in der dieser im September 1914 die Angliederung der Erzgebiete in Belgien und Luxemburg an das Reich gefordert hatte.

Nachdem Deutschland im Versailler Friedensvertrag die Alleinschuld am Ausbruch des Krieges hatte auf sich nehmen müssen, setzte nun eine publizistische Hexenjagd gegen all jene Männer ein, die man glaubte für das „Versailler Friedensdiktat" und die „Schuldlüge" verantwortlich machen zu können. Die Führungseliten des Kaiserreichs, die ihre Machtpositionen im Reich und zumal in Bayern weitgehend erhalten hatten, nutzten die

Dokumenten-Veröffentlichungen, um Fechenbach den Prozeß wegen angeblichen „Landesverrats" zu machen. Zusätzliche Munition lieferte ihnen dabei ausgerechnet seine Frau Martha, von der er im Februar 1922 geschieden worden war.

Die Ehe mit der inzwischen promovierten Martha Czernichowski war seit der Trauung voller Probleme gewesen. Während die Ehefrau weiter auf eine bürgerliche Karriere ihres Mannes drängte, hoffte jener erfolglos, es werde sich im Lauf der Zeit eine Gemeinsamkeit der politischen Anschauungen einstellen. Als Felix Fechenbach als Pressekorrespondent in München arbeitete, richtete er ihr eine ärztliche Praxis ein, doch war die Entfremdung bereits zu weit fortgeschritten. Nach der Scheidung verfaßte die Ärztin, die ihren Mädchennamen wieder annahm, eine neunseitige Denunziationsschrift, in der sie „ein Bild der politischen und journalistischen Arbeit Fechenbachs" zeichnete, „das von einem schon krankhaften Haß diktiert war. [...] Es war ersichtlich, daß sie mit der ganzen, ihr so fernstehenden Welt Fechenbachs abrechnen wollte." (Hermann Schueler) Von ihr kam auch der Vorwurf, ihr ehemaliger Mann habe mit einem ausländischen Pressebüro zusammengearbeitet, das „Spionagezwecken" gedient habe. Am 10. August 1922 wurde Fechenbach festgenommen und im folgenden Monat vor dem Volksgericht München I angeklagt, einer Art Sondergericht mit wesentlich verringertem Schutz des Angeklagten, ohne Möglichkeit einer Berufung oder Revision oder eines Wiederaufnahmeverfahrens.

Während er noch in Untersuchungshaft saß, fand am 24. September die Vereinigung von SPD und USPD statt. Er „hoffe, daß die sozialistische, aber staatsbejahende, und entschieden demokratisch-republikanische Richtung" der vereinigten Sozialdemokraten „die künftige Politik der neuen Partei bestimmen" werde, schrieb er aus der Haft. Am 3. Oktober begann das in der juristischen Fachliteratur noch heute als „Fechenbach-Prozeß" bekannte Verfahren.

Angeklagt war Fechenbach wegen der Weitergabe der erwähnten Erzberger-Denkschrift an den schweizer Journalisten René Payot, dem er außerdem ein Telegramm überreicht hatte, das der bayerische Gesandte beim Vatikan eine Woche vor Kriegsausbruch an das bayerische Außenministerium geschickt hatte. Beider Veröffentlichung sollte nach Fechenbachs Meinung zur Aufklärung der Vorgeschichte des Krieges beitragen.

Der zweite Anklagepunkt betraf Fechenbachs Zusammenarbeit mit dem Informationsbüro von Sigismund Gargas in Berlin, das über eine in Rotterdam ansässige Nachrichtenagentur britische Regierungs- und Wirtschaftskreise mit politischen Hintergrundberichten aus Deutschland belieferte. Fechenbach verfaßte für Gargas Analysen reaktionären Bestrebungen, ging auf völkische Geheimbünde ein und beschrieb separatistische und monarchistische Umtriebe in Bayern. Bei einer Vernehmung während der Untersuchungshaft erklärte der Angeklagte, seine Berichterstattung habe sich in Übereinstimmung mit seinen übrigen journalistischen Arbeiten befunden; die Aufdeckung rechtsputschistischer Aktivitäten sei geradezu eine republikanische Pflicht.

Das von stärksten politischen Vorbehalten geprägte Verfahren leitete ein Richter mit dem sprechenden Namen Karl Hass. Dieser hatte über den Inhalt von Fechenbachs Berichten an Gargas und das Telegramm des Gesandten Schweigepflicht verhängt. Es kamen daher im Prozeß nicht die eigentlich bedeutsamen Fragen zur Sprache, nämlich die Umstände des Kriegsausbruchs und die rechtsradikalen Aktivitäten in Bayern nach 1918, sondern lediglich die angebliche „Deutschfeindlichkeit" und der „Landesverrat" Fechenbachs. Während die bürgerliche Presse sich dieser Regie des Gerichts weitgehend und bereitwillig unterordnete, schrieb beispielsweise das SPD-Blatt „Vorwärts" unter der Überschrift „Bayerische Dunkelkammer", der Prozeß laufe darauf hinaus, „die bayerischen Machenschaften gegen die Republik [...] unter den Schutz des Landesverratsparagraphen zu stellen." Das Würzburger SPD-Organ „Fränkischer Volksfreund" kritisierte, Bayern solle „mit einer chinesischen Mauer umgeben werden."

Das Gericht verurteilte Fechenbach zu zehn Jahren Zuchthaus wegen vollendeten Landesverrates für die Veröffentlichung des Telegramms und zu fünf Jahren Festungshaft wegen versuchten Landesverrats für die Berichte an Gargas über rechtsradikale und verbotene Geheimorganisationen, mit denen der Richter offensichtlich sympathisierte. Beide Strafen wurden zu elf Jahren Zuchthaus zusammengezogen. Der mitangeklagte Gargas erhielt zwölf, der Gargas-Mitarbeiter Karl Lembke zehn Jahre Zuchthaus. Das Urteil stieß auf schärfste Ablehnung in den sozialdemokratischen und liberalen Zeitungen. Der „Volksfreund", der das Verfahren aufmerksam verfolgt hatte, sprach vom „Münchener Justizmord" und einer „Kriegserklärung an die Republik". Es dürfe „keine Ruhe geben", bis das „ungeheuerliche, der Vernunft und Gerechtigkeit hohnsprechende Urteil" umgestoßen sei. Sogar Teile der Rechtspresse — wie Alfred Hugenbergs „Berliner Lokal-Anzeiger" erklärten, der Richterspruch „schaffe handgreiflich gröbstes Unrecht". Der Vorsitzende des Reichsverbandes der deutschen Presse befürchtete, daß nach diesem Urteil „kein Journalist in Deutschland vor dem Zuchthaus sicher" sein könne.

Mehrere Blätter nahmen sich engagiert des Verurteilten an und betrieben seine Rehabilitierung. Auch auf politischer Ebene fand das Urteil kritische Behandlung. Bereits am 16. und 17. November brachte die SPD das Verfahren mittels einer Interpellation im bayerischen Landtag zur Sprache. Eine weitere Interpellation der SPD-Reichstagsfraktion ging an den Ausschuß für auswärtige Angelegenheiten, der einen „Unterausschuß zur Untersuchung des Materials im Fechenbach-Prozeß" einsetzte. Dieser kam nach umfangreichen Recherchen zu dem Ergebnis, daß die Veröffentlichung des Gesandten-Telegramms die Friedensverhandlungen keinesfalls negativ beeinflußt habe. Von rechter Seite war während des Prozesses gerade behauptet worden, die Publikation habe die Kurie davon abgehalten, zugunsten des Reiches in Versailles zu intervenieren. Der Ausschuß stellte dagegen fest, die Kurie sei ohnehin „von jeder Mitwirkung an den Friedensverhandlungen ausgeschlossen" gewesen, eine Tatsache, die vom Volksgericht in München überhaupt „nicht gewürdigt" worden sei. Über das angebliche „Spionage"-Büro Gargas hieß es, dessen Mitteilungen seien „für Deutschland eher vorteilhaft als nachträglich gewesen".

Zwei ganze Tage diskutierte das Reichstagsplenum am 2. und 3. Juli 1923 über den Fechenbach-Prozeß. Als Verteidiger des Urteils traten lediglich Abgeordnete der konservativ-katholischen Bayerischen Volkspartei (BVP) und der reaktionären Deutschnationalen Volkspartei auf. Eine Begnadigung Fechenbachs kam für die von der BVP dominierte bayerische Regierung nicht in Frage; entsprechende Gesuche empfand sie als „nicht zur Berücksichtigung geeignet". Der Fall aber hatte nun überregionale Bekanntheit erreicht und wurde, beispielsweise von Kurt Tucholsky in der „Weltbühne", von Thomas Dehler und von der Deutschen Liga für Menschenrechte immer wieder aufgegriffen. In mehreren Städten kam es zu Protestkundgebungen. 1924 sprachen sie 30 000 Bürger mit ihrer Unterschrift für die Freilassung Fechenbachs aus.

Dieser saß seit dem 28. Oktober 1922 im Zuchthaus Ebrach, einer ehemaligen Zisterzienserabtei, ein, zunächst in Einzelhaft, in der er nur einmal im Vierteljahr einen Besucher empfangen und einen Brief schreiben durfte. Seine Erfahrungen in Ebrach faßte er nach der Haftentlassung, die auf Grund des öffentlichen Drucks endlich am 20. Dezember 1924 stattfand, in der Broschüre „Im Haus der Freudlosen" (erschienen 1925) zusammen. Fechenbachs Strafe war zuvor auf drei Jahre und sechs Monate „reduziert" worden, von denen zwei Jahre und vier Monate als verbüßt galten. Die Aberkennung der bürgerlichen Ehrenrechte auf zehn Jahre blieb dagegen bestehen.

Am 25. Mai 1925 nahm der Reichstag mit knapper Mehrheit ein Gesetz an, das Wiederaufnahmeverfahren für Urteil der bayerischen Volksgerichte möglich machte. Daraufhin beantragte Fechenbachs Anwalt im Januar 1926 die Wiederaufnahme des Verfahrens, die jedoch vom Landgericht München I abgelehnt wurde. Eine Beschwerde beim Reichsgericht brachte insofern einen Teilerfolg, da zumindest die Wiederaufnahme jenes Teils des Verfahrens angeordnet wurde, der sich mit der Weitergabe des Gesandten-

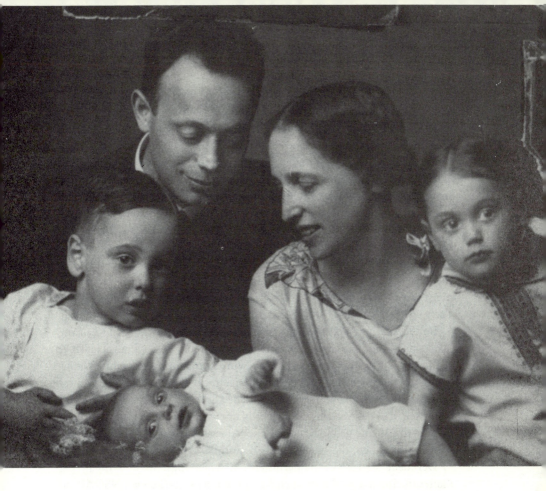

*Felix Fechenbach mit seiner Frau Irma und den Kindern Kurt, Hanni und Lotti (von links).*

Telegramms befaßt hatte. Im Dezember 1926 beschloß das Reichsgericht dann ohne neue Verhandlung sogar, das Urteil in diesem Punkt aufzuheben, da die Veröffentlichung des Telegramms wegen der kurzen Verjährungsfrist nach dem Bayerischen Pressegesetz überhaupt nicht hätte verfolgt werden dürfen. Die zehnjährige Zuchthausstrafe und er ebenso lange Ehrverlust wurden aufgehoben.

Felix Fechenbach war 30 Jahre alt, als er am 20. Dezember 1924 im Zuchthaus Ebrach zu seinen Eltern nach Würzburg in die Semmelstraße 21 entlassen wurde. Am gleichen Tag verließ Adolf Hitler die Festung Landsberg, in der er unter komfortablen Bedingungen eine mehr symbolische Strafe nach dem gescheiterten Putschunternehmen vom November 1923 abgesessen hatte. Sofort machte er sich an den Wiederaufbau der zeitweilig verbotenen NSDAP.

Fechenbach zog nach Berlin und arbeitete als Redakteur für verschiedene sozialdemokratische Blätter. Daneben engagierte er sich in der Deutschen Liga für Menschenrechte und in der Sozialistischen Arbeiterjugend. Zu seinen Freunden gehörten Bert Brecht, Albert Einstein und Kurt Tucholsky. Zum zehnten Todestag Eisners veröffentlichte er 1929 das Buch „Der Revolutionär Kurt Eisner. Aus persönlichen Erlebnissen". Am 26. September 1926 heiratete Fechenbach die Krankenschwester und staatlich geprüfte Wohlfahrtspflegerin Irma Eppstein, die er möglicherweise bereits in einem Lazarett des Ersten Weltkriegs kennengelernt hatte. Die Hochzeitsreise führte die beiden für sechs Wochen in das damalige britische Mandatsgebiet Palästina, das heutige Israel. In seiner zweiten Ehe fand Fechenbach jene geistige Übereinstimmung der Partner, die er bei seiner ersten Frau so vermißt hatte. 1927 wurde der Sohn Kurt geboren, 1928 die Tochter Lotti und 1931 die Tochter Hanni.

Im September 1929 bewarb sich Fechenbach bei der SPD-Zeitung „Volksblatt" im lippischen Detmold als Redakteur. Seiner Frau schrieb er nach dem Vorstellungsgespräch: „Ich wurde einstimmig gewählt. Natürlich hatte die Frage eine große Rolle gespielt, ob es denn ein so bekannter Schriftsteller wie ich in der kleinen Stadt aushalten werde. Ich sagte den Genossen, daß das Verhängnis meines Namens und Bekanntseins wäre, daß man mich für eine große Kanone halte. Aber das Wesentliche sei mir, eine Aufgabe zu haben, die mich innerlich ausfülle."

Der neue Redakteur modernisierte Erscheinungsbild und Inhalt des Blattes, nahm den publizistischen Kampf mit der erstarkenden NSDAP auf und sprach auf zahlreichen Parteiversammlungen. Zeitgenossen berichten, er habe „eine unerhörte rednerische Begabung" gehabt und sei der beste sozialdemokratische Redner in Lippe gewesen.

Im Wahlkampf vor der Landtagswahl am 15. Januar 1933 konzentrierte sich die NSDAP-Propaganda auf Fechenbach, der inzwischen weit über Detmold hinaus bekannt geworden war. Am 11. Januar machte sich der nationalsozialistische „Lippische Kurier" über den „jüdischen Zuchthäusler" und „Schandfleck der Nation" her und drohte: „Im kommenden Deutschland, im Dritten Reich, da werden die Akten über den Landesverrat Fechenbachs nicht geschlossen bleiben. Dann wird der Schandfleck getilgt werden, um der Ehre der Nation und um der Gerechtigkeit willen. Auf den Tag!"

## V.

Der Tag kam im März 1933, nachdem die Nationalsozialisten im Reich und in Lippe, dessen kleinstem Land, die Macht übernommen hatten. Stück für Stück waren schon im Februar die Drohungen gegen Fechenbach eindeutiger, die Möglichkeiten der Berichterstattung für das „Volksblatt" geringer geworden. Am 28. Februar wurde der Redakteur aus der Pressekonferenz der Landesregierung ausgeschlossen, in der Nacht des gleichen Tages warnte ihn ein Kollege vor einem Überfall der SA. Am 1. März verließ Irma Fechenbach vorsichtshalber mit den drei kleinen Kindern Detmold und brachte sich bei ihrer Mutter in Augsburg in Sicherheit.

Am 3. März wurde das „Volksblatt" von den neuen Machthabern verboten, am Tag der Reichstagswahl (5. März) sein Redakteur von SA-Leuten zusammengeschlagen. Am 11. März 1933 kam Fechenbach in „Schutzhaft" ins Detmolder Gefängnis, zusammen mit den meisten anderen führenden SPD-Funktionären des Landes. Freunde hatten ihm geraten, sich ins Ausland abzusetzen, doch er blieb und schrieb aus der Zelle an seine Frau: „Es ist mir lieb, daß Du Verständnis dafür hast, daß ich seinerzeit im März nicht davongelaufen bin, wie so viele in Berlin und anderswo. Man mag das dumm nennen. Ich konnte jedenfalls nicht anders handeln. Es wäre ein Treuebruch gegen die lippischen Arbeiter gewesen. Ich will lieber die Schutzhaft ertragen, als daß man mich feig und treulos nennen könnte." Mehrere Monate war Fechenbach inhaftiert. In unzähligen Briefen an seine Frau und andere Angehörige verstand er es, ihnen Kraft und Trost zu vermitteln. Den Briefen legte er kleine Geschichten und Fabeln für seine Kinder bei.

Zu Beginn der Haft besuchte Noe Fechenbach seinen Sohn im Gefängnis. Dieser berichtete seiner Frau: „Heute hatte ich eine große Überraschung. Vater besuchte mich. Er ist die ganze Nacht durchgefahren und fährt heute nacht wieder zurück. Er ist jetzt 74 Jahre, und die ganze Sache war für ihn recht anstrengend, ganz abgesehen von der seelischen Erregung, die die ganze Affäre für ihn bedeutet. Sein Leben lang hat er sich redlich geplagt und gemüht und nicht viele gute Tage gesehen, viel Sorge und Kummer gehabt, und jetzt muß ihm auch auf seine alten Tage noch durch meine Verhaftung Sorge bereitet werden."

Je länger Fechenbach in Haft blieb, desto intensiver beschäftigte er sich gedanklich mit seinen Jugendjahren in Würzburg. Es sei „merkwürdig, wieviel ich jetzt an meine Kindheit zurückdenke", schrieb er seiner Frau. Im gleichen Brief schickte er eine kleine autobiographische Erzählung über „Die alte Detta", die Dienstmagd im Haus seiner Eltern mit, die deutlich auf den Roman „Der Puppenspieler" verweist, in dem eine ähnliche Begebenheit notiert ist. „Im Sommer, wenn die Kirschenzeit war, konnte mich sonntags nichts zu Hause halten", heißt es an einer Stelle in dem kurzen Stück. „Mit ein paar Nachbarsbuben zog ich los. Es war Ehrensache für uns Würzburger Buben, daß wir uns die ersten Kirschen selbst von den Bäumen — anderer Leute holten. Von Mutter bekamen wir ja auch Kirschen, die sie auf dem Markt gekauft hatte. Aber die anderen, die wir uns von den Bäumen holten, waren viel, viel besser! Wer das nicht mitmachte, galt unter den Würzburger Buben als ‚Schisser'. Einmal waren wir bei einer solchen Kirschenpartie vom Feldhüter erwischt worden. Ich hatte herrliche, schwarze Herzkirschen unter meine hellgestreifte Bluse gepackt, die um den Leib mit einem Gummizug zugesammengehalten wurde und so einen sehr geeigneten Behälter für die Kirschen abgab. Der Feldhüter hatte, uns zu erschrecken, mit seinem Vogelgewehr in die Luft geschossen, und wir Buben liefen was das Zeug hielt die Wiese bergab. Unten beim Sprung über den Straßengraben fiel ich hin und zerquetschte mit dem Gewicht meines Körpers die schönen Kirschen. Die Bluse sah bös aus. Zu Hause nahm Vater eine gründliche Reinigung vermittels eines Stockes vor, vergaß aber, mich vorher aus der Bluse herauszunehmen. Und Vater schrieb damals eine gar kräftige Handschrift. Zur Strafe mußte ich obendrein ohne Abendessen ins Bett. Und ich hatte doch einen Wolfshunger mit nach Hause gebracht. Heulend lag ich in den Kissen. Da klopfte es an den Fensterladen. Detta war draußen. Ich solle aufmachen. Sie bringe mir was zum essen. Man könne mich doch nicht verhungern lassen. Während ich den Laden aufhakte, schimpfte sie zwar männiglich auf den ‚Lauser, der anere Leut die Kirsche von die Bäum stähle möcht und dem mer vor rechtswäge 'n Hinnern vollhau müßt', aber sie schob mir doch zwei ganz dicke Butterbrote, wie für einen Drescher, durch den Spalt und noch ein gekochtes Ei dazu. Dann ist sie schnell weggehuscht. So war sie, die alte Detta. Sie hielt fest zu uns Buben, und wir zu ihr."

Vielleicht waren es diese kleine Erzählung, und die Freude, die er beim Erinnern und Niederschreiben empfand, die Fechenbach auf den Gedanken brachten, einen umfangreicheren belletristischen Text anzugehen. „Falls sich herausstellen sollte, daß ich noch mit einer längeren Dauer der Schutzhaft zu rechnen habe, beabsichtige ich, einen Roman zu schreiben", las seine Frau in einem Brief aus dem Detmolder Gefängnis. Der Roman werde „zur Hauptsache in meiner fränkischen Heimat spielen" und die „Geschichte einer Puppenspielerfamilie" schildern, „die auf den Messen und Jahrmärkten Frankens herumzieht."

Schon wenig später lag das erste Kapitel in Reinschrift vor. Fechenbach kündigte es seiner Frau mit folgenden Zeilen an: „Das Gekünstelte an vielen modernen Romanen hat mir immer mißfallen. Ich schreibe deshalb in bewußt einfacher, unkomplizierter Sprache. Du weißt, es ist mein erster Romanversuch. Schreibe mir also ganz rückhaltlos, ob der Stoff fesselt und ob die Schilderung lebendig genug ist. Die Arbeit daran macht mir viel Freude. Die Schreibmaschine bedeutet eine wesentliche Hafterleichterung. Ich bin voller Schaffenslust und fühle mich wohler, seit ich mir diese Aufgabe gestellt habe. Das Nichtstun war zum Verzweifeln." Im übernächsten Brief berichtete Fechenbach erneut davon, daß ihm die Arbeit am „Puppenspieler" viel Vergnügen bereite: „Das liegt zum Teil daran, daß der Roman in meiner Heimat spielt. Es ist, als schöpfe ich aus einem nicht versiegenden Quell." Und wenig später: „Ich habe versucht, die heitere fränkische Art meiner Heimat mit ihren frohen, sonnigen Menschen anklingen zu lassen. Zuweilen bricht der derbe Volkshumor durch. Du siehst also, man kann sich auch hinter Gittern die innere Heiterkeit der Seele bewahren."

Während er dies schrieb, war Felix Fechenbach mit einer dramatischen Verschlechterung seiner Situation konfrontiert. Heinrich Himmler, der Chef der bayerischen politischen Polizei, betrieb seine Überführung nach München. Auch Reinhard Heydrich schaltete sich ein und gab womöglich den Rat, mit dem politischen Todfeind kurzen Prozeß zu machen. Fechenbach ahnte wohl, daß die rachebesessenen Nationalsozialisten für Leute wie ihn keine Gnade kannten, auch wenn er in den Briefen an seine Frau versuchte, optimistischer zu erscheinen, als er tatsächlich war. Einem Freund aber, der mehr Glück hatte und entlassen wurde, erklärte er, er werde sicher nicht mehr freikommen. Man werde ihn in ein Konzentrationslager überführen: „Wenn du einmal hören solltest, ich sei auf der Flucht erschossen worden, dann kannst du sicher sein, es war Mord."

Der drohende Abtransport wirkte sich auch auf den Roman aus. Das letzte Kapitel sei „ein wenig arg zusammengedrängt", schrieb Fechenbach Anfang August an seine Frau. „Ich wollte fertig werden und fürchtete, ich komme von hier weg, ehe der Roman beendet ist." Auch daß das unter den Bedingungen der „Schutzhaft" zwischen quälenden Verhören entstandene Manuskript noch eine gründliche Überarbeitung nötig hatte, war Fechenbach klar. „Du wirst mir, wenn ich nach der Entlassung aus der Schutzhaft den Roman noch einmal überarbeite, viel helfen können", hieß es im letzten Brief an seine Frau.

So weit ist es nicht gekommen. Am 7. August 1933 wurde Felix Fechenbach auf dem Weg zum nächstgelegenen Bahnhof in einem Wald durch mehrere Schüsse aus den Waffen der ihn begleitenden SA- und SS-Männer schwer verwundet. Eine Kugel ging durch die Stirn. Ohne das Bewußtsein wiedererlangt zu haben, starb er am Abend in einem Krankenhaus. Seine Frau Irma erhielt die lapidare Nachricht: „Bei Fluchtversuch ist ihr Mann gestern verwundet und vergangene Nacht verstorben." Noe Fechenbach hörte in Würzburg im Radio vom Tod seines Sohnes. Der Schwiegertochter schrieb er am 16. August: „Liebe Irma! Deinen Brief haben wir erhalten und kommen erst heute dazu, Dir zu antworten. Wir fühlen ja wie Du den herben Verlust. Wir haben die traurige Nachricht durch den Radio erfahren, aber wußten nicht, wo die Leiche des lieben Felix war; haben an alle Sender telephoniert, aber keiner konnte uns Auskunft geben, bis wir heimlich erfuhren, wo die Tat vollbracht wurde. Max und ich fuhren nachts 12 Uhr mit Auto hier weg und kamen etwa um 8 Uhr dorten an. Die Leiche lag im Spital Scherwede, Westfalen. Wir mußten dann erst nach Warburg und um Freigabe der Leiche nachsuchen und haben den lieben Felix in nächster Nähe in Rimbeck in einem jüdischen Friedhof beerdigt."

Da auch Gefahr für ihre eigene Sicherheit bestand, floh Irma Fechenbach mit ihren drei Kindern ohne Gepäck in die Schweiz. Als Spaziergänger getarnt kamen sie glücklich über die Grenze.

## VI.

In der Schweiz übergab Irma Fechenbach im Jahr 1935 die gesamte schriftliche Hinterlassenschaft ihres ermordeten Mannes dem Publizisten Walther Victor. Dieser veröffentlichte 1936 im St. Gallener Kulturverlag den Band „Mein Herz schlägt weiter" mit Briefen aus der „Schutzhaft", der 1987 als Nachdruck neu herausgebracht wurde. Das Vorwort schrieb Heinrich Mann. Im Eichenverlag Arbon erschien ebenfalls 1936 das von Victor herausgegebene „Felix-Fechenbach-Buch", das auf 435 Seiten seine Schriften zusammenfaßte. Wahrscheinlich war Victor auch für die getrennte Publizierung des Romans „Der Puppenspieler" (1937 im Züricher Verlag E. & K. Scheuch) verantwortlich, ebenso wie für das bewegende Nachwort „An den Reichskanzler und Führer des Deutschen Reiches, Herrn Adolf Hitler, Berlin."

Irma Fechenbach emigrierte 1946 mit Hilfe Albert Einsteins in die Vereinigten Staaten; in der Nähe von Philadelphia arbeitete sie als Krankenschwester. 1965 kehrte sie in die Schweiz zurück, wo sie 1973 im Alter von 78 Jahren tödlich verunglückte. In der Schweiz lebt heute auch die Tochter Lotti, während Hanni und Kurt in den USA blieben.

Felix Fechenbachs Mutter Rosalie starb 66jährig im April 1935 in Würzburg, sein Vater 76jährig im November des gleichen Jahres. Der Bruder Moritz, der in Würzburg bei den Jungsozialisten aktiv gewesen war, wurde 1944 in einem Vernichtungslager ermordet, ebenso wie 1940 der

*Familientreffen 1929 in der Semmelstraße 21: In der hinteren Reihe stehen (von links) die Brüder Siegbert, Max, Jakob, Moritz und Felix. Davor Siegberts Frau Anna mit dem Sohn Hans, Hilde Fechenbach mit Walter, die Eltern Rosalie und Noe Fechenbach sowie Irma Fechenbach mit dem kleinen Kurt.*

taubstumme Jakob, der offensichtlich der Euthanasieaktion zum Opfer fiel. Der ältere Bruder Siegbert starb 1969 in Berlin.

Der Koch Max Fechenbach, der vor Verdun ein Bein verloren hatte, heiratete Selma Heimann aus Schwanfeld, die 1928 kurz nach der Geburt des Sohnes Walter starb. Die zweite Frau, Hilde Pollack, brachte 1933 die Tochter Susi zur Welt. Nachdem den Würzburger Juden der Besuch von Gaststätten verboten worden war, eröffnete Fechenbach zu Beginn der vierziger Jahre auf Anweisung der Gestapo einen Betrieb für „gewerbliches Kostgeben". Am 23. September 1942 wurde die gesamte Familie zusammen mit 558 weiteren Menschen aus Würzburg in das Ghetto Theresienstadt deportiert, wo der Koch für die Ernährung von mehreren tausend Gefangenen verantwortlich war, die in ehemaligen Kasernen zusammengepfercht lebten. Der Sohn Walter gehörte 16jährig einem Transport an, der am 14. September 1944 von Theresienstadt nach Auschwitz-Birkenau

*Als Vorsitzender der Israelitischen Kultusgemeinde wurde Max Fechenbach (x) 1945 in den „Stadtbeirat" berufen.*

ging. Im Januar 1945 war er einer der weinigen Überlebenden von Auschwitz, die von den vorrückenden sowjetischen Truppen befreit wurden.

Die Israelitische Kultusgemeinde Würzburg, die in den zwanziger Jahren noch 2261 Mitglieder gehabt hatte, bestand im November 1945 aus 59 Menschen. Die aus den Ghettos und Vernichtungslagern des Ostens Zurückgekehrten bestimmten Max Fechenbach zum Vorsitzenden der wiedergegründeten Gemeinde. Als ihr Repräsentant wurde er auch in den „Stadtbeirat" berufen, eine Vorform des erstmals im Mai 1946 von der Bevölkerung gewählten Stadtrats. Im Juni 1946 wanderte Max Fechenbach mit seiner Frau und den beiden Kindern in die Vereinigten Staaten aus, wo er 30 Jahre später starb.

Felix Fechenbach, der in Bayern Geschichte machte und seiner Heimatstadt und deren Bewohnern im Roman „Der Puppenspieler" ein literarisches Denkmal setzte, ist heute in Würzburg völlig vergessen. In Detmold erinnern eine Straße und eine Schule an den mutigen Antifaschisten und Pazifisten. Auch in Würzburg gibt es eine Fechenbachstraße. Diese jedoch ist nach einem Fürstbischof benannt.

Barbara Rott

Felix Fechenbach und das Puppenspiel

## I. Das Puppenspiel

Der Vorhang geht auf. Mit einem schwungvollen Hopser landet er auf der Bühne: Kasper, Punch, Guignol, Polichinelle. Wie der lustige Geselle in der jeweiligen Sprache auch genannt werden mag, Generationen von Kindern verfolgten sein Treiben, gestalteten das Spiel mit ihren Zurufen, Warnungen und Ratschlägen schöpferisch mit, quittierten den Sieg des Guten über das Böse am Ende eines Stückes mit jubelndem Beifall.

Das Puppenspiel ist eine uralte Kunst. Je nachdem wie die Führung der „leblosen Schauspieler" geschieht, unterscheidet man die hierzulande gebräuchlichsten Typen in Handpuppen, Marionetten und Stabpuppen. Im Mittelpunkt dieses Beitrages steht das Handpuppenspiel mit seiner Hauptfigur, dem pfiffigen Kasperl, der in vielen nationalen und regionalen Sonderformen über ganz Europa verbreitet ist.

Da das Handpuppenspiel als die einfachste Form dieses Genres gilt, entsteht beim Laien leicht der Eindruck, es gehöre nicht viel dazu, diesen nur aus Kopf, Kleiderhülle und Ärmchen bestehenden Akteur mit Leben zu erfüllen. Aber gerade dieses Minimum an Ausstattung erfordert eine Menge Geschick, Kraft und starkes psychologisches Einfühlungsvermögen, um die Figur mit einem unverwechselbaren Charakter auszustatten, sie in ein lebendiges Wesen zu verwandeln, das die Zuschauer mit den unterschiedlichsten Aktionen in seinen Bann schlägt.

Im Agieren mit der Handpuppe liegt ein großer Vorteil gegenüber anderen Formen des Puppenspiels. Durch den engen Kontakt von Puppe und Hand wird eine sehr eindringliche Wirkung erzielt. Dazu kommt die enge Einbindung des Publikums. Die Handlung und deren Ablauf sind relativ offen. Das gibt den Zuschauern die Möglichkeit, durch Zwischenrufe aktiv am Geschehen auf der Bühne teilzunehmen, es mitzugestalten. Starre Regievorlagen gibt es nicht. Die Stücke selbst sind so angelegt, daß Variationen möglich sind, ohne daß dadurch der gewünschte Effekt beeinträchtigt wird.

Der Kasper als Hauptfigur des Handpuppenspiels wirkt auf den Betrachter oft als skrupelloser Grobian. Dabei verkörpert er aber auf seine

*Diese beiden Handpuppen hat der Würzburger Puppenspieler Norbert Böll alten Jahrmarktspuppen nachempfunden. Der Kasperl trägt eine Würzburg-Fahne.*

Art in der Regel das Prinzip des Guten und Gerechten. Als Narr nimmt er sich das Recht heraus, unverfroren Gesellschaftskritik anzubringen, Dinge auszusprechen, die sich viele denken, aber selbst nicht in den Mund zu nehmen wagen. Das gilt für das Kinder- wie in weit stärkerem Maß für das Erwachsenentheater. Die Kontrahenten des Kasperl sind dabei meist Teufel, Tod, Hexe, Räuber und natürlich der Gendarm, das Symbol der Obrigkeit, die von den Fahrensleuten, zu denen die Puppenspieler einst zählten, am meisten gefürchtet wurde.

Das Handpuppenspiel, das sich in Europa bereits im Mittelalter und wahrscheinlich darüber hinaus schon vorher großer Beliebtheit erfreute, verdankt seine Volkstümlichkeit und Popularität nicht zuletzt der unkomplizierten Bühnenausstattung. Ihr ist es zu verdanken, daß auch improvisierte Standplätze für den Aufbau in Frage kamen. Märkte und Straßen zählten von daher zu den bevorzugten Spielorten. Mit der oft etwas primitiven Direktheit gelang es den hölzernen Schauspielern „kleine Leute" — in doppelter Hinsicht — in großer Zahl anzusprechen, diesen die Möglichkeit zu geben, sich in Spiel und Sprache auf der Bühne wiederzuerkennen, sich aber auch einfach nur zu amüsieren. Das Volk sollte im Puppentheater für einige Zeit die Alltagssorgen vergessen, lachen, fröhlich sein. Kasperl mit seiner oft vorwitzigen Art wurde diesem Anspruch gerecht.

In der Hauptsache ist das heutige Puppenspiel noch ein Theater des Kindes. Es eröffnet den Kleinen den ersten Zugang zur Bühne, zur dramatischen Kunst. Gerade das Handpuppenspiel regt die Phantasie intensiv an. Das Kind nimmt am Geschehen auf der Bühne aktiv teil, gestaltet es durch seine Zurufe mit. Ein Kind erlebt die Puppe als Wirklichkeit, schenkt ihr Vertrauen. Der kleine Zuschauer verurteilt das Böse, lacht über die Späße und die Pfiffigkeit des Kasperl, erkennt sich in dessen Streichen wieder. Dadurch bezieht es unweigerlich Stellung für die eine oder andere Partei.

Aber das Puppenspiel vermag nicht nur Kindern viel zu geben. Tatsächlich ist es erst im Laufe der Jahrhunderte mehr und mehr zu einem Theater für Kinder geworden. Ursprünglich agierten die „leblosen Schauspieler" vor einem erwachsenen Publikum. Die Stücke waren für diesen Kreis ausgelegt. Sie hatten Themen zum Inhalt, die von Kindern gar nicht verstanden werden konnten. Gleich ob sich die Handlung mit zeitgeschichtlichen Problemen auseinandersetzte (in Kriegszeiten wird Kasperl, so ist es im „Puppenspieler" zu lesen, zum Beispiel einmal von einem Soldatenwerber aufgegriffen) oder die Obrigkeit auf's Korn nahm (im Mittelalter im besonderen die Kirchenfürsten), angesprochen waren die Erwachsenen, die mit diesen Dingen in ihrer Umwelt konfrontiert waren. Ein beliebtes Thema dieser Zeit war auch der Aberglaube der Bevölkerung, die sich im verstärkten Einsatz der Teufelsfigur widerspiegelt. Erst später wandten sich die Puppenspieler mit stark vereinfachten Stücken und anderen Themen an die Kinder.

Nach dem Ersten Weltkrieg erlebte das Puppenspiel in Deutschland im Zusammenhang mit dem Aufblühen der Jugendbewegung eine Renaissance. Die Förderer kamen vom Theater, von der bildenden Kunst und von Seiten der Lehrer. Sie erkannten in den zwanziger Jahren nicht nur den künstlerischen, pädagogischen und ethischen Wert des Puppenspiels, sondern waren auch eins in dem Bestreben, die alten Texte der Nachwelt zu erhalten, sie zu überliefern und sie einer Öffentlichkeit zugänglich zu machen, die bis dato nichts von ihnen gehört hatte. In Würzburg war es Hermann Gerstner, der sich 1927 kurzfristig gemeinsam mit einigen literarischen Weggefährten dem Puppenspiel widmete. Zweimal führte man im überfüllten Saal der Maxschule Franz Graf Poccis Märchenspiel „Dornröschen" auf. Der Maler, Komponist und Dichter Pocci (1807-1876) schuf von 1858 bis zu seinem Tod zahlreiche Puppenspiele für Joseph Schmids Münchner Marionettentheater. Die Stoffe zu den Komödien entnahm Pocci alten deutschen Volksbüchern, Märchen, Opern und Theaterstücken. Er erfand auch selbst neue Märchenstücke, die sich durch eine Mischung aus derb-drastischer Komik und zarter Poesie auszeichneten. Der Würzburger Aufführung eines solchen Märchenspiels von Pocchi sprach der Würzburger General-Anzeiger höchstes Lob aus. Von der gelungenen Darstellung ausgehend, plädierte die Zeitung für die Einführung regelmäßiger Puppenspiele in der Bischofstadt. Ein erstes festes Haus entstand 1934 mit der Würzburger Künstler-Marionettenbühne in der Valentin-Becker-Straße. Verantwortlich zeichneten der Bildhauer Joseph Bendel, der Volksschullehrer Siegfried Lechler und der Grafiker Leo Flach. Die Premierenvorstellung am 4. Dezember 1934 war ein voller Erfolg. Die Künstler-Marionettenbühne existierte bis 1939 in der Domstadt. Heute verfügt Würzburg mit dem „Mobilen Theater Spielberg" in Grombühl und der „Hobbit-Puppenbühne" am Neunerplatz sogar über zwei feste Spielstätten.

## II. Felix Fechenbach und das proletarische Kasperltheater

Der aufheiternde, fröhliche Aspekt des Puppenspiels verfehlte auch bei einem Mann seine Wirkung nicht, der als engagierter Kämpfer für die von links und rechts bedrohte Weimarer Republik eintrat und als Opfer der reaktionären und menschenfeindlichen deutschen Justiz in die Zeitgeschichte einging: Felix Fechenbach. Der Autor des „Puppenspielers" verlebte seine Kindheit als Sohn eines jüdischen Bäckermeisters in Würzburg. In seinem Roman, der stark autobiografische Züge aufweist, schildert Fechenbach das Leben einer fränkischen Puppenspielerfamilie, die ihr Brot mit Auftritten auf den Jahrmärkten in Würzburg, im unterfränkischen und — später — im gesamtbayerischen Raum verdiente. Im „Puppenspieler" portraitiert Fechenbach liebevoll seine fränkische Heimat. Er erinnert sich darin an seine Kindheit. Jugenderinnerungen des Felix Fechenbach werden auch in der Erzählung „Die alte Detta", veröffentlicht im „Felix-Fechenbach-Buch", wach. Detta, das war die Dienstmagd im Bäckerhaushalt, die mit den Buben beim Jahrmarkt die Kasperle-Spiele besuchte und so manchen Streich der Knaben deckte. Detta war für Fechenbach ein Teil der Heimat: „Eigentlich hieß sie Regina. Aber wir nannten sie Detta. So hatte sich ihr Name im ersten Kinderlallen gebildet, und so blieb er auch, als aus den kleinen Hemdenmätzen längst große Buben geworden waren. Sie war schon als Dienstmagd im Hause, als es meine Eltern mit der Bäckerei kauften. Da wurde Detta mit übernommen, gewissermaßen als zugehöriges Inventar. Sie hantierte in Küche und Wohnung, und wir Buben haben ihr das Leben weidlich schwer gemacht mit allerlei Schabernack. Im Sommer ging Detta mit uns Buben ins Glacis. So nennen die Würzburger ihre einzigartigen Grünanlagen, die sich wie ein Gürtel auf dem ehemaligen Befestigungsring um die innere Stadt ziehen. Wenn Jahrmarkt war, in Würzburg, dann hieß das aus alter katholischer Tradition ‚Messe', dann durften wir mit Detta zum Kranenplatz, wo Schaubuden mit all ihren Herrlichkeiten standen, dann die Karussells, und vor allem die große Kasperlbude. Einmal, ich war schon zwölf Jahre alt, wäre ich gar zu gerne in die Abendvorstellung zum Kasperle gegangen. Die dauerte nicht nur eine Viertelstunde wie am Tag, sondern eine volle Stunde, und es wurden ‚richtige' Theaterstücke gespielt. Aber um acht Uhr mußten wir ins Bett, und schulpflichtige Kinder durften laut Polizeivorschrift überhaupt nicht abends auf der Messe sein. Die Polizeivorschrift hätte mir weniger gemacht. Ich war groß für mein Alter und konnte schon mal einen Abend für einen Schulentlassenen durchgehen. Aber wenn Vater sagte: ‚Marsch, ins Bett!' da gabs kein Federlesen. Die Abendvorstellung aber begann um neun Uhr. Detta wußte Rat. Unsere Wohnung war im Parterre. Vor den Fenstern waren Holzläden, die abends von innen festgehakt wurden. Mit zweien von meinen Brüdern, mit denen ich in einem Zimmer schlief, ging ich wie jeden Tag zu Bett. Kaum schliefen die beiden Jüngeren, da kam Detta hereingeschlichen. Ich zog mich im Dunkeln an, Detta gab mir zehn Pfennig, hakte einen Fensterladen auf, und ich kletterte auf die Straße. Was hast du, was kannst du, rannte ich zum Kranenplatz und kam gerade noch recht. ‚Die Räuber' wurden gegeben. Ein vergröberter, gekürzter und romantisch verkitschter Abguß des Schillerschen Schauspiels. Kasperle war Diener beim alten Moor. Es war herrlich. Und vor allem ich war heimlich auf der Messe. Das war ja das Schönste daran."

Für Felix Fechenbach war das Puppenspiel ein Quell des Optimismus und der Lebensfreude. Er schrieb nicht nur eigene Stücke, als Beispiele seien „Kasperl als Lehrbub", „Kasperl und der Polizist" sowie „Kasperl als Nachtwächter" genannt. Er führte die Puppen, meist bei Veranstaltungen der „Kinderfreunde", agierte hinter der Bühne und hauchte den hölzernen Gesellen Leben ein. Die „Kinderfreunde" waren eine Jugendorganisation, die nach dem Ersten Weltkrieg Zeltlager, Kasperlaufführungen und ähnliche Freizeitangebote für Kinder gestaltete.

Gerade in seinen Berliner Jahren, dort lebte der ehemalige Privatsekretär Kurt Eisners von 1925 bis 1929, beschäftigte sich Felix Fechenbach verstärkt mit dem Puppenspiel. In Anlehnung an die Puppentheateraufführungen, die Fechenbach als Kind in seiner fränkischen Heimat sah, orientierte er sich an einem festen Figurenstamm. Neben dem Kasper gehörte der unbedarfte August zum harten Kern seines Ensembles. In Berlin ruft er den „Genossen Kasperl" als Weiterentwicklung des maßgeblichen Helden des Volkstheaters ins Leben. In einem Aufsatz unter dem Titel „Genosse Kasperle", erschienen im Felix-Fechenbach-Buch, beschreibt Fechenbach den proletarischen Aufgabenbereich des „Volkshelden" Kasperle: „Wer kennt den Kasperl nicht, diesen kleinen drolligen Kauz mit der Narrenkappe und dem großen Prügel? Er hat eigentlich schon immer zu uns gehört, denn trotz aller lustigen Kapriolen stand er stets auf der Seite der Unterdrückten und verdrosch alles, was für Unfreiheit und Gewalt eintrat. Auf den Jahrmärkten ist er der Held des Tages, erobert sich im Sturm alle Herzen, bejubelt von den Kleinen, belacht von den Großen. Er ist ein gar derber und dreister Bursche voll unverwüstlichem Humor. Kasperls Beliebtheit ist Jahrhunderte alt. Und das liegt darin begründet, daß sich hinter all seinen Späßen und lustigen Streichen ein Freund des Volkes, ein Rebell verbirgt. Schon im Mittelalter treibt er sein lustiges Wesen. Bei großen Kirchenfesten fehlte er nie. Dicht neben dem Dom schlug er sein Haus auf. Aber damals belustigte er nicht die Kinder. Er spielte vor Erwachsenen, verhöhnte alle Mächte der Autorität, war Verkörperung der derben Güte des Volkes, kämpfte gegen alles, was das Volk bedrückte und ängstigte. Feldherren und Fürsten, Ritter und Pfaffen waren vor seinem beißenden Spott und seinem kräftigen Prügel nicht sicher. Er war ein Rebell, ein Empörer, stets kampfbereit gegen die Mächte der Unterdrückung. Kasperl war auch Antimilitarist. Das blieb er sogar noch im kaiserlichen Deutschland bis zum Weltkrieg. Wie sprang er doch handgreiflich mit Feldwebeln und Offizieren um und brachte ihnen seine ‚schlagenden' Argumente mit dem Prügel bei. Köstlich waren die Szenen, in denen er sich mit einem Soldatenwerber auseinandersetzte, sich über den Fahneneid lustig machte und den Paradedrill verspottete. Das war noch der Kasperl mit seinem unbändigen Freiheitsdrang. Aber bald sollte es anders kommen. Der Krieg zog in die Kasperlbude ein, und aus dem Antimilitaristen wurde ganz plötzlich ein Franzosenfresser, ein Englandhasser und ein nationaler Schreier. Und selbst in der Nachkriegszeit konnte man ihn noch Franzosen und Engländer aufhängen sehen. Nur langsam fand er wieder zurück zu seiner gutmütigen, derbdreisten Art, zu seinem Humor und seiner schlauen Überlegenheit, mit der er gegen alles Unrecht kämpft. Aber die Mächte von gestern versuchen, sich des lustigen Burschen zu bemächtigen, und spannen ihn ein in ihre antisemitische und nationalistische Verhetzungspropaganda. Das paßt zwar nicht zu Kasperls Wesenart, aber er ist ja wehrlos und bekommt erst Leben durch den Spieler, der die Kasperlpuppe über die Bühne führt. Das haben aber auch die Roten Falken der Kinderfreunde und der Arbeiterjugend erkannt. Besonders bei den „Kinderfreunden" fand Kasperl bald eine neue Heimstätte. Der alte Kasperl aus der Vorkriegszeit stand wieder auf, der Rebell, der Empörer, der Freund der Unterdrückten. Und wer einmal einer Kasperlaufführung im Zeltlager der Kinderfreunde beigewohnt hat, dem wurde mit aller Deutlichkeit klar, welch starke erzieherische Wirkung Freund Kasperl ausüben kann. Fragen, die den Roten Falken am Herzen liegen, erfahren eine lustige Abwandlung in der Kasperlbude. Jetzt sind nicht mehr Tod und Teufel Kasperls Feinde. Mit Richtern, Fabrikanten, Fürsten und Offizieren haut er sich herum, und er ist dabei genauso lustig und drollig, wie er ehedem war. Kasperl ist Genosse geworden. Er ist dorthin zurückgekehrt, von wo er kam, ist wieder beim Volk, bei den Schaffenden und ihren Kindern."

Fechenbachs Hinwendung zum proletarischen Kasperltheater ging einher mit einer Bewegung, die in der zweiten Hälfte der zwanziger Jahre begann, das Kasperltheater als politisches Ausdrucksmittel für die Öffentlichkeitsarbeit der kommunistischen und sozialistischen Kindertheaterbewegung zu nutzen. Die Entwicklung beschreibt Jutta Schmitt: Damals entdeckte man in dieser Kunstform ein Medium, das wegen seines geringen Aufwandes und der dadurch bedingten Flexibilität für ‚massenhafte‘ kulturelle Selbstbestätigung geeignet war. Daraus ergab sich eine unterhaltsame aufklärende Kommunikation, die das kulturell-politische Selbstverständnis der Arbeiterklasse förderte. Aus der einfachen Form der Kinder- und Erwachsenenbelustigung in der traditionellen Weise wurde nun für Fechenbach und andere Autoren dieser Zeit politisches Kindertheater. Durch seine Veröffentlichungen im ‚Kinderfreund‘ regte Fechenbach schließlich andere Mitglieder der „Kinderfreunde", Kindergruppen und einzelne Erzieher zum Kasperlspiel an." Gespielt wurde in Jugendlagern oder in Sonntagnachmittagsvorstellungen für die ganze Familie.

Vom „Genossen Kasperl" ist im Roman „Der Puppenspieler" allerdings nichts zu spüren. Die Umstände — Fechenbach verfaßte den Roman 1933 in der „Schutzhaft" der Nationalsozialisten — verhinderten eine zeitkritische Auseinandersetzung. Den Roman beherrschen die menschlichen Schicksale. Kleine Begebenheiten am Rande, wie sie jedermann treffen können. In erster Linie ist der Roman eine Huldigung Fechenbachs an seine fränkische Heimat, an seine Liebe zum Puppenspiel. Auch die lange Tradition dieser Kunstform findet ihren Niederschlag im Roman. Fechenbach läßt dazu Vater Cornelius in der Geschichte des Puppenspiels blättern: „Weißt im Mittelalter, da hat bei den großen Kirchenfesten die Kasperlbude nie gefehlt. Der Kasperl hat sich da allerhand herausnehmen dürfen. Er hat so e Art Narrenfreiheit g'habt und sogar über die Obrigkeit und die großen Herren losziehn dürfen. Das war sonst keinem erlaubt. Und die Zuhörer waren arme Bauern und städtische Werkleut, weils der Kasperl immer mit den kleinen Leuten gehalten hat, die von den großen geschunden und geplackt worden sind. Gegen die Wucherer ist er losgezogen, die das Volk ausg'saugt ham, gegen die alle Leuteschinder, aber auch die Soldatenwerber hat er nit ungerupft gelassen ..."

Diese Gespräche ließen in Hans Cornelius im „Puppenspieler" den Gedanken reifen, das Kasperlspiel mit neuen Ideen zu beleben. „Hans konnte gar nicht genug hören aus der Geschichte des Kasperlspiels. Das muß ja früher eine ganz wichtige Sache gewesen sein, mit so einer Kasperlbude auf den mittelalterlichen Kirchenfesten herumzuziehen. Eigentlich wär's zu überlegen, ob man den Kasperl nit ein wenig moderner machen könnte." Fechenbach selbst setzte im Kasperlspiel mit neuen zeitgemäßeren Stücken Akzente. Ein Stück Fechenbach-Biografie umgesetzt im „Puppenspieler". Fechenbach schrieb seinen „Puppenspieler" im Gefängnis, seine Hauptfigur Hans erdachte seine neuen Stücke ebenfalls an einem solchen Ort, als er eine Haftstrafe verbüßen muß. Hans ist bedrückt über die Enge hinter den Gefängnismauern, ähnlich wie Fechenbach, der seine Erinnerungen an die Haft in Ebrach in seinem Buch „Im Haus der Freudlosen" beschreibt.

Ein Stück Felix Fechenbachs, „Kasperl als Lehrbub", findet sich nahezu authentisch im „Puppenspieler" als Idee von Hans wiedergegeben. „Jetzt war er bei einem Spiel, das sollte ‚Kasperl als Lehrling' heißen. Er ließ Freund Kasperl bei einem Schuhmachermeister in die Lehre kommen. Die Frau Meisterin ist eine böse Sieben, die den Lehrling zum Kinderwiegen und Gängebesorgen verwendet, so daß er nicht viel zur Schuhmacherei kommt. Kasperl macht recht viel überzwerch, foppt die Meisterin und in der Werkstatt gehts auch verquer. Er soll Bergschuhe nageln und Tanzschuhe frisch weiß anstreichen. Da macht ers gerade umgekehrt, nagelt die leichten Tanzschuhe mit schweren Bergnägeln und streicht die Bergschuhe mit weißer Schuhpaste an. Ein toller Streich folgt dem andern, bis Kasperl schließlich dem Meister sagt, er wolle als Schuhmacher lernen und nicht als Kindermädchen. Wenn er immer für die Meisterin arbeiten müsse, lerne er sein Handwerk nicht. Und schließlich dreht er dem Meister eine Nase und sieht sich nach einer besseren Lehrstelle um, wo er wirklich die Schuhmacherei lernen kann und nicht den ganzen Tag Kinder wiegen muß." Fechenbach selbst arbeitete von 1907 bis 1911 in einem Schuhwarengeschäft in Würzburg. Ein Zeugnis aus dieser Zeit beschreibt ihn als arbeitsam, zuverlässig und für den Beruf geeignet. Im Anschluß an seine Ausbildung zog es Felix Fechenbach nach Frankfurt.

*Lotti Fechenbach, die Tochter von Felix Fechenbach, lebt als einziges der drei Fechenbach-Kinder heute noch in der Schweiz.*

### III. Das Puppenspiel in der Familie Fechenbach

Die Liebe zum Schreiben und zum Puppenspiel war nicht auf die Person Fechenbachs beschränkt. In seiner Frau Irma fand Felix Fechenbach auch in dieser Beziehung eine Weggefährtin. Irma Fechenbach zeichnet zum einen dafür verantwortlich, daß nach dem Tod ihres Mannes seine Briefe, Fabeln, Gedichte, Kasperlstücke und sein Roman in Schweizer Verlagen veröffentlicht wurden. Walther Victor, ein enger Freund ihres Gatten, unterstützte sie bei diesem Vorhaben. Zum anderen hatte Irma Fechenbach selbst eine literarische Ader. Sie schrieb als freie Mitarbeiterin Kunstkritiken für Zeitungen, verfaßte eigene Kasperl-Stücke und machte ihre Kinder mit dieser Kunstform bekannt. An die Kasper-Aufführungen ihrer Mutter erinnert sich Lotti Fechenbach in einem Gespräch, das sie mit der Autorin dieses Beitrags in Zürich führte. Als einzige der drei Fechenbachkinder lebt sie heute noch in der Schweiz, ihre Geschwister fanden in Amerika eine neue Heimat. Das eidgenössische Nachbarland bot sich 1933 als Zufluchtsort für Irma Fechenbach, ihre zwei Töchter, Lotti und Hanni sowie Sohn Kurt an, als nach der Verhaftung Felix Fechenbachs auch seiner Familie in Deutschland Gefahr durch die Nationalsozialisten drohte. In St. Gallen fand man ein neues Zuhause, dort verbrachte Lotti Fechenbach ihre Kinder- und Jugendzeit, an die sie gern zurückdenkt. „Unsere Mutter versuchte uns diese Jahre, bei allen Schwierigkeiten, so schön wie möglich zu gestalten. Besonders erlebnisreich waren die Ferien, die wir noch bis 1938 bei unserer Oma mütterlicherseits, im Haus des Rechtsanwaltes und Justizrates Eppstein in Augsburg verbrachten." Fest in der Erinnerung verankert sind die Kindergeburtstage. „Meine Mutter hat immer ein Kasperltheater für uns aufgeführt." Die geschnitzten Figuren dafür hatte sie von Deutschland mitgebracht. Sie durften nicht fehlen, denn „Kasperli-Spiele gehörten für uns wie Bücher zur Kindheit". Die Stücke dafür schrieb Frau Fechenbach oft selbst.

Nun ist die Reihe an Lotti Fechenbach, die Tradition fortzusetzen und ihre Enkel mit dem lustigen Gesellen und seinen Freunden bekannt zu machen. „Erst jetzt merke ich, wie schwer es ist, für Kinder Kasperltheater zu spielen". Allerdings, die Liebe zum Puppenspiel ist nicht erst auf Grund der Enkel neu entflammt. Lotti Fechenbach fühlte sich dieser Kunstrichtung zunächst privat, später auch beruflich, immer verbunden. Bereits vor mehr als 30 Jahren gab sie Kurse im Puppenbau, lernte bei ihrer Arbeit in einer Werkstätte für leicht geistig behinderte Jugendliche den Wert des Puppenspiels für diese jungen Menschen schätzen. In dieser Einrichtung gehörte es zur Therapie, daß Puppenspieler ins Haus kamen, um für die Behinderten zu spielen. „Es war für mich eine wichtige Erfahrung, dort tätig zu sein. Lernte ich doch sehr viel, was mir sonst im ‚normalen' Leben verborgen geblieben wäre, besser zu verstehen", beschreibt Lotti Fechenbach diese Zeit.

Ein Zufall bescherte ihr schließlich eine noch intensivere berufliche Anbindung an das Puppenspiel: eine Stelle im Zürcher Puppentheater, in dessen Förderkreis sie allerdings schon seit Jahren Mitglied ist. Im Zürcher Puppentheater ist sie im Sekretariat tätig, schreibt Pressetexte für Zeitungen und Rundfunkanstalten in Zürich und im Kanton, entwickelt die Anzeigen, organisiert die Vorstellungen, schließt die Verträge mit den Truppen ab und ist bei der Spielgestaltung dabei.

Ob nun Felix, Irma oder Lotti Fechenbach: alle drei haben den Wert des Puppentheaters für die Entwicklung von Kindern erkannt, ihn auf ihre Weise eingesetzt und so zur Weiterverbreitung einer uralten Kunst und Tradition beigetragen. Denn Kasper und seine Verbündeten oder Gegenspie-

*Selbstgebaute und gesammelte Handpuppen von Lotti Fechenbach — aufgenommen in ihrer Züricher Wohnung.*

ler, konnten und können jeder Generation von Mädchen und Jungen wichtige Erkenntnisse spielerisch näherbringen.

Zwar wendet sich das Puppentheater und das Handpuppenspiel insbesondere heute immer noch fast ausschließlich an Kinder. Doch macht sich ein Sinneswandel breit, der dem Puppenspiel wieder mehr Bedeutung als Kunstform genauso für Erwachsene beimißt. Damit kehrt man zu den Ursprüngen zurück, als das Puppenspiel eine sehr ernstzunehmende Unterhaltung für Erwachsene war.

# Literaturhinweise

*Günter Böhmer:* Puppentheater. Dokumente aus der Puppentheatersammlung der Stadt München. München 1969

*Das Felix-Fechenbach-Buch,* Anonym hrsg. von Walther Victor. Arbon/Thurgau 1936

*Werner Dettelbacher:* Auf der Flucht erschossen. Der Lebensweg des Felix Fechenbach aus Franken. Nürnberg 1979 (Manuskript einer Sendung des Bayerischen Rundfunks)

*P. Dreyfus und Paul Mayer:* Recht und Politik im Fall Fechenbach. Berlin 1925

*Felix Fechenbach:* Im Haus der Freudlosen. Bilder aus dem Zuchthaus. Berlin 1925

*Felix Fechenbach:* Der Revolutionär Kurt Eisner. Aus persönlichen Erlebnissen. Berlin 1929

*Felix Fechenbach:* Mein Herz schlägt weiter. Briefe aus der Schutzhaft. Vorwort von Heinrich Mann. St. Gallen 1936 (Nachdruck 1987 im Andreas-Haller-Verlag, Passau, mit einem Beitrag von Robert M.W. Kempner: „Felix Fechenbach — ein Märtyrer der Justizgeschichte")

*Felix Fechenbach:* Der Puppenspieler. Zürich 1937

*Hermann Fechenbach:* Die letzten Mergentheimer Juden und Die Geschichte der Familien Fechenbach, Stuttgart 1972

*Roland Flade:* „Es kann sein, daß wir eine Diktatur brauchen." Rechtsradikalismus und Demokratiefeindschaft in der Weimarer Republik am Beispiel Würzburg. Würzburg 1983

*Roland Flade:* Die Würzburger Juden. Ihre Geschichte vom Mittelalter bis zur Gegenwart. Mit einem Beitrag von Ursula Gehring-Münzel. Würzburg 1987

*Roland Flade:* „Im Jahr 1927 entstanden die Würzburger Puppenspiele. Am Ende war das Publikum ‚phantastisch aufgewühlt' ", in: Main-Post, 9.2.1988

*Roland Flade:* „Die Geschichte der Würzburger Künstler-Marionettenbühne. ‚Unsere Opferbereitschaft fand im Rathaus keine Gegenliebe' ", in: Main-Post, 9.4.1988

*Klaus Günzel:* Alte deutsche Puppenspiele. München, Berlin 1971

*Max Hirschberg:* Der Fall Fechenbach vor dem Münchener Volksgericht. Eine Darstellung nach den Akten. Berlin 1922

*Gustav Köpper:* Aktualität im Puppenspiel. Emsdetten/Westf. 1966

*Hans R. Purschke:* Liebenswerte Puppenwelt. Das Figurentheater in der pädagogisch-kulturellen Praxis, Hamburg 1962

*Jutta Schmitt:* Das Puppentheater der zwanziger Jahre — Eine Auswahl. Sommersemester 1982 (Seminararbeit)

*Hermann Schueler:* Auf der Flucht erschossen. Felix Fechenbach 1894-1933. Eine Biographie. Frankfurt a.M., Berlin, Wien 1984

*Regina Weinkauf:* Das Figurentheater in der pädagogisch-kulturellen Praxis der deutschen und österreichischen Arbeiterbewegung von 1918-1933. 1982 (Magister-Hausarbeit)

# Der Puppenspieler

## von Felix Fechenbach

Meiner lieben, tapferen Irma

I.

„Hans! Hans! Wo steckst du denn? Da kann man sich ja die Lunge aus dem Leibe rufen, ehe der Bub Antwort gibt!"
Frau Berta Lechner stand vor ihrem kleinen Milchladen in der Kärrnersgasse, resolut die Fäuste in die Hüften gestemmt, und rief ihren Enkel, der etwa fünfzig Meter vom Laden entfernt mit ein paar anderen Buben Schusser spielte. Er war so eifrig dabei, die kleinen, bunten Tonkügelchen mit seiner Glaskugel aus einem im Sand gezogenen Kreis hinauszubugsieren, daß ihn das Rufen seiner Großmutter nicht einen Deut interessierte. Mittlerweile hatte Frau Lechner ihre Enkelin Lene aufgetrieben und ihr gesagt, sie solle Hans holen. Es dauerte aber eine ganze Weile, ehe sich Hans entschloß, seiner Schwester zum Laden der Großmutter zu folgen. Auf dem Rückweg prahlte er, daß er dem Franz Heim in einer halben Stunde siebenundzwanzig Schusser beim Kreiselspiel abgewonnen habe. Er war selig.
Im Milchladen wartete die Großmutter schon auf die zwei.
„Na, du Herumtreiber, kannst dich wieder nit von deinen Schussern trennen?"
„Wo ich doch grad im Gewinnen war! Die Milch kann ich auch noch später zu den Leuten tragen."
„Wenns bloß wegen der Milch wär, Hans. Die besorg ich heut selber. Aber der Vater is heut schon gekommen. Der Wagen steht drüben beim Kranen, und morgen wird mit dem Aufbauen angefangen. Sollst gleich rüberkommen mit der Lene, hat er sagen lassen."
„Juchhe! Der Vater! Komm, Lene, wir hauen ab!"
Und eins, zwei, drei, faßten sich der Bub und das Mädel bei der Hand und rasten im Galopp davon. Vor lauter Eifer hätten sie fast einen Mann umgerannt, der vorne, als sie um die Ecke bogen, gerade aus dem Zigarrenladen kam. Das störte sie aber gar nicht weiter. Dann waren sie am Kranen, dem Platz unten am Main, auf dem traditionsgemäß während der Kiliansmesse und bei ähnlichen Gelegenheiten die Karussells und Schaubuden stehen. Der holperig gepflasterte Platz war noch fast leer. Über dem grauen Gemäuer der einstigen Stadtbefestigungstore streckte der alte Kranen seine mit grüner Patina überzogenen Hebearme übers Wasser und ließ ein paar verrostete Ketten herunterhängen.
Auf dem Platz stand nur ein Wohnwagen, wie ihn die fahrenden Leute zu haben pflegen, die mit ihren Schaustellungen auf Messen und

*Über dem grauen Gemäuer der einstigen Stadtbefestigungstore streckte der alte Kranen seine mit grüner Patina überzogenen Hebearme übers Wasser und ließ ein paar verrostete Ketten herunterhängen*

Jahrmärkten herumziehen. Dorthin rannten die beiden Kinder und riefen schon von weitem:
„Vatter! Vatter!"
Durch die offene Tür des Wohnwagens kam Peter Cornelius die am Wagen festgehakte vierstufige Treppe herunter und strahlte über das ganze Gesicht, als er seine zwei Kinder in wilder Jagd auf sich zukommen sah.
„No, ihr Wildlinge, könnts wohl nit erwarten? Die Luft geht euch ja aus, wenn ihr so rennt!"
Und dann hatte er sie schon an sich gezogen und unter Lachen geküßt. Die Arme um je eines der Kinder geschlungen, setzte er sich auf die Stufen vor dem Wohnwagen. Und nun gings an ein Fragen und Erzählen.
„In Kitzingen war nix los. Ich hab mir's schon oft verschworen, daß ich nimmer hin will. Aber die Mutter meint halt, man dürfe keine Ge-

legenheit auslassen. Jetzt wird sie's wohl eingesehen haben, daß das kein Platz für uns is. Für Schiffschaukel und Karussell, ja! Aber für unsere Kasperlbude is da nit viel zu holen. Die Mutter kommt morgen erst. Sie is noch einen Tag bei ihrer Schwester in Kitzingen geblieben."

„Vatter", will jetzt Hans wissen, „hast schon die neue Kasperlbude bestellt? Ich freu mich fei arg darauf!"

„Nein, soweit is es noch nit. Ein Teil Geld hab ich schon beisammen dazu. Aber viele solche Pleiten dürfen wir nimmer schieben wie in Kitzingen, sonst wird's nix."

Hans zog einen Flunsch.

„Ich bin doch jetzt groß genug, daß ich mitspielen kann, da könntest du schon die neue Bude anschaffen."

„Da gibts gar nix zu maulen, Hans! Ich habe dir ein für allemal g'sagt: Du bleibst hier in Würzburg bei der Großmutter, bis du aus der Schule kommst. Da fang ich gar nit erst damit an, daß du alle acht Tage in einem anderen Ort in die Schule gehst. Was Gescheites käm da nit raus dabei. In den Ferien kannst meinetwegen mithelfen, und das eine Jahr wirst schon noch bei der Großmutter aushalten können. Dann bist mit der Schule fertig und ziehst zu uns in den Wohnwagen. Bis dahin tuts unsere kleine Bude. Wenn du erst mal dabei bist, dann wird die große angeschafft mit langen Bänken und einem richtigen Zeltdach drüber. Früher kommt das gar nit aufs Programm. Und damit basta!"

Wenn Vater Cornelius sagt „Damit basta!", dann ist das ein unabänderliches Votum, das wußte Hans. Aber wenn er auch nicht alles erreichen konnte, so wollte er wenigstens einen Teilerfolg. Beharrlich verfolgte er sein Ziel:

„Aber hier darf ich doch diesmal mitspielen? Mittwoch und Samstag nachmittag is keine Schule, und an den anderen Tagen ist sie schon um vier Uhr aus. Da hab ich Zeit genug; und am Sonntag sowieso."

„Hängst denn so arg am Kasperspielen? No, wär ja gar kein Wunder. Steckt halt im Blut. Der Großvater und der Urgroßvater waren schon Kasperspieler. So was vererbt sich ... No, ja, wenn dir gar soviel daran liegt, dann kommst halt, wenn schulfrei is."

„Lene, ich darf mitspielen!" jubelte Hans und zerrt Lene, die bis jetzt still zugehört hatte, vom Vater weg und wirbelt mit ihr ausgelassen, wie in einem tollen Hexentanz, im Kreis, daß dem Mädel fast der Atem ausgeht.

„Lene", sagt jetzt Vater Cornelius. „du redst ja kein Wort. Is dir was über die Leber gelaufen?"

„Nä, Vatter." Lene hat sich inzwischen von Hans losgemacht. „Ich wart auf was. Du hast mir das letzte Mal was versprochen."
„Ach, die Puppe! Freilich, die hätt ich fast vergessen." Und damit sprang er auf und holte aus dem Wagen eine schöne, große Puppe mit geschnitztem Holzkopf. „Die hab ich selbst geschnitzt, und die Kleider hat Mutter gemacht."
„Och, ich hab gemeint, du kaufst mir eine richtige Puppe. Weißt, so eine mit echtem Haar und Schlafaugen." Lene war enttäuscht.
„Natürlich, dem feinen Ding ist's wieder nit nobel genug", höhnt Hans. „Die hält aber besser wie eine Schlafaugenpuppe. Und was die Mutter für feine Kleider gemacht hat! Das ist ja alles reine Seide!"
Vater Cornelius merkte wohl, daß er, in der Absicht, Lene eine große Freude zu machen, doch nicht das Rechte getroffen hatte. Es schmerzte ihn. Aber er sagte nichts. Dann holte er aus dem Wagen ein paar Stücke gutes Schnitzholz, Schnitzmesser, Farbe und alles, was sonst zur Herstellung von Kasperlköpfen nötig ist und brachte es Hans, der ganz aus dem Häuschen war vor Freude.
„Ist das für mich? Darf ich das behalten?" Und als der Vater nickte, packte er alles zusammen und wollte gleich damit nach Hause. Aber Vater Cornelius hielt ihn lachend zurück:
„Nur immer langsam voran, daß die Versbacher Feuerwehr auch mitkommen kann! Willst mich denn hier allein lassen? Ich geh mit zur Großmutter."
Damit schloß er den Wohnwagen ab und ging mit seinen Kindern hinüber in die Kärrnersgasse. Er klinkte die Türe zum Milchladen auf und rief mit seiner frischen Stimme hinein:
„Grüß dich, Großmutter! Dein Zigeuner is wieder da! Hast fest zu tun, gehts G'schäft?"
Hinterm Ladentisch hantierte Frau Lechner. Sie hatte alle Milchgefäße gereinigt und war dabei, sie der Größe nach in die Regale zu stellen. Jetzt ließ sie aber alles liegen und stehen, um ihren Schwiegersohn zu begrüßen:
„Tut sich. Wenns noch a bissel besser ging, wärs gar nimmer zum Aushalten. Aber ich bin zufrieden, zum Leben reichts. Wir können gleich in die Stube gehen. Den Laden mach ich jetzt sowieso zu."
Damit war sie auch schon an der Ladentür und schloß ab. Hans ließ gleich den Rollbalken herunter, und dann ging die ganze Gesellschaft die paar Stufen hinterm Ladentisch hinauf in die Stube. Es war ein bißchen eng da, aber Peter Cornelius war es in seinem Wohnwagen auch nicht geräumiger gewohnt.

Während die Großmutter in der Küche das Abendessen richtete, machte sichs der Vater in der Sofaecke gemütlich. Lene spielte mit ihrer Puppe, und Hans machte sich mit dem Schnitzmesser zu schaffen. Vater Cornelius sah interessiert zu.

„Hast's noch nit verlernt, Hans?"

„Wo werd ich denn! Du hast mirs ja so genau gezeigt, und wie du das letzte Mal hier warst, hab ich ja schon fleißig geschnitzt. Damit ich aber in der Übung bleib, hab ichs in der Zwischenzeit mit dem Taschenmesser probiert. Willst einmal sehen?"

„Wird 'n schöner Mist geworden sein!"

„Daß dich nit brennst, Vatter! Da schau mal her!" Und er kramte aus einer Kiste in der Ecke ein paar Holzköpfe und zeigte sie triumphierend seinem Vater.

„No, man siehts wenigstens, daß es Köpfe sein sollen. Hast du da wirklich nur ein Taschenmesser dazu gehabt? Das ist ja allerhand! Jetzt, mit einem richtigen Schnitzmesser, tust dir leichter. Und wenn wir erst mal zusammen im Wohnwagen hausen, dann bring ich dir den richtigen Schmiß schon bei. Weißt, der Großvater war ja direkt ein Künstler im Schnitzen. Ich hab doch ein paar Köpfe von ihm. Der schönste ist der Kasperl, der mit der langen Nase."

„Ja, der is mir auch der liebste. Der hat so ein gutmütiges und doch verschmitztes Gesicht. Man sieht ihm richtig an, daß er ein guter Kerl und doch ein lustiges, ausgelassenes und ganz durchtriebenes Aas is. Das wird aber noch lang dauern, bis ichs so gut kann wie der Großvater; vielleicht bring ichs überhaupt nie so weit."

„Man kann sich nix verreden, wie's Nasenabbeißen, Hans! Bist ja noch jung, und Würzburg is auch nit an einem Tag gebaut worden."

Jetzt kam die Großmutter mit der Schüssel voll dampfender Kartoffeln in die Stube:

„Wirst hungrig sein, Peter!"

Dann brachte sie noch für jeden eine Schale dicke Milch, legte Brot auf den Tisch und das Messer dazu.

„Dicke Milch habe wir oft abends. Wenn was übrig bleibt im Laden, dann stell ich die Milch an zum Dick-Werden. Die Kinder mögens auch gern. Mußt halt vorliebnehmen, Peter."

„Mach keine Umständ, Großmutter, ich bin ja nit grad im Grafenschloß groß geworden. Also, guten Hunger, alle miteinander!"

Eine Weile hörte man jetzt nichts weiter als das Klappern der Löffel und das Geräusch, das beim Schlürfen der Dickmilch entstand, in die sich jeder Kartoffeln eingebrockt hatte.

„Daß ichs nit vergeß, Großmutter, nächstes Jahr nehm ich den Hans mit, wenn er aus der Schule kommt. Mit der Lene hats ja noch zwei Jahre Zeit."

„So, 's wird auch Zeit, daß er in richtige Zucht kommt. Auf mich hört er so nit, und nach der Schule stromert er immer mit seinen Rauli rum und macht nur dummes Zeug."

„Du tust ja grad, wie wenn ich der größte Strietzi in der ganzen Stadt wär', Großmutter", verteidigt sich Hans. „Ich kann doch nit den ganzen Tag in der Stube sitzen."

„Das verlangt auch kein Mensch von dir. Aber die Talavera hättst nit anzünden brauchen!"

Jetzt mischt sich der Vater ein:

„Was? Die Talavera hast angezündet?"

„Nit mit Absicht, Vater! Wir sind zu dritt drunten gewesen auf der Talavera. Weißt, auf der großen Wiese von der Neuen Mainbrücke bis zum Kloster Himmelspforten. Zuerst ham wir bei der Pferdeschwemme, wo die Flößer die langen Holzstämme laden, auf den Hölzern Nachlauferles g'spielt. Dann sind wir weiter hinter, wo die Korbweidenbüsche stehen, und haben ein Feuerle gemacht. Es war gar nit groß, und unsere Taschentücher ham wir vorher im Main naß gemacht, damit wir das Feuer gleich wieder auskriegen. Ist auch ganz gut gegangen. Zweimal hats geklappt. Aber das dritte Mal war das Feuer schon zu groß, und die nassen Taschentücher ham nix mehr geholfen. Da sind wir dann davongelaufen, und fast die ganzen Weidenbüsche sind runtergebrannt. Die Feuerwehr von der Zellerau is alarmiert worden und hat dann gelöscht."

„Bist wohl recht stolz gewesen auf deine Heldentat?" fragt Vater Cornelius.

„Nä, im Gegenteil! Schiß ham wir alle drei g'habt, daß was rauskommen könnt. No, da hätten wir uns auf eine schöne Tracht Prügel in der Schule gefaßt machen können."

„Und is nix rauskommen?"

„Da sind die gar nit schlau genug, Vatter. Die Verdeckten ham überall rumgeschnüffelt, aber dahintergekommen sind sie nit. Einmal war ich acht Tage nach dem Brand mit Franz Heim drunten auf der Talavera und hab ihm die schwarzen Brandflecken gezeigt. Gleich ist so ein Verdeckter auf uns zugekommen und hat uns aushorchen wollen. Ich hab aber das Kriminalpolizeiabzeichen auf seiner Weste gesehen, und da hat er fragen können, soviel wie er gewollt hat, rausgekriegt hat er nix!"

„Da hast du aber Glück gehabt. Wenn sie dich erwischt hätten, Hans,

dann hätt ich Schadenersatz leisten müssen, und mit der neuen großen Kasperlbude wärs Essig gewesen."
„Aber schön wars doch", läßt sich jetzt Lene vernehmen, „wie die Feuerwehr ausgerückt is. Ich war oben auf der Mainbrücke und hab alles ganz genau gesehen. Hans hats mir später gesagt, wie das mit dem Feuer gewesen is. Ich hab aber nix verraten, nur mit der Großmutter hab ich drüber gesprochen."
„Weil Frauenzimmer eben den Mund nit halten können", sagt Hans darauf recht männlich-überlegen und kann gar nicht verstehen, daß der Vater sich fast ausschütten möchte vor Lachen.
„Wie wärs denn jetzt", schlägt Vater Cornelius vor, „wenn wir alle in unsere sämtlichen Betten gingen?"
Hans und Lene wären zwar gerne noch aufgeblieben, aber sie wagten keinen Widerspruch, denn sonst hätte Vater nur noch gesagt: „Marsch, ins Bett und damit basta!" Und dagegen wäre doch nichts zu machen gewesen. So sagten sie „Gute Nacht!" und trollten sich in ihre Kammer.
Großmutter räumte den Tisch ab und besprach dann mit Peter Zukunftspläne.
„Daß du den Hans nächstes Jahr mitnimmst, is ja ganz in Ordnung. Aber du hast was von der Lene gesagt, die is jetzt zwölf Jahre vorbei, und du meinst, daß sie nur noch zwei Jahre bei mir bleiben soll. Willst denn das Mädchen auch zur Zigeunerin machen?"
„Red doch keinen Stuß! Zigeunerin? Weißt doch selber, daß wir keine Zigeuner sind. Marktfieranten sind wir, und ein ambulantes Gewerbe heißt das in der Amtssprache, was wir betreiben. Tust ja grad, wie wenn dir alles fremd wär, und bist doch selber mit deinem Josef mehr als zwanzig Jahr mit einer Schiffschaukel auf Jahrmärkten herumgezogen, bis das Unglück passiert is, das dem armen Josef das Leben gekostet hat. Dann hast die Schiffschaukel verkauft und den Milchladen aufgemacht. Ich hätt' doch deine Anna gar nit kennengelernt, wenn wir uns nit auf den Meßplätzen gesehen hätten. Und wir sind jetzt auch bald fünfzehn Jahre verheiratet. Also, tu nur nit so, wie wenn du was Besseres wärst als wir Leute im Wohnwagen. Hast selber lang genug drinnen gelebt."
„Grad deswegen, weil ich das unruhige Leben kenn, das ihr führt, solls die Lene einmal besser haben."
„Willst wohl gar eine Prinzessin aus ihr machen?"
Die Großmutter überhörte den Spott in dieser Frage. Aber sie blieb dabei, daß es Lene besser haben und nicht im Wohnwagen herumzi-

geunern soll. Peter Cornelius ließ die Sache zunächst auf sich beruhen und meinte nur:
„In zwei Jahren fließt noch viel Wasser den Main runter. Und was bis dahin sein wird, müssen wir alle abwarten. Aber Kochen und Nähen muß das Mädel lernen, dafür mußt du sorgen, Mutter."
„Da solls keine Not haben, Peter."
„Also, dann gute Nacht, Mutter! Und angenehmes Flohbeißen!"
„Bei mir gibts keine Flöhe", gab die Berta Lechner gekränkt zurück.
Aber Peter lachte nur ausgelassen: „Hast nie einen Spaß verstanden, Großmutter. Und auf deine alten Tage wirsts auch nimmer lernen. Nix für ungut, und nochmals: Angenehme Ruh!"
Auf dem Weg zum Main hinunter kehrte Peter Cornelius am Kranenplatz noch in eine Wirtschaft ein, trank ein Glas Bier und überlegte sich, wie es werden sollte, wenn er seinen Hans bei sich haben wird. Der würde schon ein richtiger Puppenspieler werden, der hat das Zeug dazu. Mit der kleinen Kasperlbude, das ist ja auch nicht das Richtige. Aber so lange man allein spielen muß, gehts. Ist der Hans erst mal so weit, dann muß die große Bude her, und damit wird auch mehr Geld verdient. Dann soll nur noch auf den großen Plätzen gespielt werden, und es müßt doch mit dem Teufel zugehen, wenns hernach nicht vorwärts gehen sollte.
Cornelius stand auf, bezahlte und schlenderte über den Platz nach seinem Wohnwagen.
Auf dem Kranenplatz waren am anderen Tag überall die Budenbesitzer mit ihren Helfern eifrig an der Arbeit, ihre leichten Zeltbauten zu errichten. Ganz vorne beim Kranen war ein Karussell schon fast fertig; dann kam Schichtels Theater, ein Hippodrom, eine Schiffschaukel, wieder ein paar Schaubuden, eine Schießbude, ein Panorama und dann die kleine Kasperlbude von Peter Cornelius. Er hatte sie mit seiner Frau, die inzwischen mit der Bahn von Kitzingen gekommen war, rasch aufgebaut, die Kulissen eingehängt, die Kasperlfiguren und alle Requisiten handlich zurecht gelegt. Eine kleine, ausgeleierte Drehorgel, die nur „Die lustigen Holzhackerbuam" und „Mein Herz, das ist ein Bienenhaus", zu quieken vermochte, wurde vor der Bude auf einem kleinen Tischchen aufgebaut. Es war alles fix und fertig. Auch die drei kleinen Bänke, auf denen knapp zwanzig Kinder Platz finden konnten, waren aufgestellt.
Frau Anna Cornelius zog sich jetzt in den Wohnwagen zurück, um das Mittagessen vorzubereiten. Da ruft ihr Peter durch die offene Tür zu: „Anna, vergiß nicht, der Pelz vom großen Teufel is ganz kaputt. Den mußt du in Ordnung bringen, und der Gevatter Tod könn-

*Auf dem Kranenplatz waren am anderen Tag überall die Budenbesitzer mit ihren Helfern eifrig an der Arbeit, ihre leichten Zeltbauten zu errichten*

te auch vertragen, daß ihm sein weißes Hemd mal wieder gewaschen wird!"

„Schon gut. Jetzt kommt erst das Essen dran, mittags bist du ja hungrig, und den Teufelspelz kannst ja doch nit essen. Heut nachmittag schau ich mal die Kasperlkleider durch. Dann wird alles repariert."

„Is mir recht, ich schau mich derweil um, was alles los ist. Um zwölf Uhr komm ich zum Essen."

Damit schlenderte er, die Mütze schief nach dem rechten Ohr gezogen, die Hände in den Hosentaschen vergraben, die Reihe der Buden entlang. Die kleineren Schaubuden interessierten ihn nicht weiter. Da war die dickste Dame der Welt. Die ist nur für Erwachsene, also keine Konkurrenz.

Gut war auch, daß gleich neben der Kasperlbude das Panorama stand. Da machen die Ausrufer nicht soviel Krach und das Kasperlspiel wird nicht gestört. Aber Schichtel gibt jeden Tag neben den Vorstellungen für Erwachsene auch noch eine Kindervorstellung, und die beiden Clowns als Anreißer locken mit ihren Späßen, die sie vor Beginn jeder Vorführung gratis und franko vor der Schichtelbude aufführen, nicht nur Erwachsene an, sondern auch sehr viele Kinder. Das war schon in Kitzingen so. Daß der Schichtel aber auch überall sein mußte, wo Cornelius seine Kasperlbude aufschlug. Wie verhext is das!

Sonst war keine Bude da, die ihm Sorge machte. Das Karussell zählt nicht. Damit muß man auf jedem Jahrmarktsrummel rechnen.

Peter Cornelius schob jetzt um die Ecke auf den kleinen Platz vor dem alten Kranentor am Ausgang der Juliuspromenade. Natürlich, der Schmitt mit seinem großen Kasperltheater ist auch da. Zehn lange Bankreihen vor der Bude mit Zeltdach darüber, damit er auch bei schlechtem Wetter spielen kann. Die Russische Schaukel nebendran und gegenüber die Raubtierschau und die anderen kleineren Buden sind nicht von Belang. Aber Schmitts Kasperltheater beschäftigt Cornelius intensiv. In Gedanken daran schlendert er zu seinem Wohnwagen zurück.

„Kannst gleich essen, Peter!", ruft ihm seine Frau entgegen. Sie setzen sich im Wagen an den kleinen Tisch. Das Essen steht schon bereit.

„Wenn ich mit dem Abwasch fertig bin, lauf ich schnell zu Seißer und dann zu Löser und will sehen, daß ich Stoffreste krieg. Ich muß ein paar neue Kasperlkleider machen."

„Du weißt doch, Anna, daß dafür kein Geld da is. Mußt halt die alten Fetzen wieder flicken."

„Darüber brauchst du dir keine grauen Haare wachsen lassen. Was ich nit umsonst krieg, laß ich liegen. Die Geschäftsleute können ja mit den kleinen Resten doch nix anfangen, da schenken sie sie schon her, wenn man schön drum bittet."

„Das Betteln paßt mir aber gar nit. No, ja, wenn man so mit jedem Pfennig rechnen muß, wie wir, kann man den Stoff für die Kasperlkleddasche nit auch noch bezahlen. Übrigens, der Schmitt is da! Drüben beim Kranentor steht er. Wir müssen jetzt unbedingt auch so ne große Bude mit langen Bänken haben wie der Schmitt und mit einem regenfesten Zeltdach darüber, sonst kommen wir unter die Räder. Das ist so klar wie Kloßbrühe!"

„Hast ja schon mal eine gehabt. Aber wenn man so in der Pechsträhne sitzt wie wir, dann kann nix klappen."

„No, ja, wenn der Blitz in den Anhänger einschlägt und alles in Flammen aufgeht, da kann man nix machen. War nur gut, daß wir den Wohnwagen retten konnten und die Kasperlfiguren, und daß es unserm Pferd nix getan hat. Is jetzt auch schon fünf Jahre her! Wenn

die Kinder nit bei der Großmutter wären, hätts uns noch dreckiger gehen können. Jetzt hätt ich ja die Anzahlung für die große Bude bald beisammen. Ich hab letzthin, wie wir in Nürnberg waren, mit dem Lieferanten schon die ganze Sache besprochen; er will mit kleinen Ratenzahlungen zufrieden sein. Nächstes Jahr, wenn der Hans aus der Schule kommt, will ich dann die große Bude anschaffen. Was meinst, Anna?"
„No, wenn d'halt denkst, daß du's schaffen kannst. Zum Aufbauen könnt der Hans dann ja auch mithelfen. Nur der Petrus darf nit gar zu oft regnen lassen, sonst buttern wir wieder zu."
„Wird schon richtig werden, Anna. Diesmal siehts ja nach gut Wetter aus. Schau zu, daß du die Kleddasche heut noch in Ordnung kriegst. Ich geh, das Standgeld bezahlen."

*

Am andern Tag war das schönste Wetter. Man konnte also auf ein gutes Geschäft rechnen. Es war ein Sonnabend. Um drei Uhr gings mit dem Messetrubel los. Unzählige Drehorgeln dudelten durcheinander. Vorm Schichteltheater musizierte eine ganze Kapelle, fünf Mann hoch. Schaulustige standen in Menge davor, hörten den Anpreisungen der Ausrufer zu und lachten über die derben Witze der beiden Clowns. Auf dem ganzen Kranenplatz war ein dichtes Gedränge und Geschiebe; man sah sich zunächst alles an, ging von Bude zu Bude, um mal zu sehen, was es alles gebe, dann erst entschloß man sich, in einer Bude seinen Obolus zu entrichten und einzutreten. Da und dort in der Menge standen Männer und Frauen mit einem umgehängten Kasten, in dessen Fächern allerlei Anstecknadeln, Broschen, Konfetti, Luftschlangen, Pfeifchen, Trompeten und Klappern zum Kauf auslagen oder an einem, auf den Kasten aufgesetzten Gestell herumbaumelten. Um einen Stock, der an der Seite des Kastens angebracht war, ballten sich an dünnen Fäden befestigt, bunte Luftballons, rote, grüne und blaue.
Das Karussell war schon fest in Betrieb. Jubelnde Kinder saßen auf den Pferden oder in einem Schiff, das während der Fahrt schaukelte, und waren voller Seligkeit. Vor dem Kranentor war in der Russischen Schaukel schon Hochbetrieb, und die Juliuspromenade war rechts und links von endlosen Reihen von Verkaufsbuden eingesäumt, zwischen denen sich eine dichte Menge hindurchschob, hinunter zum Kranen.
In dem großen Kasperltheater von Schmitt spielte bereits die Drehor-

gel, und die ersten Kinder saßen schon auf den Bänken. Aber auch bei Vater Cornelius war schon Betrieb. Frau Anna drehte fleißig die Orgel, die ein wenig heiser und quiekend „Die lustigen Holzhackerbuam" hören ließ. Einige Kinder saßen auf den Bänken, und rundherum standen Kinder und Erwachsene als Zaungäste.
Hinter der Kasperlbude beim Wohnwagen bettelte Hans, der Vater solle ihn doch den Kasperl spielen lassen. Aber Vater Cornelius war unerbittlich.
„Der Kasperl is die Hauptfigur, den spiel ich selbst. Beim Großvater wars auch so. Der hat den Kasperl immer selber gespielt, bis ich größer war. Du mußt halt noch ein bißle warten."
„Aber ich kann doch die Texte alle schon in- und auswendig."
„Du hasts gehört, und damit basta! Wir spielen erst das kleine Vorspiel mit Kasperl und seinem Freund August, da kannst du den August nehmen. Dann kommt das Stück „Kasperl und der Wucherer", da spielst du den Wucherer, und später, wenn ihn Kasperl totgeschlagen hat, machst du den Polizisten. Da hast du grad genug zu tun!"
Dabei bliebs dann. Hans war froh, daß er überhaupt mitspielen durfte. Es war immer sein Höchstes, und er hätte sichs für noch so viel nicht abkaufen lassen. Und geschickt war er, als stecke er schon jahrelang in der Kasperlbude. Dabei durfte er nur dann und wann, wenn der Vater mit seiner Bude in Würzburg war, kleine Rollen übernehmen. Die vorher toten Handpuppen wurden in seinen Fingern quicklebendig: er verstand es, die ulkigsten Bewegungen zu machen, und beim Vorspiel, das nicht den starren Rahmen hatte wie die Hauptstücke, improvisierte er und spielte auf lokale Ereignisse an, die den Würzburger Kindern bekannt waren, so daß der Vater seine helle Freude daran hatte.
Mittlerweile hatte Frau Anna auf ihrer Drehorgel auch „Mein Herz, das ist ein Bienenhaus" heruntergedudelt, nahm eine große Glocke und bimmelte damit, daß es nur so eine Art hatte. Hans und sein Vater verschwanden in der Kasperlbude, und mit einem lustigen Hopser war Kasperl auf der Spiellatte:
„Seid ihr alle da?"
„Jaaa!" riefen begeistert zehn Kinderstimmchen von den Bänken.
„Habt ihr alle Geld?"
„Jaaa!"
„Dann schreit einmal alle fest Hurraaa!"
„Hurraaa!", klang es von den Bänken, und der Kontakt zwischen Kasperl und den Kindern war hergestellt: August hopste auf die Latte, und das Vorspiel begann. Derweil brachten noch einige Mütter ih-

re Kinder und setzten sie auf die Bänke, während sie selbst als Zaungäste hinter oder neben den Bänken stehen blieben.
Während das Kasperlspiel die Kinder immer mehr fesselte und sie zu begeistertem Mitspielen hinriß, oblag Frau Anna ihrer prosaischen, aber um so wichtigeren Pflicht des Einkassierens. Die Kinder hatten alle schon ihr Fünfpfennigstück bereit und legten es in die hingehaltene Holzschale. Bei den Zaungästen war die Sache schon etwas schwieriger. Die Kinder schlüpften beim Herannahen der Frau Cornelius gewandt zwischen den Beinen der Erwachsenen durch, um sofort wieder zurückzukehren, sobald keine Gefahr mehr war. Aber Frau Cornelius drückte den Kindern gegenüber gern ein Auge zu. Dagegen war sie unerbittlich bei den Erwachsenen. Unter denen gab es viele, die stehen blieben, solange es nichts kostete, aber sofort verschwanden, wenn die Holzschale einen Obolus heischte. Oder sie sahen unentwegt auf das Spiel und taten, als sähen sie die Frau mit der Holzschale gar nicht. Zunächst war Frau Cornelius recht höflich:
„Bitt schön, Herr, einen kleinen Beitrag fürs Kasperle..."
Frau Cornelius tippt den „Schwerhörigen" leise mit der Holzschale an. Der kann jetzt nicht mehr aus und will schnell verschwinden.
„Vergessen Sie bitte das Zahlen nicht, Herr Nachbar!"
Aber schon war der Zaungast verschwunden. Frau Cornelius war ärgerlich, zwang sich aber doch zu freundlichem Ton:
„Bitt schön, Madam!" und hielt ihre Holzschale einer Frau hin, deren Kind auf einer der Bänke saß.
„Mein kleines Mädel hat schon bezahlt, Frau." Dabei deutete sie auf ihr Töchterchen.
„Das Kind hat nur ein Fünferle für sich bezahlt. Wenn Sie zusehen, müssen Sie auch bezahlen, Madam!"
„Entschuldigen Sie, das wußte ich nicht", sagte die Frau sichtlich verlegen. Dann zog sie ihre Börse und legte zehn Pfennige in die Schale.
„Verbindlichsten Dank!"
Und schon war Frau Anna bei einem jungen Mann, der eine Zigarette zwischen den Lippen, sich köstlich über Kasperls Späße amüsierte:
„Bitt schön, junger Herr!" Wieder hielt sie die Holzschale hin. Der Angeredete tat nichts dergleichen. Jetzt wurde die sonst so ruhige Frau Anna fuchsteufelswild:
„Wenn Sie nicht bezahlen wollen, können Sie hier nicht stehen bleiben, Sie! Wenn Sie auch einen hohen Stehkragen anhaben!"
„Ich bin ja nur einen Moment stehen geblieben, ich geh ja schon wieder weiter..."
„Die Sorte Nassauer kenn ich! Rauchens eine Zigarette weniger,

dann kann sich der Kasperl ein Stück Brot mehr kaufen. Sie sollten sich was schämen, kleine Leute ums Geld zu bringen!"
Das zog. Frau Anna hatte den Ehrenpunkt berührt, und der junge Mann griff in die Westentasche und warf ein Geldstück in die Schale. Schließlich war alles abgeklappert. Nach fünf Minuten wurde die Runde nochmals gemacht. Sie brachte aber nur noch zehn Pfennig ein. Dann überschlug Frau Anna das Kassenergebnis: Fünfundsiebzig Pfennige von den Kindern auf den Bänken und fünfundvierzig von den Stehgästen, zusammen also eine Mark und zwanzig Pfennige. Der Ärger von vorhin war vergessen. Frau Anna schien zufrieden zu sein. Für die erste Vorstellung, die immer etwas schwächer besucht ist, war das ganz ordentlich. Es ließ sich also ganz gut an. Wenn nur der Ärger nicht wäre beim Kassieren mit den Nassauern!
Das Spiel war jetzt auch zu Ende. Kasperl hatte den Wucherer totgeschlagen und dem Polizisten, der ihn deshalb fangen wollte, eine Nase gedreht und sich dünne gemacht. Dann kam er nochmals auf die Latte gehopst:
„So, Kinder, das Spiel ist jetzt aus und vorbei, und in zehn Minuten gehts wieder aufs neue! Servus, alle miteinander. Juchhu!" Und mit elegantem Schwung fuhr Kasperl durch die Kulisse ab.
Da orgelte Frau Anna schon wieder ihre „Lustigen Holzhackerbuam". Dann kam das „Bienenhaus" wieder dran; aber sie mußte ihr Repertoire noch zweimal durchnehmen, ehe wieder genügend „Kundschaft" da war. So gings ununterbrochen weiter, bis kurz vor sieben Uhr abends. Die letzten Vorstellungen ergaben nur noch einen geringen finanziellen Ertrag. Aber beim Kasperlspiel mußte mit jedem Pfennig gerechnet werden.
Hans war tüchtig müde. Es waren drei verschiedene Stücke abwechselnd gespielt worden. Dann fing man wieder von vorne an. Die Texte machten ihm keine Schwierigkeiten, aber der rechte Arm, mit dem er seine Puppen führte, war wie lahm. Er muckste aber keinen Ton darüber, aus Sorge, daß er am nächsten Tag aussetzen müsse. Der Vater war sehr zufrieden mit ihm.
„Wirst mal ein tüchtiger Puppenspieler, Hans! Du hast den Dreh raus und eine Fingerfertigkeit, daß es ne wahre Freude is."
Hans war ordentlich stolz auf dieses Lob. Dann verabschiedete er sich und ging hinüber in die Kärrnersgasse zur Großmutter.
Die vierzehn Tage des Messetrubels waren vorüber. Hans hatte jeden Nachmittag dem Vater helfen dürfen. Darüber hat er sein Schusserspiel und alle tollen Jungenstreiche, zu denen er sonst stets bereit war, vergessen.

Die ganzen zwei Wochen über war gutes Wetter gewesen, so daß Vater Cornelius recht zufrieden mit dem Ergebnis war. Hans durfte noch beim Einpacken helfen, und auch Lene war zum Abschiednehmen gekommen, während Frau Anna noch zu einem kurzen Plausch hinüber zur Großmutter gegangen war. Sie brachte gleich das Pferd mit, das in der Nähe im Stall eines Gasthofes untergestellt war. Es wurde sofort angespannt. Dann gings weiter. Am nächsten Tag war Jahrmarkt in Schweinfurt. Da mußte man die Nacht durchfahren. Beim Abschiedwinken rief Lene dem Vater Cornelius noch zu: „Aber das nächste Mal, Vatter, bringst mir eine richtige Puppe mit echtem Haar und Schlafaugen mit, gell!"

## II

Unter den Buben in der Kärrnersgasse herrschte starker Korpsgeist. Auf ihren Spielplätzen hatten die Buben der Nachbarstraßen und -gassen nichts zu suchen. Ließen die es sich aber doch einmal einfallen, beim Räuber- und Schandelspiel in die Kärrnersgasse zu kommen, dann war das fast einer Kriegserklärung gleich, und es kam zuweilen zu recht handfesten Keilereien. Hans Cornelius genoß unter den Kärrnersgäßlern die Autorität eines Anführers und er wußte seine Schar auch meist so zu führen, daß sie den Sieg davontrug.
Gretl, die Tochter des Bäckermeisters Kilian Hein aus der Kärrnersgasse, spielte auf der Straße eines Tages Ball mit Lene Cornelius. Die beiden Mädel waren gleichaltrig und gingen in dieselbe Schulklasse. Den ganzen Tag steckten sie zusammen. Sie waren im heitersten Spiel, da kam ein großer, rothaariger Bengel vom Pleicher Kirchplatz herunter. Es war Fritz Schmitt, und er hänselte die beiden Mädels nach Strich und Faden.
Die Kärrnersgässer Buben waren auf Kirschenpartie, weil die Kirschen, die sie sich von den Bäumen anderer Leute holten, ihnen viel besser schmeckten als jene, die sie etwa zu Hause bekamen. Die meisten hatten aber bei Muttern überhaupt keine Kirschen zu erwarten. Hans wollte zuerst nicht mit. Aber die anderen wußten schon, wie sie ihn zu fassen hatten. Franz, der Bruder der Gretl Hein, höhnte:
„Laß doch den Schisser bei seiner Großmutter am Schürzenbändel!"
„Wenn du mich nochmal einen Schisser nennst, dann kriegst eine Schelle, daß dir deine Backenzähne in Gruppenkolonnen hinten rausfliegen!"

„Brauchst bloß mitgehn, dann sagt kein Mensch sowas zu dir."
„Also, gut! Ziehn wir los!" Einen Schisser wollte sich Hans nicht nennen lassen.
Und so war es gekommen, daß an diesem Nachmittag die Blase abgezogen war und die Mädels das Feld allein beherrschten. Fritz Schmitt glaubte deshalb, ungestraft seinen Schabernack mit ihnen treiben zu können. Als dann Gretl den Ball einmal nicht auffing, sprang Fritz schnell zu, nahm den Ball und rannte damit davon. Es war Gretls schönster Ball, den sie zum Geburtstag von der Mutter bekommen hatte.
Fritz stellte sich breitbeinig mitten in die Straße und rief der Bäckermeisterstochter einen derben Spottvers zu:
„Drunten in der Kärrnersgass'
Da wohnt der Kiliansbäck,
Der hängt sein Arsch zum Fenster raus
Und schreit, es wär e Weck!"
Gretl flennte, daß ihr ganzes Gesicht in Tränen gebadet war, und Lene hatte zu tun, sie zu trösten.
Abends kamen die Buben wieder. Sie waren vom Feldhüter erwischt worden, der mit seinem Vogelgewehr Schreckschüsse abgegeben hatte. Sie mußten alle schleunigst ausreißen, weil sie nicht Lust hatten, namentlich festgestellt zu werden. Das hätte nämlich in der Schule ein sehr unangenehmes Nachspiel haben können.
Beim Davonlaufen war Franz Hein gestolpert und gefallen. Dabei hatte er die ganzen Kirschen zerquetscht, die in seiner, mit einem Gummizug um den Leib zusammengehaltenen Bluse verstaut waren. Die Bluse sah bös aus, und Franz schlich sich heimlich ins Haus, um nicht gesehen zu werden. Er hatte aber Pech und lief seinem Vater in die Hände. Nach einem kurzen Fragen und Antworten nahm Vater Hein unter Zuhilfenahme eines Rohrstocks eine gründliche Reinigung von Franzens Bluse vor, vergaß aber, vorher Franz aus der Bluse zu nehmen.
Gretl hat die ganze Kirschengeschichte ihres Bruders am andern Tag dem Hans erzählt, der sich erkundigte, ob Franz ungerupft davongekommen wäre. Bei dieser Gelegenheit erfuhr er auch die Sache mit dem gestohlenen Ball.
„Was, der Fritz Schmitt wars? Der mit den roten Haaren?"
„Ja, Hans, und den gemeinen und frechen Schimpfvers auf meinen Vater hat er mir auch wieder zugerufen, und dann is er mit meinem Ball davongelaufen..."
Und schon war Gretl wieder am Weinen.

„No, da brauchst nit gleich flennen. Deinen Ball kriegst wieder. Da sorg ich schon dafür. Auf Ehr und Seligkeit!"
Eine Stunde später hatte Hans seine ganze Blase beisammen und hielt Kriegsrat. Josef Berger wurde bestimmt als Parlamentär hinüber zum Pleicher Kirchplatz zu gehen und die bedingungslose Rückgabe des gestohlenen Balles zu verlangen.
Josef zottete los, kam aber schon nach zehn Minuten wieder, ohne Ball, aber mit einem Buckel voll Hiebe. Der rote Fritz war mit noch zwei anderen Buben über Josef hergefallen. Sie hatten ihn ganz fürchterlich vermöbelt.
Jetzt war unzweifelhaft der „Kriegsfall" gegeben. Es bedurfte keiner langen Beratung mehr. Hans teilte seine Kärrnersgäßler in zwei Haufen, den einen führte er selbst, den zweiten übergab er Franz. Dann entwickelte er seinen Kriegsplan:
„Also, der rote Schmitt hat seine Gatt jetzt sicher schon zusammengeholt. Du, Franz, gehst mit zwölf von uns den Verbindungsweg da rauf zum Pleicher Kirchplatz und tust so, wie wenn ihr angreifen wolltet, aber ihr dürft nit auf den Kirchplatz raus. Der rote Fritz muß mit seiner Gatt näher zu euch, dann zieht ihr euch ein kleines Stück zurück. Derweil gehe ich mit meinem Haufen über die Juliuspromenade und komm von der anderen Seite auf den Kirchplatz. Dann haben wir sie zwischen uns! Also, jetzt is fünf Uhr. Wir brauchen zu dem Umgehungsweg eine Viertelstunde. Genau um fünf Uhr fünfzehn mußt du am Kirchplatz sein. Das andere mach ich dann!"
„Mensch!", ruft Josef, „an dir is ein General verloren gegangen! Ich geh mit dir, Hans. Dem Roten will ichs heimzahlen!"
Dann trennten sich die zwei Haufen, und pünktlich, wie vereinbart, erschien Franz mit seinem Haufen am Eingang zum Kirchplatz. Der rote Fritz stand mitten auf dem Platz unter seiner Schar und redete heftig gestikulierend auf sie ein. An den verschiedenen Gassen, die zum Platz führten, waren Posten aufgestellt. Der eine, der Franz und seinen Haufen hatte kommen sehen, war schnell nach der Platzmitte gerannt und hatte alarmiert:
„Fritz, die Kärrnersgäßler kommen!"
Darauf rückte alles Franz entgegen, und die Posten von den übrigen Zugängen zum Platz rannten auch her. Der rote Fritz war ganz vorne. Bis auf zehn Schritte kam er an Franz ran und stellte sich breitbeinig hin:
„Ihr Schisser, ihr traut euch wohl nit? Kommt doch her, wenn ihr was wollt!"
Aber Franz ließ sich durch diese Herausforderung nicht von seinem

*Der Pleicher Kirchplatz*

mit Hans vereinbarten Kriegsplan abbringen, sondern zog sich mit seinem Haufen ein paar Schritte zurück und rief dem roten Fritz zu:
„Ihr habt grad so weit zu uns wie wir zu euch! Kommt doch her, wenn ihr Kurasche habt!"
So ging das gegenseitige Herausfordern noch eine Weile hin und her. Das war nichts besonders Auffälliges, weil dieser Maulkampf unerläßlich war als Einleitung zu jeder handgreiflichen Auseinandersetzung, ähnlich wie bei den klassischen Helden des alten Griechenland.
Jetzt hörte Franz von der anderen Seite des Platzes einen gellenden Pfiff. Das war das Zeichen. Hans war den anderen im Rücken.
Im nächsten Augenblick gerieten Franz und der rote Fritz aneinander und balgten sich. Die anderen Buben stürzten ebenfalls vor, und im Nu war eine allgemeine Keilerei im Gang. Inzwischen stürmte Hans mit seinem Haufen wie die wilde Jagd über den Platz, und der rote Fritz mit seiner Schar kam arg ins Gedränge, denn jetzt gabs ungebrannte Asche von zwei Seiten.
Josef und Hans drängten sich an den roten Fritz, worauf Franz ihn sofort den beiden überließ. In wenigen Minuten waren die vom Pleicher Kirchplatz in die Flucht geschlagen. Den roten Fritz, dem Josef die Keile, die er vorher bekommen hatte, gewissenhaft zurückerstattet hat, haben die Kärrnersgäßler festgehalten. Hans verlangte jetzt den gestohlenen Ball:
„Den hab ich nit bei mir", sagte er trotzig.
„Wo hast ihn?", inquiriert Hans weiter.
„Dort bei der Baustelle is er versteckt."
„Marsch, hol ihn gleich her!"
Die ganze Korona ging nun zum Bauzaun, und Fritz holte den gestohlenen Ball aus seinem Versteck. Ehe ihn aber Hans noch fassen konnte, hatte Fritz mit einem Taschenmesser einen raschen Schnitt getan, und Gretls Ball war futsch. Der rote Fritz gab Fersengeld.
„Laßt ihn laufen!", entschied Hans. „Wir kriegen ihn ein andermal."
Dann schob Hans mit seinen siegreichen Kärrnersgäßlern ab. Ihm war der Ausgang der Sache gar nicht nach seinem Sinn.
„Warum schaust du denn so langsam, Hans", fragte jetzt Franz Hein.
„Du machst ja ein G'sicht, wie eine verbrannte Wanze."
Hans zeigte ihm nur den zerschnittenen Ball:
„Da!"
„No, mei' Schwester hat ja noch einen anderen. Die Hauptsach is, daß die vom Kirchplatz mal e ordentliche Tracht Hieb gekriegt ham."
Aber für Hans war damit die Sache nicht erledigt:

„Ich hab der Gretl versprochen, daß sie ihren Ball wieder kriegt; das kaputte Ding da, das kann ich ihr doch nit bringen. Ich werd schon wissen, was ich mach!"
Damit schob er ab.
Am nächsten Tag ging er von der Schule nicht nach Hause, sondern in die Stadt zu Perradoner. Da gabs alle Spielsachen, die man sich nur denken konnte. Er zeigte den zerschnittenen Ball vor:
„Genau den gleichen möcht ich."
Die Verkäuferin hatte auch wirklich noch einen von der gleichen Größe und Farbe.
„Was kostet der?"
„Siebzig Pfennig!"
„Soviel hab ich aber nit dabei", sagt Hans verlegen. „Da muß ich noch zwanzig Pfennig holen."
So schnell er konnte, wischte er dann zur Ladentür hinaus, damit die Verkäuferin nicht sehen sollte, wie ihm die Lüge das Blut ins Gesicht trieb.
Hans hatte seinen Plan fertig. Er mußte siebzig Pfennige auftreiben, koste es, was es wolle. Und er wußte auch schon, wie er das anstellen mußte.

*

Am Mittwoch prangte im Schaufenster des Milchladens der Frau Berta Lechner in der Kärrnersgasse 137 dieses von Hans auf weißem Karton gemalte Plakat:
Große Kasperlvorstellung
Sonntag nachmittag
Anfang 4 Uhr
Kärrnersgasse 137 im Hof
Eintritt: Sitzplatz 2 Pf. – Stehplatz 1 Pfg.
Hans hatte Josef und Franz unter dem Siegel der Verschwiegenheit ins Vertrauen gezogen. Es wurden Eintrittskarten angefertigt, kleine Papierblättchen, auf die Hans einen Kasperkopf malte. Mit Rotstift für den Sitzplatz, mit schwarzem Blei für die Stehplätze. Diese Eintrittskarten sollten von Josef und Franz bis zum Sonntag an alle Buben und Mädels in der Kärrnersgasse verkauft werden.
Aber Hans hatte noch eine andere Sorge. Kasperlköpfe hatte er genug. Auch Hände und Füße hatte er längst geschnitzt, nur die Kleider für die Puppen fehlten. Schwester Lene hatte keine Lust dazu, die Puppenkleider zu nähen, und der Großmutter durfte er erst gar nicht damit kommen, das wußte er. Schließlich blieb ihm nichts anderes

übrig, als die Hein-Gretl darum zu bitten. Die Schwierigkeit war nur, daß die nicht spannte, wozu der ganze Aufwand dienen sollte.
Hans ging also hinüber zum Bäcker Hein und fragte nach Gretl. Die Mutter sagte ihm, sie wäre im Hof draußen und spielte Seilspringen. Im Hof fand er die Gretl. Sie war allein.
„Tag, Gretl!"
„Tag, Hans! Willst mir wohl sagen, daß der rote Fritz meinen Ball kaputtgeschnitten hat? Ich weiß es schon von Franz. Aber Mutter hat mir schon versprochen, daß ich zu Weihnachten einen neuen krieg'."
„Nä, deswegen bin ich nit gekommen. Ich wollt' dich nur fragen, ob du mir nit einen großen Gefallen tun willst?"
„Was soll ich denn?"
„Weißt, ich hab mir Puppenköpfe geschnitzt für ein Kasperltheater und möcht mir noch ein paar machen. Dazu brauch ich aber noch Schnitzholz und Farbe und so. Und weil ich kein Geld hab und von der Großmutter auch keins krieg, will ich am Sonntag Kasperle spielen drüben bei uns im Hof, und von dem Eintrittsgeld möcht ich mir dann die Sachen kaufen."
Hans war puterrot geworden und wunderte sich nur, daß er die Lüge so glatt herausgebracht hatte.
„Au, fein!" jubelte die Gretl. „Da komm ich auch. Was kost's denn Eintritt?"
„Für dich gar nix. Du kriegst ein Freibillett. Aber du mußt mir helfen. Willst du?"
„No, das ist doch klar, daß ich dir da helf. Aber ich kann fei nit Kasperl spielen."
„Das ist auch nit nötig. Sollst mir bloß helfen, die Kleider für die Kasperlpuppen zu nähen."
Jetzt wars heraus und Hans atmete erleichtert auf.
„Wenns weiter nix is! Ich hab auch die Kleider für meine Puppe selber gemacht. Wart, ich hol noch ein paar schöne Stofflappen aus Mutter ihrem Flickkorb. Ich bin gleich wieder da!"
Das war ja viel besser gegangen, als sich Hans das gedacht hatte. Gretl war bald wieder zurück, brachte bunte Flicken, Nadel, Faden, Fingerhut und Schere mit, und zehn Minuten später saßen Hans und Gretl in der Stube hinterm Milchladen. Hans gab an, welcher Stoff für den Kasperl, welcher für den August, für den Polizisten, für den Teufel, den Tod und für die anderen Figuren genommen werden mußte, und wie die geschnitzten Hände in den Ärmeln der Puppenkleider festgemacht werden sollten. Da Gretls Flicken nicht ausreichten, wurde Großmutters Flickkorb noch geplündert.

Am Donnerstag und Freitag nach der Schule waren immer noch nicht alle Kleider fertig, aber die Großmutter war hinter die Plünderung ihres Flickkorbes gekommen, und es hatte einen heillosen Spektakel gesetzt, so daß es Hans vorzog, die Kasperlschneiderei in den Hof zu verlegen.
Am Samstagnachmittag war wieder schulfrei. Da sind dann die letzten Kleider genäht worden. Hans saß neben der Gretl im Hof auf einem Handwagen, schnitzte noch ein paar Kasperlhände zurecht und machte einige Prügel zum Zuschlagen handlich für Kasperl, weil ohne Prügeln das ganze Kasperlspielen keinen Spaß machte. Auch sonst hatte er noch allerlei Requisiten fertig zu machen.
Gretl gab ihm jetzt das letzte Kasperlkleid, das sie genäht hatte: „So, jetzt hab' ich sie alle!" „Das hast aber fein gemacht, Gretl. Wenn ich bloß wüßt, wie ich dir's danken soll?"
„Ah, mach G'schichten! Ich krieg' ja ein Freibillett! So, und jetzt muß ich heim, sonst schimpft die Mutter."
Damit rannte sie fort und entzog sich allen weiteren Dankesbezeugungen.

*

Am Sonntagnachmittag hatte Hans ein volles Haus. Mit Franz und Josef hatte er ein paar leere Kisten und Fässer im Hof aufgestellt und alte Bretter darübergelegt. So waren im Nu die Sitzplätze entstanden. Es war aber so viel Publikum gekommen, und die meisten hatten Karten für Sitzplätze gekauft, daß die Bretter nicht ausreichten. Da wurde der Handwagen hinter die Sitzreihen gefahren, und die Letzten mußten darauf Platz nehmen.
Die Kasperlbude hatte am wenigsten Arbeit gemacht. Im Hof war der Eingang zum Warenlager einer Obsthandlung. Die Türe lag in einer tiefen Nische. Vor dieser Nische hatte Hans die Bügeldecke der Großmutter quergespannt und an den Holzpfosten festgenagelt. Hinter der Bügeldecke hockte er auf einer kleinen Kiste, und die Kasperlbühne war fertig.
Josef kontrollierte gewissenhaft, ob auch jeder eine Eintrittskarte hatte, und erstattete Hans Rapport:
„Du, achtzig Pfennig haben wir eingenommen! Fein! Was?"
„Dann is ja alles in Butter! – Mach los, wir fangen an! Hast doch dein Maulhobel da?"
„Klar, Mensch!"
„Also, los!"
Josef spielte einen schneidigen Marsch auf seiner Mundharmonika,

*Der Hof „Zum Stachel", einen Steinwurf von der Kärrnersgasse entfernt*

und die Buben und Mädels im Hof saßen und standen erwartungsvoll still, als wären sie unten am Kranen in einer richtigen Kasperlbude. Es ging aber auch genauso zu wie beim Kasperl auf der Kiliansmesse. Hans spielte beide Figuren. Mit der rechten Hand führte er den Kasperl, mit der linken den August. Dabei verstand er auch ganz leidlich, seine Stimme zu verstellen, so daß man den Eindruck hatte, als sprächen zwei verschiedene Personen.

Das Vorspiel begann genau so, wie es auf der Messe üblich war. Kasperl hänselte den August, der als gutmütig-schöpsiger Bursche dargestellt war. Plötzlich nahm aber das Vorspiel eine andere Wende. Kasperl fragte, ob August den roten Fritz gesehen hätte.

„Ja", sagt August, „grad komm ich vom Pleicher Kirchplatz, da hab ich ihn getroffen. Sag mal, Kasperl, warum hat denn eigentlich der Fritz so rote Haare?"

„Der is mal in Regen gekomken, da sind seine Haare naß geworden, und er hat vergessen, sie abzutrocknen. Davon sind ihm die Haare dann verrostet."

Natürlich löste diese derbe Verspottung des roten Fritz stürmische Heiterkeit aus, denn die Kinder der Kärrnersgasse mochten ihn nicht leiden. Von diesem billigen Erfolg ließ sich Hans verführen, durch Anspielungen auf die ausgiebigen Prügel, die der rote Fritz kürzlich bezogen hatte, ihn und seine Freunde noch weiter recht boshaft zu veräppeln. Dabei hatte er allerstärksten Erfolg bei seinem Publikum, denn die Geschichte mit dem gestohlenen Ball und die Niederlage der Buben vom Pleicher Kirchplatz war für die Jugend der Kärrnersgasse ein großes Ereignis, das jeder in allen Einzelheiten kannte.

Nach dem Vorspiel ließ Hans das Stück folgen, in dem Kasperl vom Teufel geholt werden soll, aber natürlich überlistet Kasperl den Teufel und schlägt ihn tot. Damit hatte die Vorstellung ihr Ende erreicht, und keine Premiere am Stadttheater hatte je einen größeren Erfolg gehabt.

Die Buben und Mädels waren nach und nach wieder nach Hause gegangen. Nur Gretl, die auf der ersten Bank gesessen hatte, blieb noch da und half beim Aufräumen.

„No, Gretl, hat's dir gefallen?"

„Fein wars, Hans! Nur, warum hast denn den Fritz Schmitt so arg hergenommen?"

„Der hat's doch wirklich verdient, wo er dir deinen Ball gestohlen hat!"

„Ja, schon, aber daß er rote Haare hat, dafür kann er doch nix, deswegen brauchst ihn doch nit lächerlich zu machen."

„Mit dem brauchst gar kein Mitleid zu haben. Und wenn einer dir was tut, dann ist er mein Feind."
Gretl sagte nichts mehr und verabschiedete sich bald darauf. Hans hatte sich nach der Vorstellung die achtzig Pfennig Kasseneinnahmen von Josef geben lassen und sie, sorgfältig in ein Stückchen Papier eingewickelt, in seine Hosentasche gesteckt.
Montag nach der Schule rannte er in die Domstraße zu Perradoner und ließ sich den Ball zeigen, nach dem er schon vor ein paar Tagen gefragt hatte.
„Gibt's den gleichen noch e bißle größer? Ich darf achtzig Pfennig ausgeben."
Es gab wirklich einen größeren in der gleichen Farbe für achtzig Pfennig. Den kaufte Hans und rannte damit wie toll vor Freude in die Kärrnersgasse. Im Hof bei Bäcker Hein traf er die Gretl.
„Du, ich hab dir doch versprochen, daß ich dir deinen Ball wieder bring."
„Den hat ja der Fritz kaputtgemacht."
„Wenn ich was versprech, dann halt ich's auch! Da hast den Ball!"
Und damit gab er ihr den neuen Ball. Weil er aber vor Verlegenheit gar nicht wußte, was er noch tun oder sagen sollte, rannte er mit hochrotem Kopf davon und ließ Gretl mit dem Ball allein.

*

Die Sache mit dem Ball hat die Freundschaft zwischen Hans und Gretl noch enger werden lassen. Und diese Freundschaft löste in Hans eine merkwürdige Veränderung seiner Wesensart aus. Seine Spielkameraden bekamen jetzt öfters eine Absage, wenn sie ihn zu irgendeiner Unternehmung abholen wollten. Er zog die ruhigeren Spiele mit Gretl vor. Zuweilen saß sie in der kleinen Stube hinterm Milchladen, und Hans spielte Kasperl für Gretl ganz allein. Und sie war das dankbarste Publikum, das man sich denken konnte.
Das alles mußte natürlich den Buben in der Kärrnersgasse auffallen, und einmal höhnte ihn deshalb einer:
„Mädles-Schmecker! – Mädles-Schmecker!"
Das hat der Spötter aber bald bereut, denn Hans verstand in diesem Punkt keinen Spaß. Er verprügelte ihn so derb, daß keiner mehr wagte, Hans wegen seiner Freundschaft mit Gretl zu necken.
Eines Tages sagte ihm die Großmutter, es wäre ein Brief vom Vater gekommen, da stehe drin, daß die große Kasperlbude jetzt bestellt wäre, und der Hans solle, wenn die Schule zu Ende ist, nach Bamberg fahren und dann im Wohnwagen bleiben.

Hans war von einer unbändigen Freude erfüllt. Er rannte gleich hinüber zur Gretl und erzählte ihr alles, daß der Vater geschrieben hätte und daß er jetzt bald fortfahre.
„Da wirst aber froh sein, daß d' jetzt Kasperl spielen darfst."
„Klar! Und wenn wir in Würzburg am Kranen spielen, dann kommst du immer rüber. Brauchst kein Eintritt zu zahlen."
„Och, die fünf Pfennig werd ich schon noch haben! Ich freu mich ja für dich, aber leid tut mirs doch, daß du dann nimmer da bist."
„Ich komm ja alle Jahr immer wieder nach Würzburg!"
Dann erzählte er ihr, wie das fein wird mit der großen Kasperlbude und daß der Vater jetzt auch zum Oktoberfest nach München fährt und daß man so wenigstens was von der Welt zu sehen bekäme.

*

Die paar Wochen bis zum Schulschluß waren bald vorbei. Hans packte seine Habseligkeiten zusammen. Auch die Kasperlfiguren nahm er mit. Großmutter und Lene gingen mit zur Bahn. Hans stieg ein, und dann dampfte der Zug ab.
Solange Hans die Großmutter noch sehen konnte, winkte er mit dem Taschentuch. Dann stand er am Fenster, sah, wie der Zug unter der Grombühlbrücke durchfuhr an den verräucherten Häusern des Grombühl vorbei. Wie oft hatte er noch vor ein paar Jahren oben auf der Eisenkonstruktionsbrücke gestanden, Franz und Lene oder Gretl waren dabei. Da warteten sie dann immer, bis eine Rangiermaschine oder ein fahrplanmäßiger Zug unter der Brücke durchkam und ließen sich von dem grauen Dampf aus den Lokomotivschloten vollständig einnebeln.
Die Häuser rechts und links von der Bahnstrecke wurden nun immer spärlicher. Zuerst kannte er die Landschaft außerhalb der Stadt noch, aber bald wurde sie ihm fremd. Die ersten Stationen, an denen der Zug hielt, waren ihm dem Namen nach bekannt. Dann rief der Schaffner schon Ortsbezeichnungen aus, die er nie gehört hatte. Er fuhr also in die Fremde.
Inzwischen hatte sich Hans wieder auf seinen Platz gesetzt und dachte so allerlei: Fahre ich wirklich in die Fremde? Eigentlich nicht. Nur von Würzburg fort. In Bamberg sind ja der Vater und die Mutter und die Kasperlbude. Eigentlich bin ich da immer daheim und gar nicht fremd. Und er überlegte sich, wie er sich sein Leben einrichten wolle im Wohnwagen und wie er den Vater überreden würde, ihn doch den Kasperle spielen zu lassen.

Ehe er sichs recht versah, waren ein paar Stunden verstrichen, und der Zug fuhr in die Bamberger Bahnhofshalle ein. Vater Cornelius holte ihn ab und ging mit ihm zum Wohnwagen auf den Platz, auf dem am nächsten Tag die Messe beginnen sollte. Auf dem Weg fragte Hans nach der neuen Kasperlbude, wie groß sie sei, und ob sie schöner wäre als die vom Schmitt. Aber der Vater sagte ihm, er werde sie ja bald selbst sehen und sie würde ihm sicher gefallen.
Der Zug war gegen Mittag angekommen, und die Eltern hatten mit dem Essen auf Hans gewartet.
„Bist du aber gewachsen, Hans!" begrüßte ihn die Mutter. „Gib mal deine sieben Zwetschgen her. Das können wir alles nachher auspakken. So, und jetzt setz dich mal hin und laß dirs gut schmecken!"
Während des Essens sagte Vater Cornelius, daß er mit dem Aufbauen gewartet habe, bis Hans da wäre. Die neue Bude sei noch zusammengelegt auf dem Anhängewagen verpackt, den er sich jetzt habe anschaffen müssen. Nach dem Essen ginge es gleich ans Aufbauen.
„Was hast denn mit der alten Bude gemacht, Vatter?"
„Die hab ich verkauft, aber viel hab ich nit dafür gekriegt. Die neue Bude is auch nur zum Teil bezahlt. Da müssen wir uns jetzt fest daranhalten, daß wir jeden Monat die Raten bezahlen können."
„Wieviel Sitzplätze hat denn die große Bude?"
„Da ham mehr als sechzig Kinder Platz. Aber so leicht werden die Bänke nit alle besetzt sein."
Nachdem abgegessen war, gings gleich an die Arbeit. Zuerst wurde der Anhänger abgeladen, und dann mußten die Latten und Stangen auf dem Boden erst alle so zusammengelegt werden, wie sie zusammen gehörten. Jedes einzelne Stück war numeriert, so daß man an der Nummerbezeichnung erkennen konnte, an welchem Anschlußstück es zu befestigen war. Dann wurden einzelne Teile zusammengeschraubt. Aber zum Spannen des wasserdichten Zeltdaches darüber mußte man doch noch einen Helfer heranholen. Am Abend stand dann alles fix und fertig da. Nur die Bänke mußten noch aufgestellt und die Kulissen in der Kasperlbude eingehängt werden.
So müde wie heute war Hans noch nie gewesen. Er hatte auch rechtschaffen mit angefaßt.
Im Wohnwagen schliefen die Eltern im hintern Teil, der durch einen Holzverschlag abgetrennt war. Im vorderen Teil, der Küche, Wohnzimmer und Speisezimmer zugleich war, hatte Vater Cornelius ein schmales Feldbett aufgestellt, das tagsüber hochgeklappt werden konnte. Hier war Hansens Schlafstätte. Trotz der vielen neuen Eindrücke und trotz der großen Freude darüber, daß er nun endlich ein

richtiger Kasperlspieler geworden war, schlief Hans vor übergroßer Müdigkeit bald ein.
Am anderen Morgen nach dem Kaffeetrinken wurden die Bänke aufgestellt und die Kulissen eingehängt. Dann war die Bude fertig. Sie sah recht stattlich aus. Der Zuschauerraum war nur mit Holzbarrieren abgegrenzt, hinter denen die Zaungäste stehen und von außen dem Spiel folgen konnten. Mutter Anna würde also auch weiterhin ihr wenig angenehmes Kassieramt versehen müssen. Zu einer neuen Drehorgel hatte es noch nicht gereicht.
„Vorläufig muß es die alte noch tun", meinte Vater Cornelius. „Ich hätt' auch gern eine neue angeschafft, vor allem eine größere. Aber das Geld dazu müssen wir uns erst verdienen. Da kannst fleißig mithelfen, Hans."
„An mir solls nit fehlen, Vatter!"
Nachmittags sollte zum ersten Male in der neuen Bude gespielt werden. Hans hatte vorgeschlagen, er wolle die Drehorgel bedienen und die Mutter solle sich an den Eingang stellen und kassieren.
„Ich hab jüngere Arme als die Mutter. Das bißle Orgel, das kann ich leicht machen."
Dabei bliebs dann auch. Die schöne, neue Kasperlbude mit ihren blau angestrichenen Holzteilen sah recht schmuck aus. Der Vorhang war lustig bemalt. Und einen günstigen Platz hatte Vater Cornelius auch bekommen. Eine große Bude schob man nicht in die hinterste Ecke. Das war auch ein Vorteil, der ins Gewicht fiel. Das zeigte sich gleich am ersten Tag. Der Besuch war gut. Das hob Vater Cornelius' Laune, so daß sein Kasperl noch mal so ausgelassen und lustig war als sonst. Hans hatte einen wahren Feuereifer mitgebracht, und zu zweit spielte sichs überhaupt besser, als wenn ein Spieler alle Figuren selbst führen und spielen mußte.
Nach dem letzten Stück überschlug Frau Anna ihre Tageseinnahme. Sie war weit größer als jemals, so lange man sich mit der kleinen Bude hatte behelfen müssen. Hans kam nochmals auf die Drehorgel zu sprechen:
„Weißt, Vatter, die spielt nit laut genug, und wenn du jetzt noch keine größere anschaffen kannst, da wüßte ich schon einen Ausweg, daß wir mehr Spektakel machen könnten. Aufs Spektakelmachen kommts doch an, damit man uns hört. Nit wahr?"
„Kannst doch nit eine halbe Stunde mit der Glocke bimmeln!"
„Nä, das wär nix. Aber was meinst denn dazu, wenn wir uns eine Trommel anschaffen würden? Die Mutter müßt dann die Orgel drehen und ich trommle dazu. Das hört man schon besser."

„Das wär nit ohne! Aber die Trommel kost' auch ein Stück Geld."
„Ja, Vatter, aber doch nit soviel, wie eine neue Drehorgel."
Am nächsten Vormittag erkundigte sich Vater Cornelius in der Stadt in einer Musikalienhandlung nach dem Preis für eine Trommel. Fünfzig Mark wollte man dafür haben. Das war ihm doch zuviel. Mittags kam er wieder zum Wohnwagen und teilte Hans das Ergebnis seiner Erkundigung mit:
„Soviel kann ich jetzt nit ausgeben. Vielleicht können wir eine gebrauchte Trommel irgendwo auftreiben, die tuts auch."
Es fand sich auch bald eine Gelegenheit dazu. Für zwanzig Mark wurde eine gebrauchte Trommel erstanden. Vater Cornelius konnte ein wenig mit dem Kalbfell umgehen, und Hans hatte es ihm bald abgelernt. Beim Volksfest in Nürnberg stand Hans schon neben der Drehorgel und begleitete die „Holzhackerbuam" schneidig mit seinen Trommelschlegeln.
„No, ist's dir jetzt Spektakel genug, Hans?" fragte ihn Vater Cornelius.
„Nä! Erst wenn wir eine große Drehorgel ham!"
„Da wirst du aber noch eine Weile warten müssen."
Und Hans wartete. Er zog mit seinen Eltern von Jahrmarkt zu Jahrmarkt, rührte vor jeder Vorstellung fleißig die Trommelschlegel und spielte mit seinem Vater zusammen die alten Kasperlstücke. Aber er durfte immer nur die Nebenfiguren spielen. Den Kasperl spielte nach wie vor Vater Cornelius selbst.

*

Im Dezember hörte dann das Herumziehen auf. In einem kleinen Städtchen erwirkte Vater Cornelius die Erlaubnis, mit seinem Wagen auf einem Platz am Stadtrand überwintern zu dürfen. Das Pferd wurde verkauft. Das Durchfüttern war zu teuer, und man kam besser weg, wenn man Ende Februar wieder ein neues Pferd kaufte. Auf diese Weise wurden die Futterkosten während des Winters gespart. Anfang März sollte dann das Wanderleben wieder beginnen. In der Zwischenzeit wurden die Requisiten in Ordnung gebracht, neue Kasperlköpfe geschnitzt und die Kleider für die Kasperlpuppen ausgebessert oder erneuert. Hans übte sich während den Wintermonaten unter Anleitung seines Vaters im Schnitzen und machte überraschend gute Fortschritte.
Von Zeit zu Zeit holte Hans Holz im Wald, denn der kleine Ofen im Wohnwagen mußte immer fleißig geheizt werden, wenn man nicht frieren wollte.

Als man wieder einmal beisammen saß und Hans an einem Kasperlkopf herumschnitzte, erzählte Vater Cornelius, daß er früher mit dem Großvater zusammen auch abends Kasperlvorstellungen gegeben habe.
„Da sind aber andere Stücke gespielt worden, die ham eine ganze Stunde gedauert: die Räuber, Prinz von Oranien, Genoveva und wie sie alle heißen."
„Hast du denn die Texte aufgeschrieben?" fragte Hans.
„Bei uns gibt's überhaupt keine aufgeschriebenen Texte. Die hab ich alle im Kopf."
Dann kannst du sie mir doch beibringen, und wir geben auch Abendvorstellungen. Da werden wir dann die Abzahlungen für die neue Bude schneller los und können uns bald eine große Drehorgel kaufen."
„Das is nit so einfach, Hans. Bei den großen Stücken sind oft drei bis vier Figuren zu gleicher Zeit auf der Kasperlbühne. Da müßtest du dann meistens zwei Figuren spielen und mit zweierlei Stimmen sprechen. Und die Texte kannst du ja auch nit auf einmal lernen."
„Aber einmal muß ich damit anfangen! Jetzt hab ich doch Zeit dazu."
Vater Cornelius ließ sich überreden. Sie fingen mit den „Räubern" an. Das war ein gekürzter, vergröberter und romantisch verkitschter Abguß des Schillerschen Dramas. Eine Figur war dazu erfunden: Kasperl, der Diener des alten Mohr. Er war natürlich die Hauptfigur. Hans hatte viel Spaß an dem Stück und lernte die Texte verhältnismäßig schnell. Es zeigte sich dabei, daß er ein ausgezeichnetes Gedächtnis hatte. Bei den Räuberszenen mußten neben dem Räuberhauptmann Karl Moor noch fünf weitere Räuber zu gleicher Zeit auftreten. Da half dann Mutter Anna aus. Sie brauchte nur zwei Räuberfiguren führen und hatte keine Texte zu sprechen, weil es sich doch merkwürdig ausgenommen hätte, wenn so ein wilder Räuber eine Frauenstimme hätte hören lassen. Dafür mußte sie die Rolle von Karl Moors Braut, Amalie, spielen.
Noch zwei weitere Stücke wurden in diesem Winter eingeübt: „Genoveva", ein Puppenspiel, das nach der Legende von der heiligen Genoveva gebildet war, und das alte Faust-Puppenspiel, in welchem Kasperl als Diener bei Doktor Faust eingestellt wird, später aber den Dienst quittiert und als Nachtwächter in Wittenberg lebt, wo er dann Zeuge ist, wie Faust vom Teufel geholt wird.
Das Faust-Spiel gefiel Hans am besten. Vater Cornelius meinte, mit den drei Stücken für die Abendvorstellungen würde man fürs erste auskommen. Er übernahm dabei stets die größeren und schwierigeren Rollen, bis Hans später selbst einmal die eine oder andere der großen

Rollen spielen konnte. Die Frauenrollen mußte Frau Anna übernehmen. Sie hatte sie schon gespielt, als der alte Cornelius noch lebte und sie auch schon zu dritt im Wohnwagen gehaust hatten.

Es mußten noch eine Anzahl Kasperlköpfe geschnitzt werden, weil ja Figuren benötigt wurden, die man bei den bisherigen kleinen Stücken nicht gebraucht hatte. Dabei bekam Frau Anna auch Arbeit, weil sie für die neuen Figuren die Kleider anfertigen mußte.

„Bei den Abendvorstellungen, Hans, sind die Zuschauer keine kleinen Kinder. Da dürfen nur Schulentlassene zugelassen werden. Es kommen auch meist nur Vierzehn- bis Siebzehnjährige. Wenn da wirklich mal einer dabei is, der noch in die Schule geht, dann brauchen wir's ja nicht zu wissen."

„Kostet's da auch nur fünf Pfennig Eintritt?"

„Abends müssen zehn Pfennig bezahlt werden, und die Zaungäste bezahlen fünf Pfennig. Bei den Abendvorstellungen wird viel mehr eingenommen als am Tag. Erstens nehmen wir höhere Eintrittspreise, und dann ist meistens auch der Besuch viel besser."

Mit den Vorbereitungen zu den Abendvorstellungen gingen die Wintermonate hin. Dann kaufte Vater Cornelius ein Pferd, und Anfang März wurde wieder losgefahren. Vorher war ein genauer Arbeitsplan gemacht worden. Vater Cornelius wußte aus seiner Zeitung für Markfieranten alle in Betracht kommenden Messen und Jahrmärkte und hatte überall rechtzeitig einen Standplatz bestellt.

Voll froher Zuversicht kutschierte er seinen Wohnwagen in den grauen Märzmorgen hinein.

### III.

Fünf Jahre war Hans jetzt schon von der Großmutter weg und in dieser Zeit mit seinen Eltern in ganz Bayern auf allen Messen und Jahrmärkten herumgekommen. Dreimal war er auch schon in München auf dem Oktoberfest. Die Standgelder waren dort zwar sehr hoch, aber es wurde dafür auch mehr eingenommen. Besonders bei den Abendvorstellungen. Auch den Augsburger Plärrer und die Nürnberger Vogelwiese besuchten sie regelmäßig. Kleinere Plätze suchten sie nur dann auf, wenn in den größeren Städten nichts los war. Selbstverständlich kamen sie auch alle Jahre nach Würzburg, einmal mindestens. Wenn es sich aber irgend machen ließ, schlug Vater Cornelius seine Kasperlbude zweimal im Jahr am Kranen in Würzburg auf. Dafür sorgte schon Hans, der immer gern nach Würzburg kam. Die

Kinderfreundschaft, die ihn mit Gretl Hein verbunden hatte, war durch die Entfernung nicht zerstört worden. Hans dachte oft und gern an Gretl. Die Begriffe Würzburg und Gretl Hein waren für ihn eins geworden. Im Laufe der Jahre war seine Zuneigung zu Gretl aber längst über die einstige Kinderfreundschaft hinausgewachsen.
Jetzt war wieder Kiliansmesse in Würzburg, und Hans kutschierte den Wohnwagen mit dem Anhänger dran der alten Bischofsstadt zu. Das Kutschieren hatte Hans längst seinem Vater abgewonnen. Das Pferd zottelte gemächlich seine Straße mainabwärts. Der Weg hielt sich dicht neben dem Fluß. Sie waren schon bis Heidingsfeld gekommen, und Hans hatte darauf bestanden, daß vor dem Rathaus Station gemacht werde. Er wollte zur Mittagsstunde das Hetzfelder „Giemaul" sehen. Seiner Mutter erzählte er, was es damit für eine Bewandtnis habe:
„Heidingsfeld ist früher eine befestigte Stadt gewesen, hast ja die alten Stadtmauern noch g'sehn. Und im Dreißigjährigen Krieg ham die Schweden das Städtle belagert. Da soll ein Hauptmann Verrat geübt haben. Die Hetzfelder ham ihn aber erwischt, ihn um einen Kopf kürzer gemacht und seinen Kopf über die Rathausuhr an den Turm genagelt. Der Hauptmann soll jetzt noch im Rathausturm spuken, wird erzählt. Aber das is natürlich Quatsch. Siehst – und dabei deutete er hinauf zum Turm über die Uhr – da hängt eine Nachbildung von dem Hauptmannskopf. Das is das „Giemaul". Wenns jetzt zwölf schlägt, dann muß der Kerl zwölfmal sein Maul aufsperren, weil er's damals nit hat halten können."
Die Uhr holte zum Schlag aus. Und wirklich, der bärtige Kopf über der Uhr riß das Maul sperrangelweit auf. Bei jedem Schlag bekam er die Maulsperre.
Vater Cornelius war unterdessen in das gegenüberliegende Wirtshaus gegangen und hatte sich das Hetzfelder Bier gut schmecken lassen. Hans holte ihn heraus:
„Vatter, wir wollen wieder weiter! Wir essen erst in Würzburg, hat die Mutter g'sagt."
Der Wagen fuhr über die holprige Gasse durchs alte Würzburger Tor zum Städtchen hinaus und links vom Main weiter. Hoch oben von den mit Reben bepflanzten Hügeln grüßten das alte Käppele, jene schöne, von Balthasar Neumann erbaute Rokoko-Kapelle, und die graue Feste Marienberg, einst das Schloß der Würzburger Fürstbischöfe und später bayerische Festung, bis sie 1866 von den Preußen geschleift wurde.
Jedesmal, wenn Hans die Mergentheimer Straße hereinkam, packte

ihn so ein merkwürdiges Gefühl. Es ist doch was ganz Eigentümliches, wenn man wieder heimkommt.
Der Wagen holpert jetzt über die kleine Steinbrücke vor dem Burkardertor. Da war früher einmal eine Zugbrücke. Rechts und links oberhalb des Torbogens sitzen noch die alten Rollen, über die einst die Ketten der Zugbrücke liefen. Von der Brücke aus kann man jetzt noch in den Wallgraben hinuntersehen, der von Gras und allerhand Unkraut überwuchert und nur noch von einem schmalen Wasserarm durchzogen ist. Links drüben, jenseits des Wallgrabens, wächst die Festung aus steilen Felsen hoch. Und nun gehts durch den Torbau, dessen altersgraue Gewölbe den Jahrhunderten Trotz geboten haben. Man sieht noch, wo früher das eiserne Fallgatter gewesen ist.
Mächtig poltert der Wagen unter dem widerhallenden Gewölbe, das sich einem Tunnel gleich hinzieht. An der Burkarderkirche fährt der Wagen jetzt vorüber ins Mainviertel hinein. Da liegen die engen Gassen mit ihren vor Alter vornübergebeugten Häuschen, von denen sich die letzten an die Felsen des Marienberges anlehnen, als suchten sie dort Schutz und Stütze.
Wie der Wagen dann um die Ecke biegt, um über die Alte Mainbrücke zu fahren, steigen Hans und Vater Cornelius ab. Es geht ein kurzes Stück stramm aufwärts, da will man's dem Pferd ein wenig leichter machen. Die alten Brückenheiligen stehen noch da wie früher, als Hans von der Brücke oben aufs Wehr hinuntergeschaut hat und den Flößen zusah, wenn sie durchgeschleust wurden.
Kindheitserinnerungen gehen Hans durch den Kopf, während der Wagen über die Brücke fährt zum Vierröhrenbrunnen und dann durch die Karmelitenstraße zum Kranen. Dort wurde ausgespannt und das Pferd in einem Stall in der Nähe untergestellt. Als Hans vom Stall zurückkam, war das Mittagessen schon fertig. Die Mutter hatte unterwegs während der Fahrt gekocht. Nach dem Essen nahm Hans seine Mütze:
„Vatter, ich geh schnell mal nüber zur Großmutter!"
„Aber bleib nit zu lang! Wir woll'n heut noch mit dem Aufbauen anfangen."
Und die Mutter fügte bei:
„Sag'n schönen Gruß, und der Vatter und ich, wir kommen heut abend noch nüber."
Hans ging über den Platz und in die Kärrnersgasse. Im Milchladen der Großmutter stand hinterm Ladentisch Lene:
„Ja, der Hans! Grüß dich! Seid ihr schon da?"
„Grad sind wir gekommen. Der Vatter und die Mutter woll'n heut

Würzburg — Alte Mainbrücke mit Dom.

*Die alten Brückenheiligen stehen noch da wie früher*

abend rüberkommen, wenn wir mit dem Aufbauen fertig sind. Wie gehts denn immer, und wo is die Großmutter?"
„Weißt ja selber, wie's is. Immer das gleiche. Ich helf der Großmutter, sie is ja nimmer so rüstig."
Dann ging sie die paar Stufen zur Stube hinauf, machte die Tür auf und rief hinein:
„Großmutter, der Hans is da!"
Die Großmutter kam in den Laden herunter und trocknete sich im Kommen die Hände an der Schürze ab:
„Grüß dich, Hans! Seid ihr alle g'sund? Ich war grad beim Abwasch in der Küche. Groß bist worden, Bub! Und ich hutzel immer weiter z'samm, bin halt e alts Weible. Komm nur gleich in die Stube, ich mach dir e Schale Kaffee."
Geschäftig trippelte sie wieder die Stufen hinauf, Hans hinter ihr drein. Eine Schale Kaffee war stets der Willkommtrunk bei der Großmutter.
Hans ging mit ihr in die Küche und stand neben ihr, während sie den Kaffee brühte, dann kam Lene aus dem Laden, und sie setzten sich zu

dritt in der Stube an den Tisch. Die Tür zum Laden blieb offen, damit man hörte, wenn Kundschaft kam.
Die Großmutter wollte gleich zehn Fragen auf einmal beantwortet haben: Wie es in Nürnberg war, ob sie die neue Drehorgel schon hätten, und vieles andere.
„Die große Drehorgel ham wir in Nürnberg zum ersten Mal g'habt. Und 's G'schäft is gut gangen. Is doch eine andere Sach, so eine große Orgel, als wie der alte, kleine Quietschkasten. Da hört man doch wenigstens was."
„Wieviel Lieder sind denn drauf?" will Lene wissen.
„Sechs! Da ham wir Abwechslung genug." „Sin auch Walzer dabei?"
„Ja, die allerneuesten. Aber auch Märsche."
„Walzer mag ich am liebsten. Weißt, ich mach jetzt einen Tanzkurs mit."
„Einen Tanzkurs? Zu was soll denn das gut sein? Wenn d' mal später im Wohnwagen bist, da is nit viel Zeit zum Tanzen."
„Och, geh mir mit eurem Wohnwagen. Meinst, ich will auch mal so rumzigeunern?"
„Wird dir wohl nix anderes übrigbleiben!"
„I möich aber nit! sagt der Dürrbacher Bauer."
Dabei versuchte sie, den fränkischen Bauerndialekt nachzuahmen.
„No, da wird wohl der Vatter noch e Wörtle mitzureden ham."
Jetzt mischte sich die Großmutter ein:
„Ihr seid ja zu dritt, und mehr sind nit nötig zu euerm G'schäft. Die Lene soll nur bei mir bleiben. Die kann später einmal meinen Laden kriegen. Da is sie versorgt. Wenn sie auch nit reich drauf werden kann, ihr Auskommen hat sie da immer."
„Mir solls recht sein. Aber der Vater wird nix davon wissen wolln. Ich muß aber jetzt wieder weiter. Wir wolln aufbaun."
„No, und zu der Gretl gehst nit erst rüber?"
Hans wurde über und über rot:
„Nä, der Alte zieht immer so e G'sicht, wenn ich nach der Gretl frag, und überhaupt..."
„Ich muß nachher sowieso nüber zur Gretl", unterbricht ihn Lene. „Da sag ichs ihr, daß du drunten am Kranen bist."
Hans nickte ihr dankbar zu und ging.
Am Kranen wartete Vater Cornelius schon auf Hans.
„Wird Zeit, daß d'kommst! Is alles in Ordnung drüben?"
„Ja, sie sin alle zwei g'sund. No, und ohne Schale Kaffee kommt man bei der Großmutter doch nit durch. Das weißt ja selber."
Die Mutter war mittlerweile auch wieder gekommen.

Während die beiden Männer die Bude aufbauten, ging Frau Anna hinüber zur Großmutter. Bis zum Abendessen war schon ein guter Teil Arbeit geschafft.
„Für heut reichts", stellt Vater Cornelius fest. „Wir machens morgen früh fertig."
Die Mutter war mittlerweile auch wieder gekommen und hatte das Abendessen hergerichtet. Während sie alle drei beim Essen saßen, kam Gretl. Hans war mit einem Satz aus dem Wagen:
„Hast e bißle Zeit, Gretl?"
„Ja, ich hab daheim g'sagt, daß ich zu einer Freundin geh."
„Ich geh mit der Gretl spazieren!" ruft Hans in den Wagen hinein. Dann erst gab er Gretl die Hand.
„Ich hab nit rüber kommen wolln zu euch, dein Vatter..."
Gretl unterbrach ihn:
„Brauchst nix weiter sagen. Ich weiß schon. Der Vatter wills nit haben. Ich muß deswegen ja auch immer schwindeln."
Sie waren in der Richtung zum Pleicher Glacis gegangen und bogen in die schönen Grünanlagen ein, die sich wie ein Gürtel um die ganze innere Stadt ziehen.
„Kannst dich morgen abend frei machen, Gretl? Wir spielen am ersten Tag nur nachmittags, da könnten wir abends zusammen einen Messebummel machen."
„Ich sag halt, daß ich auf die Meß geh. Mit wem, das braucht der Vatter ja nit wissen."
„Kommst dann nach'm Abendessen rüber, ja?"
Sie hatten sich beide an den Händen gefaßt und gingen eine Weile schweigend nebeneinander her. Hans sprach zuerst wieder:
„Mir paßt das gar nit, daß du daheim immer schwindeln mußt. Kannst denn nit sagen, daß d' zu mir gehst?"
„Ich kann schon, aber dann muß ich daheim bleiben. Der Vatter wills doch nun mal nit, daß ich mit dir geh."
„Was hat er denn gegen mich?"
„Gar nix. Du wärst ihm schon recht. Aber, weil ihr keine feste Wohnung habt, da sagt er immer, ihr wärt Zigeuner, und das wär kein Umgang für eine Bäckermeisterstochter."
„Das ist nix weiter wie Spießbürgerhochmut! Ob einer Brot und Weck backt oder Kasperl spielt, das is doch gehüpft wie g'sprungen. Die Hauptsach is, daß einer auf ehrliche Weis sein Geld verdient."
Hans hatte sich heftig in Ärger geredet.
„Reg dich doch nit auf, Hans", begütigte die Gretl. „Der Vatter is

halt mal so. Und ich halt ja doch zu dir, da kann er machen, was er will."
Sie hatten sich auf eine Bank gesetzt, und Gretl lehnte ihren Kopf an Hansens Schulter. Langsam schob er seinen Arm hinter ihren Rücken her und umfaßte sie. Dann strich er leise über ihr volles, kastanienbraunes Haar:
„Ich weiß ja, Gretl, daß du nit so hochg'stochen bist. Aber deinem Vatter mußt du's noch beibringen, daß Puppenspieler genauso ein ehrliches Handwerk betreiben wie Bäckermeister. Wenn er auch ein zweistöckiger Hausbesitzer is, deswegen braucht er auf uns Mess'leut doch nit so von oben runtergucken."
„Es wird sich schon mal eine Gelegenheit finden, wo ichs ihm sag."
Sie lenkte auf ein anderes Gesprächsthema:
„Morgen abend komm ich runter zum Kranen. Dann schaun wir uns den ganzen Meßrummel an."
„In jede Bude können wir gehn. Weißt, ich brauch nirgends was zu bezahlen. Die Mess'leut nehmen keinen Eintritt voneinander. Kannst dir dann alles anschaun."
„Ich freu mich fei arg drauf, Hans."
Er drückte sie an sich, spürte unter seiner Hand unversehens die feste, knospende Brust des Mädchens, und eine heiße Welle schlug ihm durch den ganzen Körper. Gretl wurde von einer ungekannten Bangigkeit befallen. Sie hätte sich gern aus dem umfassenden Arm gelöst. Aber es ruhte sich auch wieder so wohlig darin, daß sie nicht recht wußte, sollte sie Hans wehren oder nicht. Jetzt hörte sie ihn wieder sprechen, stockend und so, als käme seine Stimme aus weiter Ferne:
„Wenn ich fort bin, Gretl, dann denk ich immer an dich und freu mich aufs Wiederkommen. Dann geht mir immer soviel durch den Kopf, was ich dir alles sagen muß, und wenn ich dann mit dir allein so auf der Bank sitz, dann is alles wieder weg, und ich sitz da wie ein Maulaff und kann dir nit sagen, was ich sagen möcht."
„Mir is schon genug, wenn du so neben mir sitzt. Brauchst gar nix zu sagen. Ich weiß auch so, daß d'mir gut bist."
In leidenschaftlicher Aufwallung zog Hans sie ganz eng zu sich heran, beugte seinen Kopf über ihr Gesicht, und dann versanken sie in einem langen, innigen Kuß.
Sie hatten sich vorher nie geküßt und saßen jetzt eine ganze Weile schweigend auf der Bank, jeder mit seinen eigenen, aufgewühlten Empfindungen beschäftigt, bis Gretl etwas verlegen daran erinnerte, daß sie nach Hause müsse. Langsam und verwirrt gingen sie Hand in

Hand wieder zum Main und dann bis zur Ecke der Kärrnersgasse. Mit einem Händedruck verabschiedeten sie sich:
„Bis morgen abend, Gretl!"
„Ja, ich komm ganz sicher!"
Trübe und regnerisch begann der erste Messetag. Beim Aufbauen der Bude machte Frau Cornelius ein mürrisches Gesicht. Sie dachte an die unangenehmen Folgen, die der Regen für ihre Kasse haben würde. Aber langsam hellte es sich wieder auf, und mit der Sonne kam nachmittags auch Leben auf den Kranenplatz. Die ersten Kasperlvorstellungen waren noch schwach besucht, aber dann wurde es besser, und mit den sich mehrenden Fünfpfennigstücken in der schwarzen Ledertasche, die Frau Anna an einem Riemen um den Leib geschnallt trug, wurde auch die Laune der Mutter Cornelius besser.
Während sie die große, neue Orgel drehte und Hans neben ihr das Kalbfell rührte, rief sie ihm zu:
„Das Wetter hat sich aber doch noch gemacht!"
„Mußt dich bei mir dafür bedanken, Mutter. Ich hab dem Petrus heut mittag ein dringendes Telegramm g'schickt."
Er war heute besonders froher Stimmung, und dann konnte er recht ausgelassen sein. Die Mutter ging auf seinen Scherz ein:
„So! Was hast ihm denn depeschiert?"
„Sendet sofort gutes Wetter, sonst macht Mutter ihr Brozzelg'sicht!"
„Und da hat er gleich die Sonne scheinen lassen?"
„Freilich! Wenn du so grimmig dreinschaust, da kriegt ja sogar der Teufel Angst, vom Petrus gar nit zu reden."
Die Mutter lachte herzlich und gab Hans einen leichten Klapps auf den Buckel:
„Du Lauser!"
Der Marsch, den sie gespielt hatten, war zu Ende, und die Bänke schienen Frau Cornelius genügend besetzt. Sie gab das Glockenzeichen, und Hans verschwand in der Spielbude.
Der Vater ließ ihn jetzt schon dann und wann den Kasperl spielen. Auch heute. Hans nahm die alte Kasperlfigur, deren Kopf der Großvater noch geschnitzt hatte, und ließ den lustigen Kauz mit einem ausgelassenen Hopser auf die Latte springen. Die übliche Begrüßung folgte, das „Jaaa" der Kinder und auch das „Hurraaa!", nachdem Kasperl sie dazu aufgefordert hatte. In seiner frohen Stimmung machte es Hans Spaß, mit den Kindern herumzuulken, und er setzte ganz programmwidrig seine Unterhaltung mit dem kleinen Völkchen auf den Bänken vor der Spielplatte fort. Vater Cornelius ließ ihn ge-

währen und zog den August wieder von der Spielplatte zurück, wohin er ihn schon hochgehoben hatte, weil jetzt eigentlich der August schon hätte auftreten müssen, wenn Hans das Vorspiel wie üblich durchgeführt hätte. Kasperl fragte die Kinder:
„Habt ihr schon Hurra gerufen?"
„Jaaa!" kams von draußen zurück.
„Is ja gar nix wahr! Ich hab kei Putzele gehört. Das müßt ihr besser machen! Also, ich zähl jetzt bis drei, und dann schreit ihr nochemal Hurra. Aber so laut, daß ich auch was hören kann."
Kasperl zählte nun und schlug dabei zu jeder Zahl mit seiner rechten Hand drollig gegen die Spiellatte:
„Eins, zwei, zweieinhalb, zweidreiviertel und eins is..."
„Hurraaa!" brüllten die Kinder, so laut sie nur konnten.
„Haaalt! Ich hab ja noch gar nit drei gezählt!"
Die Kinder quiekten vor Vergnügen.
„Wir fangen nochemal an. Jetzt müßt ihr aber besser aufpassen. Also: Eins, zwei, zweieinhalb, zweidreiviertel... noch e Zwinkerle und eins is...drei!"
„Hurraaa!"
Man hörte es über den ganzen Kranenplatz, so laut schrien die Kinder. Aber Kasperl hielt mit einer putzigen Bewegung eine Hand hinters Ohr und fragte:
„Warum schreit ihr denn nit Hurra? Ich hab doch jetzt bis drei gezählt."
„Wir haben doch gerufen!" kam die Antwort von den Bänken.
„Och, ihr wollt mich wohl zum Narren halten! Wenn ich fei so was merk, dann hol ich meine Pritsche und komm runter. Dann gibts aber was auf den Popolopopooo!"
Die Kinder versicherten unter andauerndem vergnügtem Lachen durcheinanderrufend, daß sie ganz laut geschrien hätten.
„Sapperlot nochemal! Wie kommt denn das, daß ich nix hör? Ah, jetzt hab ichs! Meine Brilln hab ich vergessen! Gleich komm ich wieder!"
Kasperl verschwand einen Augenblick von der Spielplatte und kam dann wieder mit einer unförmig großen Brille auf seiner langen Nase. Das kribbelige Völkchen auf den Bänken wälzte sich fast vor Lachen und rief dem Kasperle alles mögliche zu.
„Was sagst du Dreikäsehoch da unten? Mit einer Brille könnt man nit hören? Der Onkel Doktor hat sie mir extra verschrieben, weil ich auf dem linken Auge taub bin. Jetzt wolln wirs gleich ausprobieren, obs mit der Brilln nit besser geht. Aber ihr müßt so laut schrein, daß die

Wetterfahne auf dem Grafen-Eckart-Turm wackelt! So, jetzt fängts los: Eins, zwei und eins is ... drei!"
„Hurraaa!" schrien die Kinder.
„Jetzt hab ichs gehört! Is doch besser gegangen mit der Brilln! Und weil ihr so schön laut gerufen habt, fangen wir jetzt gleich an mit unserm Spiel Juchhu!"
Und weg war der Kasperl.
„Das hast fein gemacht, Hans", sagte Vater Cornelius. „Jetzt können wir uns aber das Vorspiel mit dem August schenken." Und sie fingen gleich mit dem eigentlichen Stück an.
Kurz vor sieben Uhr war die letzte Vorstellung zu Ende. Hans räumte noch die Figuren und Requisiten auf, während Vater Cornelius mit der Mutter zum Wohnwagen ging. Dabei kam er auf Hans zu sprechen:
„Der Bub hat heut aber Leben in die Bude gebracht. So lustig und ausgelassen hat er noch nie g'spielt."
„Ja, da kommt der Schmitt mit seinem Kasperl nit mit! E jungs Blut is halt doch lebendiger und lustiger. Solltest den Hans öfter den Kasperl spielen lassen. Der hat's in sich! Und daß er's gut macht, hast ja heut wieder merken können. Hätt'st emal die Kinder sehen sollen, wie die vergnügt waren!"
„Wenn d'halt meinst? Soll mir recht sein!"
Zum Abendessen gabs heute Butterbrot und Wurst. Hans packte sich sein Teil in eine alte Nummer des „Würzburger Generalanzeiger" und steckte es in die Tasche:
„Ich schau mich e bißle am Kranen um!"
Ehe die Eltern noch weiteres fragen konnten, war Hans schon fort.
„Was is denn heut los mit ihm?" fragte der Vater.
„Die Gretl!" sagte die Mutter und lächelte verständnisinnig vor sich hin.
Vater Cornelius pfiff als Antwort nur leise durch die Zähne. Er hatte verstanden.
Vor der Kasperlbude brauchte Hans nicht lange zu warten. Gretl kam bald und winkte ihm vom Gehsteig fröhlich über den Platz herüber. Hans ging ihr entgegen.
„No, hat der feurige Drachen seine Prinzessin heut doch aus der Höhle entwischen lassen?" fragt er lachend und gibt ihr zum Gruß die Hand.
„Wär ja noch schöner, wenn mich der Vatter nit auf die Meß lassen wollt!"
Sie gingen zunächst zur Juliuspromenade, um die langen Reihen der

Verkaufsbuden entlang zu schlendern. Um diese Zeit ist der Menschenstrom zwischen den Budenreihen nicht mehr so dicht, man kann sich alles in Ruhe beschauen. Und auf dem Kranen geht der richtige Abendbetrieb doch erst um acht Uhr an.
Was da alles zum Kauf ausgelegt ist! Gleich in der ersten Bude vorne werden nur Bleistifte, Farbstifte, Pinsel, Federn und Federhalter feilgehalten. Man sollte nicht glauben, daß es so vielerlei Sorten davon gibt. Dann kommt eine Bude mit Schmucksachen, hier eine mit Schuhen, dort Stoffe, Strümpfe, Wäsche. Jetzt kommen sie an eine Zuckerwarenbude. Hier sind Kurzwaren, da künstliche Blumen, und dort liegt eine ganze Bude voll mit Kokosnüssen, Ananas und Bananen. Oben an einer Latte baumeln vier kleine Männchen, ganz aus Kokosnußschalen angefertigt. Sie sehen aus wie primitiv angefertigte Götterfiguren irgendeines exotischen Volksstammes.
„Magst ein Stück Kokosnuß, Gretl?"
„Och, das muß nit sein."
„Komm, wir kaufen uns ein Stück."
Und Hans kaufte zwei Schnitzel von der schmackhaften Frucht. Jedes Stück kostet fünf Pfennig. Im Weitergehen knabbern sie sie auf. Sie kommen wieder an einer Bude mit Ringen und Schmucksachen vorbei. Der Mann in der Bude, der einen roten Araberfez mit dicker, blauer Troddel auf dem Kopf trägt, bietet seine Ware an:
„Nehmen Sie was mit, junger Herr! Ein schönes Ringchen für das Fräulein Braut!"
Gretl schießt die Röte ins Gesicht. Ihr war plötzlich, als müsse ihr jeder ansehen, wie gestern abend im Pleicher Glacis auf der Bank Hans sie umfaßt und geküßt hat. Sie drängte hastig zum Weitergehen:
„Du, ich hab eigentlich schon genug von den Verkaufsbuden. Is ja immer wieder das gleiche. Wolln wir nit lieber gleich zum Kranen zurück? Da is mehr los!"
„Na schön, machen wir kehrt!"
Und sie gingen zurück zu dem kleinen Platz vor dem Kranentor. Hans fragt:
„Magst in der Russischen Schaukel fahren? Schau mal, wie hoch das Rad die Kabinen hinaufdreht!"
„Oh, da wird mir schon ganz schwindlig und überzwerch, wenn ich nur zuschau."
Hans lacht.
„Bist du aber e Angsthäsle! Weißt, für die Lene wär das was! Die will doch immer hoch hinaus." Gegenüber vollführte ein Ausrufer einer kleinen Bude einen Höllenlärm mit einem riesigen Gong, auf den er

*Im Jahr 1909 wurde der Sanderrasen zum Kiliani-Festplatz*

dauernd losschlug. Dann unterbrach er sich und pries seine Sehenswürdigkeiten an:

„Sensationen! Attraktionen, meine Herrschaften! Silvia, das Mädchen, dem nichts verborgen ist. Sie errät Ihre geheimsten Gedanken, Ihr Geburtsdatum und sogar die Zahl Ihrer zukünftigen Kinder! In der zweiten Abteilung sehen Sie die Dame ohne Unterleib! Das müssen Sie gesehen haben, da müssen Sie hereingetreten sein! Versäumen Sie unsere Haupt- und Galavorstellung nicht! Kopf für Kopf zehn Pfennige; wer keinen Kopf hat, zahlt keinen Eintritt!"

Wieder schlug er wie wütend gegen den Gong. „Das war das letzte Zeichen zum Beginn der Vorstellung. Die Dame geht hinein, und die Vorstellung beginnt! Zur Kassa! Zur Kassa!"

Auf dem Podium vor der Bude hatte während dieser lauten Anpreisung ein Mädchen gestanden, das mit einem dichten Schleier verhüllt war und jetzt im Innern der Bude verschwand.

Aus der Menge, die sich das Schwadronieren des Ausrufers angehört hatte, lösten sich eine Anzahl Leute und gingen zur Kasse, bezahlten und traten in die Bude. Auch Hans und Gretl gingen mit.

Im Halbduster setzte man sich auf die Bänke, vor denen eine kleine Bühne aufgebaut war. Man wartete. Eine Zeitlang kam gar nichts, weil der Budenbesitzer erst noch warten wollte, bis mehr Publikum da war. Dann gings los. Zuerst produzierte sich Silvia, das Mädchen, dem nichts verborgen ist. Der Mann, der vor der Bude Reklame geschoben hatte, teilte dem Publikum mit, daß Silvia eine Reihe Proben ihrer Hellseherkunst ablegen werde. Dann trat er auf einen Herrn zu und bat ihn um seine Uhr:
„Bitte, stellen Sie die Uhr auf irgendeine beliebige Stunde."
Dann wandte er sich nach der Bühne um: „Silvia, kannst du mir sagen, welche Stunde diese Uhr jetzt anzeigt?"
Einen Augenblick besann sich Silvia, die mit verbundenen Augen auf einem Stuhl auf der Bühne saß. Dann gab sie Antwort:
„Die Uhr zeigt jetzt zwölf Uhr zehn Minuten an."
„Stimmt! Kannst du mir sagen, ob ich eine Herrenuhr oder eine Damenuhr in der Hand halte?"
„Eine Herrenuhr!"
Der Mann ging weiter. Vor Gretl blieb er stehen:
„Fräulein, wollen Sie mir bitte ganz leise sagen, wie alt Sie sind."
Gretl wurde verlegen und sagte nichts.
„Na, Fräuleinchen, in Ihrem Alter kann mans doch noch sagen."
Hans antwortete an ihrer Stelle leise. Darauf wandte sich der Mann wieder an die Hellseherin:
„Silvia, sage mir doch bitte, welches Alter die Dame hat, vor der ich stehe?"
„Siebzehn und ein halbes Jahr!"
„Und weißt du auch, wie viele Kinder sie einmal bekommen wird?"
Lange Pause. Dann kams von der Bühne:
„Elf Kinder; fünf Buben und sechs Mädchen!"
Das Publikum wieherte vor Lachen, und Gretl wäre am liebsten vor Scham in die Erde versunken.
Silvia beantwortete noch eine ganze Reihe von Fragen nach dem Prägungsjahr von Geldstücken, die jemand in der Hand hielt und ähnliches. In der Pause verkaufte sie Postkarten, auf denen sie abgebildet war.
Im zweiten Teil war dann die Dame ohne Unterleib zu sehen. Auf der schwarz ausgeschlagenen Bühne wurde auf einem Sockel ruhend eine weibliche Gestalt sichtbar. Sie hatte Kopf, Arme und Oberkörper ganz normal wie jede andere Frau. Bei den Hüften hörte es plötzlich auf. Da war überhaupt nichts mehr. Alles schaute und staunte. Die unterleibslose Dame sprach auch, erzählte, wie sie heiße und wann

und wo sie geboren sei. Das war alles. Man konnte sie nur eine Weile bestaunen.
Die Vorstellung war zu Ende, und Hans und Gretl verließen mit den übrigen Besuchern die Bude.
„Wie hat denn die Silvia das alles wissen können, was sie gefragt worden ist, Hans?"
„Das is gar nit schwer. Der Mann, der die Fragen stellt, sagt in der Art der Fragestellung schon die Antwort."
„Das versteh ich nit."
„Zum Beispiel, wenn der fragt: Kannst du mir sagen, welche Stunde die Uhr zeigt, dann heißt das „welche Stunde" zwölf Uhr. Wenn er aber fragt, „welche Stunde die Uhr jetzt zeigt", so bedeutet das zehn Minuten nach zwölf. Das „jetzt" hat die zehn Minuten ausgedrückt. Und so ists mit allen Fragen. Die zwei haben genau miteinander vereinbart, was jedes Wort bei den Fragen bedeutet."
„Dann is das mit der Silvia ja alles Schwindel!"
„No, Schwindel grad nit. Halt Geschicklichkeit. Und allerleihand Übung g'hört schon dazu, daß sich die Silvia nit verhaut."
„Ja, Hans, das kann ich mir jetzt schon vorstellen, wie das geht. Aber die Dame ohne Unterleib! Wie kann denn die überhaupt leben? Herz und Lunge hat sie ja im Oberkörper, und den Magen zur Not auch noch. Aber das andere?"
Hans amüsierte sich. Er wußte schon, wo die Gretl hinaus wollte, tat aber mit dem unschuldigsten Gesicht der Welt, als verstehe er sie nicht.
„Welches andere meinst du denn, Gretl?"
„Hans, stell dich doch nit so dumm! Wenn ein Mensch ißt und trinkt, das bleibt doch nit alles im Körper. Was nit verdaut wird, muß doch wieder naus, und ... und ..."
Gretl kam ins Stocken, wurde verlegen und brach plötzlich ab.
Hans wollte aber wissen, was Gretl meinte:
„Was denn, und ... und ...?"
„No, wenn die mal muß! Du weißts ja, was ich mein! Oder wenn sie sich setzen will und so ..."
Hans konnte nun nicht mehr länger an sich halten und platzte in ein lautes Lachen aus:
„Gell, das war schwierig, bist du das rausgebracht hast?"
„Du bist aber auch einer! Mußt mich so in Verlegenheit bringen!"
Dabei gab sie ihm einen freundschaftlichen Rippenstoß. Hans erzählte jetzt, was er wußte:

„Natürlich hat die Dame ohne Unterleib auch Stuhlgang. Die kanns auch nit durch die Rippen schwitzen!"
„Wie geht denn das zu?"
„Genauso wie bei dir. Die Dame ohne Unterleib is nämlich gar nit ohne Unterleib. Die hat einen schönen, runden Popo, wie du auch. Ich hab sie heute früh noch am Kranen g'sehn."
„Also doch Schwindel!"
„Nä, nur optische Täuschung durch geschickte Spiegelung."
Sie waren inzwischen auf die andere Seite des Platzes gekommen. Vor dem Gasthaus „Zum Ochsen" stand ein dichter Knäuel Menschen um eine Verkaufsbude. Der billige Spitzenjakob hatte hier sein Quartier aufgeschlagen. Auf runden Hölzern waren die verschiedenartigsten Spitzen aufgerollt, weiße und bunte, für Damenwäsche, Küchenbordüren und Kopfkissen, und wer weiß, wofür noch sonst alles. Der Spitzenjakob hatte ein geschliffenes Mundwerk.
„Bleiben Sie noch einen Augenblick stehen, meine Herrschaften! Sie können sich bei mir in zwei Minuten eine bare Mark verdienen. Ich spreche Ihnen einen Satz vor, und wenn Sie ihn ebenso schnell und ohne zu stolpern zehnmal rasch hintereinander hersagen, zahle ich Ihnen auf der Stelle eine Mark in Silber aus. Also aufgepaßt! Das sollen Sie nachsagen:
Wenn mancher Mann wüßte,
wes manches Mann wär,
Tät mancher Mann
manchem Mann mehr Ehr'.
Da mancher Mann nicht weiß,
Wer mancher Mann ist,
Gar mancher Mann manchen Mann
Manchmal vergißt.
Wer probierts einmal? Nur keine falsche Schüchternheit. Zehnmal heruntergeschmettert, und eine Mark ist verdient!"
Verschiedene Mutige versuchten es, blieben aber gleich beim ersten Anlauf stecken, stolperten und ernteten stürmisches Gelächter. Zudem hatte der Spitzenjakob die Schnellsprechübung so blitzschnell hervorgesprudelt, daß nicht die geringste Gefahr bestand, daß er seine Mark-Prämie hätte bezahlen müssen. Dieses Tempo konnte keine fränkische Zunge leisten. Aber der Spitzenjakob hatte seinen Zweck erreicht. Die Leute amüsierten sich, erhofften sich noch mehr Unterhaltung und blieben stehen. Und jetzt pries der billige Jakob seine Spitzen an:

„Um meine Ware einzuführen, sollen Sie heute etwas geschenkt bekommen! Hier, diese piekfeine Wäschespitze, einmal für den keuschen Busen, einmal um die zarten Beinchen, und weil auch das schönste Würzburger Mädchen nicht auf einem Bein stehen kann, noch einmal um das zarte Beinchen."
Dabei legte er die Spitze erst quer über die Brust, maß dann ein Stück um seinen Oberschenkel ab und noch eins, dann schnitt er die Spitze ab:
„Wer will sie geschenkt haben?"
„Ich!" – „Hier!" – „Da, geben Sie her!"
Alles rief durcheinander, und der Spitzenjakob warf das Päckchen Spitze mitten unter die Menge.
Irgend jemand fing es auf.
„Das kann ich aber nicht den ganzen Abend so fortsetzen, sonst mach ich ja Pleite. Was ich Ihnen jetzt anbiete, bekommen Sie zwar nicht geschenkt, aber so billig, daß es so gut wie geschenkt ist. Also, passen Sie auf: Diese Spitze ist zum Besetzen der Kopfkissen. Sehen Sie, da steht drauf ‚Gute Nacht'. Die ganze Kopfkissengarnitur für vier Kissen kostet Sie heute nicht eine Mark, nicht fünzig, vierzig, dreißig Pfennig, das kostet Sie heute nur zwanzig Pfennige, zwei Groschen! Wer will das haben?"
Es rührte sich noch nichts.
„Sehen Sie bitte noch einmal her. Es steht wirklich ‚Gute Nacht' auf den Spitzen. Eine gute Nacht, zwei gute Nächte, drei gute Nächte und noch eine vierte dazu! Ich war jüngst in Berlin, da habe ich eine einzige gute Nacht verbracht, die hat mich zehn Mark gekostet. Und hier bekommen Sie vier gute Nächte für zwanzig Pfennige! Das ist doch geschenkt! Also, wer hat noch nicht? Wer will noch mal?"
Jetzt meldeten sich Käufer. Im Nu waren zehn- oder zwölfmal die Spitzen mit der „Guten Nacht" verkauft. Und schon begann der Spitzenjakob mit einer anderen Sorte Spitzen, würzte seine Anpreisungen mit derben Witzen und hatte stets Erfolg.
Gretl und Hans gingen wieder weiter zum Kranen hinüber:
„Der verstehts aber, Hans!"
„Der hat auch ein Mundwerk, das macht ihm so leicht keiner nach. Wenn der einmal stirbt, dem muß man das Maul noch extra totschlagen."
Auf dem Kranenplatz dudelten und orgelten die Musikinstrumente der Karussells und Schaubuden wirr durcheinander und verbanden sich zu jenem von Glockenläuten und Gongschlägen durchgellten Lärm, der alle Jahrmarkts- und Meßplätze erfüllt. Vor den Buden

brannten jetzt schon überall Lampen, die größeren Unternehmungen waren mit unzähligen kleinen Glühbirnen illuminiert, Ausrufer suchten das Publikum anzulocken, und die Menge schob und drängte sich durcheinander.
Gretl ging mit Hans noch in den Irrgarten und noch in eine Schaubude; dann hatten sie genug. Als sie an der Schießbude vorbeikamen, riefen die Mädchen hinter den Gewehrständen:
„Kommens herüber, junger Herr! Schießens mal, junger Herr!"
Aber Hans lehnte ab. Er faßte Gretl an der Hand und zog sie durch den Trubel hinüber auf den Gehsteig. Dann gingen sie zusammen hinter die Budenreihe, den Main entlang. Der floß ruhig dahin. Leichte Wellen schlugen an die Kähne, die an der Kaimauer festgemacht waren, und brachten sie ins Schaukeln. Die langen Hebearme des Alten Kranen ragten gespenstisch übers Wasser. Beim Holztor war die Kaimauer gesäumt von hohen Holzstößen, die in Schelchen den Main heruntergekommen und hier ausgeladen worden waren. Gegenüber, an der alten Mauer, waren die großen Zweiräderkarren aufgereiht, mit denen das Holz in die Stadt zur Kundschaft gefahren wurde.
Sie gingen weiter, an der Mühle vorbei, unter dem Bogen der Alten Mainbrücke durch und dann die Treppe hinauf auf die Brücke. Da standen sie nun an die Steinbrüstung gelehnt. Übers Wasser klang vom Kranenplatz herauf noch schwach der Lärm der Drehorgeln. Unter ihnen rauschte das Wasser übers Wehr.
Die Festung steilte ihre dunkle Silhouette in den nächtlichen Himmel, still lagen die altersgrauen Häuser des Mainviertels am jenseitigen Ufer. Vom Grafen-Eckarts-Turm schlug es zehn Uhr.
Gretl unterbrach jetzt das Schweigen:
„Ich muß heim, Hans", sagte sie leise.
„Aber morgen kommst doch wieder? Um sieben Uhr sind wir fertig, dann is Pause bis halb neun, da fängt dann die Abendvorstellung an. Kommst um sieben Uhr runter zu uns?"
„Ja, ich komm."
Stadtwärts gingen sie zurück durch die Karmelitenstraße. Hans hatte seinen Arm um Gretls Hüfte gelegt. Sie hatte kein Bedürfnis zu sprechen. So eng aneinandergeschmiegt, langsam dahingehen, das war so schön. Sie dachte an den gestrigen Abend im Pleicher Glacis, wie sie auf der Bank saßen und Hans sie umschlungen hielt, wie dann seine Hand leise ihre Brust berührt hatte. Das hatte er vordem nie getan. Ob er's heute wohl wieder tut? Es hatte sie so wohlig durchschauert, ein Gefühl war durch ihren Körper geströmt, das sie nie gekannt.

Sie waren am unteren Ende der Juliuspromenade vorbeigekommen. Auf dem Kranen war es stiller geworden. Die Messebesucher strebten schon heimwärts.
Still in sich versunken gingen die zwei jungen Menschen weiter in die nur matt beleuchtete Kärrnersgasse. Hans hatte seine Hand höher getastet und fühlte durch das Kleid hindurch die junge, schwellende Brust des Mädchens, das sich im Schatten der Häuserwand enger an ihn schmiegte. Plötzlich schrie Gretl leise auf, riß sich los und lief schnell der elterlichen Wohnung zu.
Hans blieb verdutzt stehen. Was war das bloß? Warum rannte sie auf einmal davon? Er konnte keine Erklärung dafür finden. Ob es ihr nicht recht war, daß er sie so angefaßt hatte? Sie hatte es ihm aber doch gestern auch nicht gewehrt ...
Langsam, in Gedanken versunken, ging er über den Kranenplatz zum Wohnwagen.

*

Der Bäckermeister Kilian Hein kam morgens um sieben Uhr aus der Backstube. Sein Hosenbund umspannte ein strebsames Bäuchlein. Über das mehlbestaubte Hemd zog er eine frische, weiße Jacke und ging ins Wohnzimmer. Gretl brachte ihm das Frühstück und wollte gleich wieder in die Küche.
„Bleib da, Gretl, ich muß mit dir reden!"
„Ja, was is denn?"
„Wirst schon wissen, was is! Wo warst denn gestern abend?"
„Auf der Meß, ich hab dirs ja g'sagt, daß ich hingeh."
„Und mit wem warst denn dort? Mit wem? ... Meinst ich weiß nit, daß d'dich mit dem Hans, dem Zigeuner rumgetrieben hast?"
Gretl, die zuerst voller Angst vor dieser Auseinandersetzung war, wurde von heftigem Zorn gepackt, als ihr Vater diesen Ton anschlug. Es lag deshalb etwas Scharfes in ihrer sonst so weichen Stimme:
„Hans ist kein Zigeuner, Vatter!"
„Is wohl ein Baron, he? Bist wieder den ganzen Abend mit ihm rumgestrichen, wie so'n richtiger Besen? Das hat sich jetzt aufg'hört. Das sag ich dir ein für allemal!"
„Ich laß mir das nit verbieten, wenn ich mit Hans spazierengehen will!"
„So, Spazierengehen nennst du das? Ich hab euch doch g'sehn, wie er dich abgeknutscht hat. Du weißt's selber, bist ja dann gleich davongelaufen. Zum Abknutschen für einen Zigeuner bist du mir zu gut. Da-

für gibt sich die Tochter vom Bäckermeister Hein nicht her. Dafür werd ich schon sorgen! Und wenn ich dich nochemal mit dem Zigeuner erwisch, dann schlag ich dir alle Knochen im Leib kaputt!"
Er hatte sich mit gesteigerter Stimme in helle Wut geredet. Mit Gretls Kraft wars zu Ende. Laut weinend lief sie in die Küche. Draußen fragte die Mutter erschrocken:
„Ja, was ist denn mit dir los, Gretl? Warum heulst du denn so arg?"
Unter Schluchzen erzählt Gretl, wie garstig der Vater zu ihr gewesen sei, und daß sie nimmer zum Hans dürfe.
„Jetzt hör nur auf mit dem Flennen, 's wird nit so schlimm gewesen sein."
„Der Vatter hat uns doch gestern abend zusammen g'sehn", gab Gretl weinend zurück, „und wenn er mich wieder erwischt, hat er g'sagt, dann will er mir alle Knochen kaputt schlagen."
„Mußt dirs nit so zu Herzen nehmen, Mädle", tröstet die Mutter. „Es wird nix so heiß gegessen, wies gekocht wird. Der Vatter is halt gleich oben draußen."
„Wenn ich aber doch den Hans nimmer sehen darf ..."
„Hast 'n denn so gern?"
Gretl fiel der Mutter um den Hals, und unter Schluchzen kams heraus:
„Ja, Mutter, arg gern!"
Die Mutter strich ihrem Mädel liebkosend übers Haar.
„Sei nur wieder ruhig. Ich red mit'm Vatter."
Das beruhigte Gretl ein wenig. Wenn die Mutter ihr hilft, wird der Vater vielleicht doch nachgeben und alles könnt wieder gut werden. Sie ging jetzt ruhiger ihrer Hausarbeit nach.
Die Mutter ließ zunächst den Zorn des Bäckermeisters verrauchen. Mittags wird er wieder schlafen, und wenn er ausgeschlafen hat, wird besser mit ihm zu reden sein. Aber Frau Hein hatte sich getäuscht. Was sie auch vorbrachte, der Vater war nicht umzustimmen.
„Is denn das ein Umgang für eine Bäckermeisterstochter? So ein hergelaufener Mensch? Und Rosenkränze haben sie auch nit grad miteinander gebetet. Ich habs ja selber g'sehn, wie er sie abgeknutscht hat!"
„Aber Kilian! Hast denn ganz vergessen, daß d' auch emal jung warst? Die Gretl und der Hans kennen sich doch schon von Kindsbeinen auf, und jetzt sinds keine Kinder mehr, jetzt ham sie sich halt gern. Das is halt so."
„Es muß aber nit so bleiben! Und ich wills emal nit ham, daß die Gretl mit so einem Zigeuner rumläuft!"

„Aber des is doch e ganz ordentlicher und fleißiger Mensch. Hast 'n ja selber aufwachsen sehen bei seiner Großmutter."
Kilian Hein waren die sachlichen Gründe der Mutter unangenehm, weil er nichts Stichhaltiges darauf zu sagen wußte. Er half sich deshalb auf eine wenig überzeugende, aber erfolgreiche Weise, indem er noch heftiger wurde und, sich fast überschlagend, erklärte:
„Ich will nix mehr davon hören! Und jetzt is Schluß damit!"
Mutter Hein war es klar, daß sie heute nichts erreichen würde. Sie ging in die Küche und tröstete Gretl.
„Mußt halt e paar Tag warten."
Am Abend wartete Hans vergebens auf Gretl. Sie kam nicht. Hans brachte ihr Ausbleiben mit ihrem plötzlichen Wegrennen am vorigen Abend in Verbindung, fand aber keine vernünftige Erklärung dafür. Zwei Tage später sagte Frau Hein am Vormittag zu ihrer Tochter: „Gretl, nimm das Netz und geh auf'n Markt. Kannst mir grünen Salat holen und Tomaten, und für morgen bringst gleich gelbe Rüben mit."
Sonst ging die Mutter immer selbst zum Markt. Was war denn heut bloß los? Aber während Gretl sich das Netz holte, kams ihr in den Sinn: Die Mutter will mir Gelegenheit geben, mit Hans zu reden! Eilig ging sie aus dem Haus, machte aber einen Umweg über den Kranen. Vor dem Wohnwagen war Hans damit beschäftigt, einen kleinen Galgen für die Kasperlbühne zusammenzubasteln:
„Morgen, Hans! Ich muß auf'n Markt. Gehst e Stückle mit?"
Natürlich ging er mit, und nit nur e Stückle. Bis zum Markt begleitete er die Gretl und wieder zurück.
„Warum bist denn letzthin abends so auf einmal davongelaufen und am anderen Tag nit kommen?"
„Ich hab ja nit kommen können. Der Vatter hat mich nit fortlassen. Abends, wie wir heimgegangen sind, hat er uns g'sehn. Da hab ich so Angst g'habt, daß ich gleich von dir weggelaufen bin. Und am andern Tag hats dann Krach geben. Ich hab ihm aber g'sagt, daß ich mir nit verbieten laß, mit dir zu gehn und daß du kein Zigeuner bist. Da is er fuchsteufelswild geworden und hat g'sagt, er tät mir die Knochen im Leib kaputt schlagen, wenn er mich noch emal mit dir erwischt!"
„Jetzt kommst doch wieder zu mir?"
„Sonst folg ich 'm Vatter in allem. Aber ich laß mir nit verbieten, zu dir zu gehen. Da kann er sagen, was er will!"
„Bist e tapfers Mädle!"
Hans drückte ihr so heftig die Hand, daß sie leise aufschrie.
„Au! Du zerquetscht mir ja die Hand zu Brei."

„Das war nit bös gemeint. Ich hab mich nur so g'freut über das, was du eben g'sagt hast."

Solange die Messe noch dauerte, durfte Gretl nach sechs Uhr abends das Haus nicht mehr verlassen. Aber die Mutter schickte sie jeden Vormittag auf den Markt zum Einkaufen. Und Gretl machte jedesmal den Umweg über den Kranen, wo Hans auf sie wartete, um sie zu begleiten.

Vater Hein erfuhr von diesen verbotenen Morgenpromenaden nichts, und der Mutter brauchte Gretl nichts zu sagen. Die merkte es ihrer Tochter an dem frohen Gesicht an, daß sie die Gänge zum Markt zu nutzen verstand.

Im Café Hirschen traf sich der Bäckermeister Hein jeden Samstag nachmittag mit ein paar Innungskollegen. Das waren der Schorsch Fischer und der Karl Spieß, zwei wohlbestallte Würzburger Bäckermeister. Sie spielten an ihrem Stammtisch in dem gemütlichen Kleinbürgercafé ihren Tarock, tranken ihren Kaffee und rauchten ihre Zigarren dazu. Vorne am Fenster saßen sie immer. Da konnte man sich behaglich auf die Polsterbank setzen und das Treiben unten auf dem Platz beim Vierröhrenbrunnen beobachten, wenn einer von den Tarockbrüdern sich verspätete. Um den Brunnen herum hielten die Lohndroschken mit ihren alten Gäulen, vor dem „Hirschen" standen die Lastfuhrwerke der Boten aus den Dörfern um Würzburg, ein Dienstmann war hier stets zu treffen, und die Straßenbahn hatte auch eine Haltestelle am Vierröhrenbrunnen, so daß immer was los war. Man sah allerhand, wenn man so vom ersten Stock im „Hirschen" herunterschaute, und man brauchte sich dabei nicht zu langweilen.

Heute war Kilian Hein früher gekommen als sonst. Es beschäftigte ihn etwas, das ihm keine Ruhe ließ. Selbst dem Kellner Franz war das frühe Kommen des Bäckermeisters aufgefallen, der sonst fast immer der Letzte von der Stammtischrunde war:

„Tag, Herr Hein! Sie ham sich wohl in der Zeit verschaut?"

Kilian Hein sah durchs Fenster auf die Uhr des Grafen-Eckart-Turms.

„Wirklich, 's ist erst zwei Uhr! Da muß meine Uhr vorgehen."

Und er tat, als richte er seine Uhr.

„E Tasse Kaffee, Herr Hein?"

„Brauchst doch nit fragen, Franz. Weißt ja, was ich immer hab."

Kilian Hein saß auf seinem Platz am Fenster, steckte sich eine Zigarre an und schaute auf den Vierröhrenbrunnen hinunter. Aber er sah ins Leere. Die Geschichte mit der Gretl ging ihm durch den Kopf. Während er den Rauch seiner Zigarre in dicken Wolken ausstößt,

*Man sah allerhand, wenn man so vom ersten Stock im „Hirschen" herunterschaute*

überdenkt er alles noch einmal: Ja, ich muß heut mit dem Spieß reden. Hätt ja eigentlich noch Zeit gehabt. Aber die Gretl, der Fratz, macht mir sonst noch meinen ganzen Plan kaputt, wenn ich jetzt nit gleich alles ins Gleis bring.
Franz stellte das Tablett mit dem Kaffee auf den Tisch.
„Der Herr Spieß muß jeden Augenblick kommen, Herr Hein. Der is sonst immer schon um Viertel da."
„Wenn man den Esel nennt, dann kommt er auch gerennt!" zitierte Hein, denn Spieß schob gerade seinen Bauch durch die Tür, und dann mußte er selbst auch gleich da sein. Heftig schnaufend landete Spieß beim Stammtisch, denn das Treppensteigen war für ihn bei seinem gewaltigen Umfang eine erhebliche Leistung.
„Wenn ich Baumeister wär, ich tät nur Häuser mit Parterreräumen bauen. Diese verflixten Treppen!"
Er setzte sich und fiel schwer auf die Sofabank. Hein frozzelte ihn gern und konnte es auch heute nicht lassen, trotz der Sorgen, die er wegen der Gretl hatte:

„No, hast deine zweieinhalb Zentner doch noch emal die Treppe raufgebracht?"
„Nur kein Neid! Der Bauch is schon in Ordnung." Dabei klopfte er sich mit der Hand behaglich gegen den Leib. „Der hat sein gutes Geld gekostet."
Karl Spieß liebte nämlich einen guten Bissen und wußte auch mit einem kräftigen Trank umzugehen. Er wunderte sich, Hein hier schon vorzufinden.
„Daß du schon da bist, Kilian! Das muß doch eine besondere Bedeutung haben."
„Hats auch, Karl, hats auch!"
„No, dann schieß los!"
„Ja, das is nit so einfach. Aber ich will nit wie die Katz um den heißen Brei rumgehn. Also, hör emal zu! Du kennst doch mei Gretl?"
„Natürlich kenn ich die. Is e netts Mädle worden."
„Das freut mich, daß sie dir g'fällt. Ich hab dich nämlich fragen wolln, was du dazu sagst, wenn meine Gretl und dein Michl sich später emal heiraten täten?"
„Ja, wie kommst denn so plötzlich auf sowas? Das kann ich doch nit so aus'm Ärmel sagen. Da muß ich erst mit meiner Frau reden. Oder hat sich der Michel schon an dei Mädle rangemacht? G'sagt hat er mir noch nix davon."
„Nä, davon is kei Red. So was müssen mir zwei erst ins Reine bringen, und wenn wir uns einig sin, dann werden die zwei jungen Leut nit nein sagen."
„Wär ja nit übel. Ich hätt nix dagegen. Aber, wie g'sagt, mit meiner Josefine muß ich doch erst reden. Da kommt übrigens der Schorsch. Nächste Woch hörst weiter davon."
Bäckermeister Schorsch Fischer war mit dem Glockenschlag um halb drei Uhr ins Lokal gekommen:
„Es geschehen noch Zeichen und Wunder! Der Kilian is emal pünktlich! Das muß man in Schornstein schreiben."
„'n Kaffee, Franz!"
Der Kellner brachte zwei Tabletts mit Kaffee für Spieß und Fischer und stellte auch gleich die Spielteller mit einer Tarock-Karte auf den Tisch.
Was Karl Spieß an Leibesfülle zu viel hatte, das hätte der hagere Fischer gut brauchen können. Er war, wie Spieß zu sagen pflegte, dürr zum Anbrennen.
Kaum saß er auf seinem Stuhl – traditionsgemäß nahmen die beiden Beleibteren die Polsterbänke ein – da nahm er auch schon die Karten

zur Hand, verteilte die Spielteller und legte in den größeren Teller seinen Fünfziger als Einsatz. Die beiden anderen zogen auch ihre Börsen und folgten seinem Beispiel. Jeder hob eine Karte um.
„Kilian gibt!" stellte Fischer fest. „Er hat das As!"
„Aber bloß beim Geben! Im Spiel krieg ich lauter Mist."
Kilian Hein mischte und gab, nachdem Fischer abgehoben hatte, die Karten.
„Mußt dir halt selber e dicke Trumpfkarte geben, hast's ja jetzt in der Hand", meinte Fischer.
„Aufs Mogeln versteh ich mich nit."
Nach diesem freundschaftlichen Geplänkel begann das Spiel. Kilian Hein hatte grundsätzlich kein Glück beim Kartenspiel. Es war heute nicht anders. Er hat natürlich wieder verloren, aber da man nicht hoch spielte, war es leicht zu verschmerzen.
„Die Karten müssen sich direkt gegen mich verschworen haben!" meinte er als man um sechs Uhr die Karten weglegte.
„Unglück im Spiel, Glück in der Liebe!" sagte Karl Spieß darauf, und blinzelte ihm vielsagend zu.
Die drei Tarockbrüder saßen noch eine Weile beisammen und schimpften auf den Magistrat, dem alle naselang etwas Neues einfalle.
„Was das jetzt wieder sein soll! Eine Preistafel mit Gewichtsangabe für Brot sollen wir ins Schaufenster hängen", räsonierte Spieß. „Als ob wir die Kundschaft beim Gewicht beschummeln wollten! Pure Schikane, weiter nix!"
„Die Herren Rechtsräte im Rathaus droben müssen doch zeigen, daß sie ihre Gehälter nit umsonst beziehen", hieb Fischer in die gleiche Kerbe.
„Franz, zahlen!"
Die drei Bäckermeister bezahlten ihre Zeche und legten für Franz das Kartengeld auf den Tisch. Beim Hinuntergehen sagte Kilian Hein noch zu Spieß:
„Wenn d' mit deiner Frau g'sprochen hast wegen meiner Gretl, dann sagst mir Bescheid, gell! Also, bis nächsten Samstag!"

IV.

Seit drei Wochen besuchte Lene Cornelius zusammen mit Franz Hein in der Sandertorstraße einen Tanzkurs. Von der Großmutter hatte sie die zwanzig Mark Kursgebühr bekommen. Die ersten paar Abende bekam Lene den Franz und die übrigen männlichen Teilnehmer des Kurses überhaupt nicht zu sehen. Die Mädchen hatten zunächst gesonderten Unterricht, und auch die Herren blieben vorerst unter sich. Das war zwar ein bißchen langweilig, hatte aber doch auch seine Vorteile. Man war dann nicht mehr ganz so tapsig, wenn später der gemeinsame Unterricht begann. Inzwischen hatte man auch die gehörige „Benehmität" gelernt, wie Franz sagte, und trat seiner Tanzpartnerin nicht bei jedem Schritt auf die Fußspitzen. Solange man nur einem Herrn darauf trat, war das weiter nicht schlimm. Die konntens schon eher vertragen.

Für Dienstag abend nach der Kiliansmesse war der erste gemeinsame Unterricht festgesetzt. Franz, der an den Tanzabenden erst um 11 Uhr in der Backstube sein mußte, ging mit Lene gemeinsam nach der Sanderstraße.

„Also, heut abend wer'n wir zum ersten Male aufeinander losgelassen, Lene! Kannst denn schon was?"

„Das bißle, was du weniger kannst wie ich, das wird nit viel antreffen, Franz. Da brauchst dich wohl nicht großtun damit."

„Wolln wir erst mal sehn, wer sich tollpatschiger anstellt, du oder ich."

„E bißle Angst hab ich doch, Franz. Weißt, wenn so viele Herrn da sin, die ich alle nit kenn. Am g'scheitsten is, du tanzt bloß mit mir, bis ich die andern kenn."

„Vielleicht sind aber schönere Mädli dabei", neckte Franz, „die mir besser g'falln?"

„Wirst nit viel Rechtes finden!" Lene war leicht eingeschnappt.

„Spiegelein, Spiegelein, an der Wand, wer ist die Schönste im Frankenland?" neckte Franz weiter.

„Du kannst doch wirklich nix weiter, wie die Leut aufziehn."

Sie waren mittlerweile zur Tanzschule gekommen, die im ersten Stock gegenüber der Reuererkirche eingerichtet war. Zunächst waren die Mädels noch allein, die Herren waren in ein anderes Zimmer eingetreten.

Die Mädchen waren alle ein wenig erregt, hatten sich in Kleidung und Frisur besondere Mühe gegeben, einen günstigen Eindruck zu machen.

Auf einer Stuhlreihe, die an der Wand entlang aufgestellt war, mußten sie Platz nehmen. Dann kam der große Augenblick. Die Tür zum Nebenzimmer ging auf, und im Gänsemarsch kamen die tanzbeflissenen Jünglinge herein. Steif und ein wenig verlegen blieben sie den Mädchen gegenüber in einer Reihe stehen.

Der Tanzlehrer stellte vor. Es gab ungelenke Verbeugungen und rote Köpfe. Aber viel Zeit zum Verlegensein wurde nicht gelassen. Die Klavierspielerin schlug auf einem verstimmten Klavier die ersten Takte eines Schottisch an, und der Tanzlehrer klatschte in die Hände: „Engagieren, meine Herren!"
Franz beeilte sich, Lene als Tänzerin zu bekommen und stieß dabei mit einem schlanken jungen Mann zusammen, der auch im Begriff war, Lene zu engagieren. Gegenseitiges Entschuldigungsgestammel, dann tanzte Franz mit Lene los.
„Es geht ja ganz gut", meinte er, als er mit Lene einmal um den kleinen Saal herumgekommen war.
„Der Schottisch, das is ja e Kinderspiel, aber der Walzer ...!"
„Is ja noch kei Meister vom Himmel g'falln. Mit'm Walzer wer'n wir aber auch fertig werden."
„Du, Franz", fragte Lene beim Weitertanzen, „wer war denn der Herr, mit dem du vorhin zusammengestoßen bist?"
„Groß heißt er. Ich glaub, er is Verkäufer im Kaufhaus Seisser."
Die Tour war jetzt zu Ende, und die Herren begleiteten die Damen an ihre Plätze. Nach einer kleinen Pause kam ein Walzer dran. Franz holte sich wieder die Lene als Partnerin. Leise summte sie den Text zu der gespielten Melodie vor sich hin:
„Wiener Blut, das ist gut, voller Kraft, voller Saft, voller Mut ..."
Dann unterbrach sie sich plötzlich: „Kennst du den Herrn Groß näher?"
Der Tanzlehrer bemängelte bei den einzelnen Paaren dies und jenes. Die Musik brach ab. Allgemeine Belehrung folgte, wie die Dame zu führen sei, wie man den Fuß setzen müsse, um der Dame nicht auf die Schuhe zu treten, und was dergleichen Ratschläge mehr sind. Dann konnte die Tour zu Ende getanzt werden.
Beim nächsten Walzer war Franz nicht schnell genug zur Hand, und Groß tanzte mit Lene. Er war der einzige unter den jungen Leuten, der sich nicht steif und linkisch benahm, und er hatte auch einen flotten Tanzschritt.
„Ich hatte mir das alles viel schwieriger vorgestellt, gnädiges Fräulein", sagte er nach einer Weile. „Aber wenn man eine Tänzerin hat, die so leicht über den Boden schwebt, wie Sie, gnädiges Fräulein, da ist das Tanzenlernen ein wahres Vergnügen."
Lene bekam einen roten Kopf und wußte nicht, was sie auf das Kompliment sagen sollte. Aber sie wollte auch nicht schweigen, wie eine dumme Pute. Schließlich faßte sie sich ein Herz und meinte:
„Ich hab mich immer schon aufs Tanzen g'freut. Und ich glaub, wenn

man die richtige Freud zum Tanzen mitbringt, dann lernt mans auch leichter."
Wieder war die Tour zu Ende, und Groß brachte Lene an ihren Platz. Fast den ganzen Abend tanzte sie nur mit Franz und Groß, wer eben von den beiden gerade zuerst bei der Hand war, bis schließlich der Tanzlehrer erklärte, die Herren dürften nicht immer mit den gleichen Damen tanzen. Lene zog eine Schnute, aber sie wurde den Rest der Tanzstunde von Franz und Groß nicht mehr engagiert.
Um zehn Uhr war Schluß. Man verabschiedete sich mit steifen Bücklingen, und Franz ging mit Lene nach der Kärrnersgasse.
„Der gemeinsame Tanzabend ist doch schöner, Franz, als wenn die Herren und die Damen immer für sich sind." „Ja, wenn nur nit so fürchterliche Vogelscheuchen unter den Mädels wären. Da sind ja e paar dabei, direkt zum Abgewöhnen! Du bist wirklich die einzige, die passabel is."
„Hast wohl kein schöneres Mädel g'funden, weil d' immer mit mir getanzt hast?" fragte Lene mit schelmischem Lachen.
„Du wirst ja noch größenwahnsinnig! Da muß ich dir gleich einen Dämpfer aufsetzen. Du weißt ja, unter den Blinden is der Einäugige König!"
„Du kannst einem doch kei liebs Wort gönnen, Franz! Und wenn d' wirklich aus Versehen mal eins g'sagt hast, dann tuts dir gleich nachher leid."
„Ich red halt, wie mir der Schnabel gewachsen is. Und e bißle Spaß mußt scho verstehn, wenn d' dich mit mir vertragen willst."
Unter Necken und Scherzen kamen sie in die Kärrnersgasse. Vor dem Milchladen der Großmutter gab Franz der Lene die Hand:
„Also, bis übermorgen! Und träum nit zuviel von dem Ladenschwengel Groß!"
Am Donnerstag holte Franz die Lene nicht zum Tanzkurs ab. Er mußte in die Backstube, weil der Geselle plötzlich krank geworden war. Groß nahm diesen Umstand wahr und tanzte mit Lene, so oft es ging, ohne aufzufallen. Nach Schluß des Abends wartete er unten auf der Straße, bis Lene kam und sprach sie an:
„Gestatten Sie, gnädiges Fräulein, daß ich Sie begleite?"
Lene errötete leicht, sagte aber ohne langes Besinnen:
„Bitte schön, wenns Ihnen Vergnügen macht."
„Das allergrößte Vergnügen, gnädiges Fräulein! Ich würde schon am Dienstag meine Begleitung angeboten haben, aber Sie hatten bereits Gesellschaft!"

Groß sah sie mit einem lauernden Blick von der Seite an. Er wollte wissen, welcher Art ihre Beziehungen zu Franz Hein seien.

„Ja, Franz Hein war dabei. Wir wohnen in einer Straße, und mein Bruder is mit ihm in die Schule gangen. Er hat heut nit kommen können."

Mit dieser Antwort vermochte Groß nicht viel anzufangen. Da konnte eine gewöhnliche Nachbarfreundschaft dahinterstecken, aber vielleicht auch mehr. Er wollte das schon herausbekommen.

„So! Na, da kennen Sie sich ja wohl sehr gut und recht lange?"

„Solang ich denken kann. Wir ham als Kinder schon zusammen g'spielt."

„Allerdings, dann hat Herr Hein ältere Rechte. Und wenn er beim nächsten Tanzabend wieder da ist, werde ich wohl auf dem Heimweg Ihre Gesellschaft entbehren müssen?"

„Rechte hat überhaupt niemand auf mich", gab Lene stolz zurück.

„Das freut mich", versetzte Groß.

„Warum freut Sie das?"

„Weil ich dann wohl darauf rechnen darf, daß Sie meine Begleitung auch in Zukunft nicht ablehnen werden."

„Ach so! Sie ham wohl gar gemeint, der Franz Hein wär mein Bräutigam?" Und sie lachte hellauf.

„Wenn auch nit gerade Bräutigam... Nun, ich meine, es gibt ja auch Bindungen ohne offizielle Verlobung."

„Da bin ich ja noch viel zu jung dazu. Bin ja noch nit emal achtzehn Jahr alt."

„Aber wenn man so schön ist wie Sie, gnädiges Fräulein, dann läßt ein Bräutigam nicht gar lang auf sich warten."

„Sie sind mir ein Süßholzraspler!"

„Das ist mein heiliger Ernst, gnädiges Fräulein!" beteuerte er mit gemachter Offenherzigkeit. „Und ich meine nicht nur Ihr hübsches Gesicht, sondern auch Ihre schlanke, geschmeidige Gestalt."

„Ach, gehn Sie! Solche Schmeicheleien mag ich nit hören!"

Im Grunde ihres Herzens aber war sie doch recht empfänglich für die plumpen Komplimente ihres Begleiters, der durch seine Gewandtheit im Benehmen und durch seine gewählte und etwas gekünstelte Sprache von den übrigen jungen Leuten abstach, die Lene kannte. Das drängte ihr eine Frage auf die Lippen:

„Sie sind aber nit von Würzburg?"

„Nein, gnädiges Fräulein. Ich stamme aus Hannover und bin seit einigen Monaten hier im Kaufhaus Seisser beschäftigt. Ich weiß nicht, ob

Sie meinen Namen verstanden haben, als der Tanzlehrer die allgemeine Vorstellung inszenierte. Ich heiße Groß, Rudolph Groß!"
Dabei machte er eine leichte Verbeugung.
„Franz Hein hat mirs schon gesagt. Und ich heiße Helene Cornelius!"
„Oh, ich habe mir Ihren Namen gleich gemerkt, als ich ihn vom Tanzlehrer zum ersten Male hörte. Sie fielen mir gleich auf."
„So, Herr Groß, da wär ich jetzt daheim!"
Sie standen vor dem Laden der Frau Berta Lechner.
„Schade, daß Sie keinen weiteren Weg haben. Ich wäre gerne noch eine Stunde mit Ihnen gegangen. Na, dann bis nächsten Dienstag! Recht angenehme Ruhe, gnädiges Fräulein!"
Lene schloß die Ladentür auf und ging durch den Laden und die Wohnstube in ihre Schlafkammer. Die Großmutter, die einen leichten Schlaf hatte, hörte sie kommen:
„Lene, bist du's? Hast auch den Laden wieder richtig abg'schlossen?"
„Ja, Großmutter. 's kann dich keiner stehlen! Gute Nacht!"
Sie zündete die Petroleumlampe in ihrer Kammer an und kleidete sich aus. Dabei ging ihr Rudoph Groß durch den Kopf: Ein netter Mensch is er ja und weiß sich zu benehmen, dachte sie. Und meinen Namen hat er sich gleich gemerkt, weil ich ihm aufg'falln bin. Er hat ja auch am Dienstag die allererste Tour mit mir tanzen wolln. Und heut abend hat er mich auch immer wieder engagiert.
Ihre Kleider hatte sie auf einen Stuhl neben dem Bett gelegt. Jetzt zog sie die Strümpfe aus und trat nun im Hemd vor den Spiegelschrank, um ihre Haare für die Nacht zu richten.
Sie löste die Haare, die in langen, blonden Strähnen herabfielen. Da kamen ihr wieder die Schmeicheleien des Herrn Groß in den Sinn. „Wenn man so schön ist, wie Sie", hatte er gesagt. Wohlgefällig betrachtete sie sich im Spiegel. Und von ihrer „geschmeidigen Gestalt" hatte er auch gesprochen. Lene löste den Verschluß des Hemdes an der Schulter und streifte es ab. Sie stand jetzt völlig unbekleidet vor dem Spiegel und prüfte selbstgefällig ihre Gestalt. Mit den flachen Händen streifte sie über ihre straffen, jungen Mädchenbrüste und über die weiche Hüftenlinie. Dann drehte sie sich um, wandte den Kopf nach rückwärts, um sich auch von der anderen Seite zu betrachten. Und abschließend stellte sie bei sich fest, daß Groß recht hatte. Nur schwer konnte sie sich von ihrem Spiegelbild trennen.
Während sie ihre Haare in dicke Zöpfe flocht, blieb sie immer noch vor dem Spiegel stehen. Endlich schlüpfte sie in ihr Nachthemd,

löschte die Lampe und ging zu Bett. Es dauerte aber heute recht lange, ehe sie Schlaf fand.

*

Der Bäckermeister Karl Spieß hatte mit seiner Josefine über Kilian Heins Vorschlag gesprochen, und Josefine, ohne deren Zustimmung im Haus Spieß nichts Entscheidendes geschehen durfte, war damit einverstanden, daß ihr Michel und die Hein Gretl ein Paar werden sollten. Sie hatte auch gleich einen Plan entworfen, wie man die beiden jungen Leute einander näher bringen konnte, ohne daß sie merkten, wie alles von den Eltern mit Vorbedacht angeordnet war. Es sollte ein Familienausflug arrangiert werden, und damits nicht so sehr auffalle, müsse man die Familie Fischer auch einladen. Das könnten ja die Männer beim Tarock ganz unauffällig machen. Und mit dem Michel müßt er ein Wort reden.
„Das werd ich schon machen, Josefine", erklärte Karl Spieß, zog sich an und ging in die Kärrnersgasse zu seinem Freund, Kilian Hein.
„Ich hab heut mit meiner Josefine g'sprochen, und 's is ihr recht. Eine ganz G'scheite is mei Alte! Sie hat gemeint, wir sollten einen Familienausflug machen, und damits nit weiter auffällt, könnten wir beim Tarock so zufällig draufkommen und die Fischers auch mit einladen. Beim Ausflug müssen wir die Gretl und den Michel unauffällig zusammenbringen. Dann wär der Anfang gemacht, das weitere müßt man halt der Zeit überlassen."
„Wär gar kei schlechte Idee! Du fingerst das dann am nächsten Samstag!"
„Wird gemacht!"
Am Samstag nach dem Tarock fing Spieß an, von dem schönen Wetter zu reden.
„Ich bin schon recht lang nimmer aus der Stadt nauskommen. Und nur so mit meiner Familie allein, da macht's mir kein Spaß."
Kilian Hein kam ihm zu Hilfe:
„Wie wär's denn, wenn wir alle drei mit unserer Familie emal so 'n kleinen gemeinsamen Nachmittagsausflug nach'm Guttenberger Wald machen täten? Ich wär schon dabei."
„Ein Gedanke von Schiller!" fiel Schorsch Fischer ein: „Zu Fuß natürlich!"
„Ausgeschlossen!", protestierte Karl Spieß. „Meinst, ich will eine Entfettungskur machen?"
„Dann nehmen wir halt einen Wagen", entschied Kilian Hein, und die Sache war abgemacht für Sonntag in acht Tagen.

Karl Spieß hatte noch eine Aufgabe. Er mußte die Sache dem Michel beibringen. Am Mittwoch nahm er ihn sich vor:
„Hör emal Michel, du bist jetzt bald fünfundzwanzig Jahr alt. Wie lang meinst denn, daß d' noch so allein auf der Welt rumlaufen kannst?"
„Ich bin doch gar nit allein. Du und die Mutter, ihr seid doch auch noch da!"
„So mein ich das ja auch nit. Du sollst doch später emal die Bäckerei übernehmen, da mußt doch auch e Frau ham. Kannst doch nit selber den ganzen Tag im Laden stehen, wenn d' nachts in der Backstube bist."
„Ja, so! Heiraten soll ich?"
„Nit glei vom Platz weg. Aber die Augen könntest scho e bißle aufmachen, daß d' dich um e ordentlichs Mädle umschaust. Pressieren tuts ja nit, aber wenn sich emal e Gelegenheit gibt, dann darfst nit blöd sein. Die Mädli wolln hofiert sein, mußt halt e bißle den Kavalier spielen. No, das brauch ich dir ja nit im einzelnen sagen, das wirst schon selber wissen. Bist ja kei heuriges Häsle mehr."
Michel verzog sein volles Gesicht zu einem breiten Grinsen:
„In dene Sache weiß ich scho Bescheid."
Karl Spieß meinte, er habe jetzt seinem Sohne genug gesagt. Am Sonntag würde sich das weitere dann schon ergeben.
Kilian Hein hatte einen schönen offenen Wagen mit Sonnendach bestellt. Der wartete am Sonntag um halb drei Uhr vor dem Alten Gymnasium. Dieser Treffpunkt war vereinbart worden. Die drei Familien waren ziemlich pünktlich. Ein gemeinsamer Familienausflug per Wagen, das kam nicht alle Tage vor. Man hatte sich allseitig darauf gefreut.
Schorsch Fischer kam mit Frau Marie und mit seiner Tochter Karoline, Karl Spieß brachte Frau Josefine und seinen Michel mit, und auch die Familie Hein war vollzählig, vier Köpfe hoch, erschienen. Begrüßte sich fröhlich und stieg ein. Der Wagen hatte für zwölf Personen Platz. Es wurde aber doch etwas eng, obwohl nur zehn Personen einstiegen. Karl Spieß brauchte Platz für zwei. Michel, der seinen Ehrgeiz darein gesetzt zu haben schien, an Leibesfülle möglichst seinem Erzeuger nachzueifern, benötigte für seine breite Sitzfläche auch erheblichen Raum. Da Kilian Hein auch nicht gerade zu den Magersten zählte, wurde der Platz knapp. Da erklärte Franz Hein, er setzte sich vorne neben den Kutscher auf den Bock. Damit waren alle Schwierigkeiten behoben, und jeder konnte seinen Korpus in gehöriger Bequemlichkeit verstauen.

Michel Spieß hatte sich neben seinen Vater gesetzt. Der gab ihm einen Rippenstoß und meinte, wenn auf einer Seite des Wagens die beiden Schwergewichte säßen, dann könnte er zu leicht umkippen. Alles lachte über diese Selbstveräppelung, und Michel wurde auf die andere Seite zwischen Karoline Fischer und Gretl Hein plaziert. Die jungen Leute, deren Eltern so eng befreundet waren, kannten sich schon von früheren Geselligkeiten her. In fröhlicher Unterhaltung verstrich die Zeit, und ehe man sich's recht versah, war man am Guttenberger Wald.
„Zur Waldesruh!" rief Kurt Spieß dem Kutscher zu. „Ich muß erst einen Schluck trinken."
Vor der Gartenwirtschaft „Waldesruh" hielt der Wagen, und alles stieg aus.
„Erst mal eine kleine Stärkung", entschied Kilian Hein.
Man suchte sich einen freien Tisch aus, der auch groß genug war, daß zehn Personen daran Platz finden konnten. Unter schattigen Kastanienbäumen ließ sich die Gesellschaft nieder. Die Tische und Bänke waren aus glattgehobelten Brettern gezimmert, und die Tische wurden erst mit rotgewürfelten Decken belegt, wenn Gäste daran Platz genommen hatten.
„Wir machen bunte Reihe", schlug Karl Spieß vor, und gebärdete sich als eine Art Maître de plaisir, indem er die Plätze so anwies, daß Männlein und Weiblein je abwechselnd nebeneinander zu sitzen kamen. Dabei nahm er darauf Bedacht, daß sein Michel sich neben Gretl Hein setzte. Michel hatte nun rechts neben sich die Gretl mit ihrem frischen, munteren Gesichtchen und ihrer adretten Figur, während links neben ihm die Karoline Fischer saß, die nach ihrem Vater geartet war: lang und dürr und mit einem bleichen hageren Gesicht.
Links von Karoline saß Franz Hein.
Während die Väter Bier bestellten, betrachtete Michel die beiden Mädchen ungeniert. Er schätzte sie mit den Augen ab und entschied sich für Gretl Hein.
Eine Weile verstrich in munterer Unterhaltung. Die Frauen saßen beisammen und besprachen Dinge, die sie als Hausfrauen und Bäckermeistersgattinnen besonders interessierten, und die Männer waren schon wieder bei der neuen Preistafelverordnung des Magistrats. Franz erzählte der Karoline etwas vom Tanzkurs, und Michel meinte, das Tanzen wäre eine unnötige Sache. Man käme nur ins Schwitzen und könne sich nachher die schönste Erkältung holen. „Für dich wär das freilich nix!" rief ihm Franz zu. „Wenn ich mir das vorstell,

wie du deinen dicken Bauch im Saal herumschwenkst, da kommt mich das Lachen an."

Franz lachte aus vollem Halse.

„Aber nix für ungut, Michel. Prost!" Und er streckte ihm versöhnend sein Bierglas entgegen. Michel stieß mit ihm an.

Gretl besah sich die rundliche Fülle ihres Tischnachbarn und mußte bei dem Gedanken, sich ihn als Tänzer vorzustellen, innerlich Franz zustimmen. Doch fragte sie ihren Vater:

„Wollt ihr denn den ganzen Nachmittag vor euren Biergläsern sitzen bleiben? Dazu hätten wir die Fahrt nit machen brauchen."

„Die jungen Leut können ja e bißle im Wald drüben spazierengehen", meinte Vater Spieß und blinzelte dem Kilian Hein zu.

Franz war auch einverstanden und ging mit Karoline Fischer über die Straße hinüber in den Wald. Bei Michel dauerte das Aufstehen etwas länger. Dann ging er mit Gretl hinter dem ersten Paar drein.

„Wir bleiben immer auf'm Weg, Gretl", ruft Franz zurück, der mit Karoline schon ein Stück voraus war. „Wenns dem Michel zuviel wird, dann soll er uns rufen."

Michel wollte nicht so schnell laufen wie Franz, und außerdem wars ihm auch lieber mit der Gretl allein. Der Franz frozzelte ihn ja doch nur.

Sie gingen unter dem kühlen Laubdach nebeneinander her. Gretl nahm ihren breitrandigen Panamahut ab, um sich die frische Waldluft um die Stirn wehen zu lassen.

„Das tut gut!"

„Darf ich Ihnen den Hut tragen, Fräulein Gretl?" fragte Michel dienstbeflissen.

„Danke, das is nit nötig. Der is ja so federleicht, und ich hab gern was in der Hand."

„Der Franz scheints aber eilig zu ham. Den sieht man ja schon gar nimmer", versuchte Michel von neuem ein Gespräch anzuknüpfen.

„Oh, da tät ich schon mithalten. Aber Ihnen wirds wohl keinen Spaß machen", gab sie mit einem abschätzenden Blick auf Michels ansehnliche Leibesfülle zurück und konnte ein Lächeln nicht ganz unterdrücken. Sie deutete jetzt links in den Wald hinein:

„Da schauen Sie mal, Herr Spieß! Die schönen Anemonen! Da bring ich der Mutter einen Strauß mit."

Und schon war sie vom Weg ab zwischen die Baumstämme gehuscht und begann, Anemonen zu pflücken.

„Sie könnten sich eigentlich nützlich machen!" rief sie Michel zu.

„Wolln Sie nit e bißle helfen? Da wer'n wir schneller fertig mit unserem Strauß."
Der Schalk saß Gretl heute im Nacken. Sie dachte, wie für den dicken Michl das Bücken nach Blumen mühselig sein müßte und wie er dabei in Schweiß geraten würde.
Michel unterzog sich der für ihn so unangenehmen Ritterpflicht und pflückte im Schweiße seines Angesichts Anemonen, bis Gretl erklärte: „So, jetzt langts!"
Michel reichte seine Blumen Gretl, die sie zu einem schönen Strauß zusammenband; dann wischte er sich tief aufseufzend den Schweiß von der Stirn.
„Na, wars denn gar so anstrengend?" fragte Gretl schelmisch.
„Och, ich hab Ihnen gern g'holfen, Fräulein Gretl. Überhaupt, wenn ich Ihnen einen G'falln tun kann..."
„Soviel Höflichkeit is man ja von Ihnen gar nit gewöhnt, Herr Spieß."
„Damen gegenüber bin ich immer höflich, und bei Ihnen erst recht", sagte er, und nahm sich in seiner Kavaliersrolle ein wenig komisch aus.
Michel war überzeugt, recht deutlich gezeigt zu haben, daß ihm die Gretl sympathisch ist; und sie gefiel ihm auch. So frisch und munter, so duftig und jung war sie. Wie er nur früher so über sie hat weg sehen können. Er hatte sie eben immer noch als Kind in Erinnerung gehabt. Jetzt war ihm mit einem Male klar geworden, daß die kleine Gretl von einst ein erwachsenes Mädchen geworden war, und ein recht hübsches dazu.
„Wissen Sie was, Herr Spieß", schlug Gretl vor, „wir setzen uns da in Wald rein. Sie laufen doch nit gern, und ich möchte mir e Kränzle ins Haar machen. Is Ihnen recht?"
Alles war Michel recht, was ihn der Notwendigkeit einer körperlichen Anstrengung enthob.
Es mußten aber erst noch genügend Anemonen gepflückt werden, ehe man sich auf einem breiten Moosteppich niederlassen konnte.
Gretl saß, eifrig an einem kleinen Kranz flechtend, Blüten und Blätter der Anemonen im Schoß, neben Michel, der sich lang ausgestreckt auf den Rücken gelegt hatte. Er wandte sich, auf den linken Ellbogen gestützt, seitwärts und sah Gretl bei ihrer Arbeit zu.
„Soll ichs Ihnen zeigen, wie man einen Kranz macht?"
„Was soll ich damit?"
„O, da könnten Sie Ihrer Braut emal e Kränzle machen. Das tät die sicher freun."

„Die kann sich nit freun."
„Warum denn nit? Hat sie einen Trauerfall g'habt?"
„Nä, ich hab keine."
„Ach soo! Da müssen Sie sich halt eine suchen. Gibt ja genug Mädli in Würzburg, die zu einem Bäckerssohn nit nein sagen täten."
Sackerlot, denkt Michel, und das Gespräch geht ihm durch den Kopf, das sein Vater am Mittwoch mit ihm geführt hatte. Jetzt wär eigentlich eine gute Gelegenheit! Aber, wie sag ichs bloß? Dann faßte er sich ein Herz:
„Ja, Mädli gibt's genug, Fräulein Gretl. Aber jede mag ich nit, und jede mag mich wieder nit."
„No, jeds Töpfli find sei Deckele."
Michel hatte jetzt wieder keine Schneid, mehr zu sagen. Was das nur war? Wenn er sonst mit einem Mädchen zusammen war, so zum Zeitvertreib, dann war alles so einfach. Eine Weile ging man nebeneinander, dann faßte man sich bei der Hand, und lange hats nicht gedauert, dann ist man mit dem Mädel per Arm gegangen. Und was er einem Mädel hat sagen wollen, das hat er ihm gesagt. Da war alles so leicht, und einen Kuß hat man haben können, und manchmal auch mehr. Bei der Gretl Hein ist alles so schwierig. Die ist so anders.
„Sie reden ja gar nix mehr, Herr Spieß", schreckt ihn Gretl aus seinen Gedanken auf. „Sie werden doch keinen geheimen Kummer haben?" fragte sie scherzhaft.
„Nä, Kummer hab ich keinen, nur Sehnsucht."
„Die Sehnsucht ist das Allerschönste. Da denkt man an was, das is ganz weit weg, und man malt sichs aus, wie schön 's wär, wenn mans haben könnt."
Und Gretl dachte an Hans und an die nächste Messe, zu der er wieder nach Würzburg kommen wollte.
„Aber von der Sehnsucht allein wird keiner satt", bemerkte Michel.
Die Gretl schien ihn und seine Sehnsucht aber nicht zu verstehen. Sie hatte ihren Blumenkranz fertig und setzte ihn sich aufs Haar.
„Schön is der Kranz aber geworden", bewunderte Michel. „Und wie gut er Ihnen steht!"
„Setzen Sie ihn doch emal auf, Herr Spieß. Ich möcht sehn, wie das aussieht."
Gehorsam hielt Michel seinen dicken Kopf hin, und Gretl setzte ihm den zierlichen Kranz auf. Michel sah so komisch damit aus, daß Gretl hellauf lachte.
Beim Kranzaufsetzen hatte Michel mit seinem Kopf leise Gretls Schenkel gestreift und er dachte sich, wie schön das sein müßte, sei-

nen Kopf so in den Schoß zu legen. Da müßte sichs gut ruhen lassen. Er sagte das auch gleich zu Gretl.
„Das könnt Ihnen so passen, mich als Kopfkissen zu benutzen. Da wird nix draus!"
Gretl hatte plötzlich etwas Scharfes und Abweisendes in der Stimme.
„Deswegen brauchen Sie doch nicht gleich bös werden, Fräulein Gretl. Ich hab das nur so hingesagt."
Er hatte sich aufgerichtet und saß jetzt neben Gretl. Auf dem Weg unten waren mittlerweile Franz und Karoline zurückgekommen. Sie gingen auf Michel und Gretl zu.
„Ihr seid mir schöne Faulenzer!", begrüßte Karoline die beiden.
„Wenn der Michel dabei is, kann man keine große Marschleistung erwarten", fügte Franz hinzu. „Faulheit is bei ihm eine Tugend wie im Schlaraffenland."
„Du tust Herrn Spieß aber unrecht, Franz", verteidigte Gretl jetzt den Michel. „Wir waren sogar recht fleißig. Da schau mal her!" Und sie zeigte ihren Strauß Anemonen vor. „Einen Kranz hab ich auch geflochten und Herr Spieß hat fleißig beim Blumenpflücken geholfen."
Jetzt erst sah Franz den Anemonenkranz auf Michels Kopf.
„Mensch, wie siehst du denn aus! Wie ein garnierter Schweinskopf im Metzgerladen! Fehlt nur noch die Zitrone ins Maul!"
Franz und die beiden Mädchen lachten ausgelassen. Aber dem Michel war gar nicht zum Lachen zumute, als er sich so zur Zielscheibe des Spottes gemacht sah. Mit einer ägerlichen Bewegung riß er den Kranz vom Kopf und erklärte in gereiztem Ton:
„Franz, deine Anzapfereien hab ich jetzt satt!"
„Verstehen Sie denn gar keinen Spaß, Herr Spieß?" begütigte Gretl. „Das war doch nit bös gemeint. Wenn Sie kein so bärbeißiges G'sicht mehr machen, dann dürfen Sie jetzt auch meinen Hut tragen. Ich nehm den Blumenstrauß."
Michel machte darauf wieder eine etwas freundlichere Miene, und sie gingen zu viert hinüber in die „Waldesruh". Dort hatten die Alten inzwischen das nötige Quantum Bier vertilgt und berieten bereits, was man zum Abendessen bestellen soll.
„Da kommen ja unsere Ausreißer!" begrüßte Karl Spieß die jungen Leute. „Habt hoffentlich einen gesunden Appetit mitgebracht?"
„Daran solls nit fehlen", erklärte Michel und setzte sich gleich wieder an seinen alten Platz.
Die Kellnerin nahm die Aufträge entgegen, und Gretl brachte Mutter Hein den Strauß Anemonen:
„Der Herr Spieß hat aber auch fleißig mitgeholfen beim Pflücken",

sagte sie, um Michel für den „garnierten Schweinskopf" zu entschädigen.
Josefine Spieß gab ihrem Mann einen leichten Tupfer mit dem Ellbogen in die Seite. Der schmunzelte vergnügt. Zu seiner Frau geneigt, sagte er leise:
„Es scheint, die Sache klappt."
Bald hörte man allenthalben Tellergeklapper und Messergeklirr. Es gab Butterbrot und Rettiche, dann Wurst und zum Schluß Schweizerkäse. Gretl sah mit Staunen, welche gewaltigen Mengen Michel Spieß vertilgen konnte. Ein Rest Käse war noch übrig geblieben. Michel meinte:
„Lieber den Magen g'sprengt, wie dem Wirt was g'schenkt!" und machte dem Käse den Garaus.
Die Männer zogen ihre Röcke an, die Frauen setzten ihre Hüte auf, und Franz verständigte den Kutscher. Man stieg ein. Franz nahm wieder beim Kutscher Platz. Das genossene Bier hatte die Sangesfreudigkeit geweckt, und unter Lachen und Singen fuhr die fröhliche Gesellschaft wieder zur Stadt.
Der alte Spieß sprach zu Hause dem Michel gegenüber kein Wort von der Gretl. Aber am Donnerstag meinte er so nebenbei:
„Ich müßt eigentlich in die Kärrnersgasse zum Kilian Hein und müßt ihm was sagen. Oder, Michel, wenn du mir den Gang abnehmen willst?"
„Das kann ich scho, Vatter, wenns nur was zum Ausrichten is."
„Sagst dem Kilian, er soll am Samstag e halbe Stund früher in Hirschen komme."
Michel ging, den Auftrag zu besorgen. Und er schien gern zu gehen. Das war sonst nicht seine Art.
Kaum war er weg, ging Vater Spieß zu seiner Josefine:
„Ich glaub, der Michel hat scho Feuer g'fange. Er is jetzt zum Hein in die Kärrnersgaß und richt mir was aus. Da trifft er die Gretl ja im Laden."
„Mußt jetzt die Sach sich ganz allein entwickeln lassen", riet Frau Josefine.
In der Kärrnersgaß traf Michel wirklich die Gretl im Laden und fragte nach ihrem Vater. Sie holte ihn aus der Wohnstube, und Michel bestellte, was ihm der Vater aufgetragen hatte.
Dann wandte er sich an Gretl:
„Sind Sie am Sonntag gut heimgekommen?"
„Ich schon, aber für Sie wars doch e Anstrengung?" fragte Gretl ein wenig spöttisch zurück.

Vater Hein ging wieder in die Wohnstube, als er merkte, daß Michel mit der Gretl sprechen wollte.

„Von Anstrengung is ja kei Red. Ich glaub, es tät mir ganz gut, wenn ich öfter mal einen Ausflug machen tät."

„Da müssen Sie halt das schöne Wetter ausnützen. Sonntags ham Sie doch immer Zeit."

„Ja, Zeit schon, Fräulein Gretl. Aber die richtige G'sellschaft fehlt mir halt."

„Die wird sich schon finden, Herr Spieß."

„Ich wüßt schon jemand, mit dem ich gern wieder einen Ausflug machen möcht."

„Na, sehn Sie, dann is ja alles in Ordnung."

„Nä, das is noch gar nit in Ordnung, solang Sie nit ja sagen."

„Ich?" fragt die Gretl ganz erstaunt und ein wenig belustigt.

„Ja, Sie, Fräulein Gretl! Mit Ihnen möcht ich schon gern wieder einmal ausfliegen."

Vater Hein, der hinter der Tür gelauscht hatte, war wieder in den Laden gekommen. weil er eine ablehnende Antwort seiner Gretl befürchtete:

„Ich hab nix dagegen, Michel, wenn d' mit der Gretl am Sonntag e bißle naus willst. Die Gretl hat so nit viel G'sellschaft.

Michel freute sich wie ein Schneekönig, und ehe Gretl noch irgend etwas sagen konnte, versprach Michel, am Sonntag um halb drei die Gretl abzuholen. Im nächsten Augenblick war er auch schon aus dem Laden.

Kilian Hein wandte sich nun an seine Tochter:

„Du kommst mir überhaupt viel zu wenig an die Luft. Der Ausflug am letzten Sonntag hat dir ganz gut getan. Hast gleich viel frischer ausg'sehn."

„Ich mach ja auch gern so einen Sonntagsspaziergang. Aber da könnt ich doch auch mit der Lene oder mit'm Franz gehn."

„Was hast denn gegen den Michel? Is doch e ganz braver Mensch."

„Hab gar nix gegen ihn, ich kenn ihn ja viel zuwenig."

„Da lernst ihn dabei halt besser kennen."

Damit war die Sache für Vater Hein abgetan.

Am nächsten Samstag kam er eine halbe Stunde früher ins Café Hirschen und berichtete Michels Vater über den Verlauf der Sache. Der war schon im Bilde. Michel hatte zu Hause erzählt, daß er am Sonntag mit der Gretl Hein einen Ausflug mache.

Karl Spieß meinte, jetzt wäre ja alles im schönsten Lot. Aber Kilian Hein hatte seine Bedenken:

„Da is noch gar nix im Lot. Mit meiner Gretl is das nit so einfach. Der Michel wird sich tüchtig anstrengen müssen, wenn er bei Gretl was gelten will."
„Mei Michel is doch es ganz strammer Mensch, und mir scheint, daß er scho Feuer g'fangen hat bei der Gretl."
„Kann ja sein, Karl. Aber die Gretl halt noch nit."
„Das wird sich scho geben, Kilian. Wenn so zwei junge Leut im Sommer abends allein heimgehn, da macht sich sowas ganz von selber. Wie wir jung warn, is es uns ja auch nit anders gangen."
Da ging die Tür auf und Schorsch Fischer kam herein. Man tauschte erst noch einige Erinnerungen über den gemeinsamen Familienausflug aus, dann begann man mit dem Tarock.

*

Michel Spieß kam am Sonntag pünktlich um halb drei Uhr in die Kärrnersgasse und holte Gretl ab. Als sie auf die Straße kamen, fragte er sie:
„Haben Sie sich schon überlegt, Fräulein Gretl, wo wir hingehn wolln?"
„Mir is es eigentlich gleich. Schön is ja überall heut, bei dem Prachtwetter."
„Ich hab halt gemeint, wir fahren jetzt mit'm Zug nach Reichenberg und gehn dort in Wald."
„Is mir recht. Da war ich schon lang nimmer."
Durch den Pleicher Ring gingen sie zum Bahnhof und nahmen den nächsten Zug.
Michel gab sich die allergrößte Mühe, Eindruck zu schinden. Er hatte auf dem Weg zur Kärrnersgasse in einer Konditorei eine Tüte voll Pralinen gekauft. Die zog er jetzt aus der Hosentasche, um sie Gretl anzubieten. Wie er aber die Tüte öffnete, sah er zu seinem Entsetzen, daß die Pralinen infolge der Wärme zerlaufen und alle aneinander geklebt waren zu einem undefinierbaren und wenig appetitlichen Klumpen. Er machte ein so unglückliches Gesicht, als er diese Bescherung sah, daß Gretl darüber lachen mußte.
„Jetzt müssen sie mich obendrein auch noch auslachen. Is doch schon genug, daß ich so ein Pech hab, wo ich Ihnen doch eine Freud mit den Pralinees machen wollt."
„Ich hab Sie ja nit auslachen wollen. Aber der Schokoladenklumpen in der Tüte hat so originell ausg'sehn. Und wenn Sie dann noch e G'sicht dazu machen wie die Katz, wenns donnert, da kann man

*Die Kärrnersgasse*

beim besten Willen nit ernst bleiben. Das g'scheitste is, Sie lachen auch mit."
Gretl war wieder ganz heiter geworden. Und als sie in Reichenberg ausstiegen und die Sonne alles golden überstrahlte, war der letzte Rest von Gretls anfänglicher Mißstimmung verflogen.
Sie gingen eine Stunde in den Wald hinein, und Michel überwand sogar seine Abneigung gegen das Laufen. Im Wald wars auch angenehm kühl, so daß er nicht allzu sehr unter der Hitze litt.
Gretl schlug nun vor, ein wenig auszuruhn:
„Wolln wir uns nit e bißle hinsetzen, Herr Spieß? Wir müssen nachher wieder eine ganze Stunde zurück nach Reichenberg."
„Da hab ich nix dagegen. Aber daß mir scho e ganze Stund laufen, hätt ich nit gedacht."
„Ich glaub, ich mach noch einen Langstreckenläufer aus Ihnen", lachte Gretl.
Sie setzen sich.
„Langstreckenläufer wär ja grad nit das richtige für mich. Da bin ich nit drauf träniert. Aber einen guten Spaziergänger könnten S' schon aus mir machen, wenn Sie die nötige Geduld aufbringen."
„Für den Anfang haben Sie sich heut ja ganz gut gehalten."
Michel bot der Gretl an, sie solle sich auf seinen Rock setzen, damit ihr helles Kleid auf dem Waldboden keine Flecken bekäme.
„Da sin Sie e bißle zu spät dran, Herr Spieß. Ich sitz nämlich scho eine Weile."
„Aber Sie sitzen ja auch viel weicher, wenn Sie was unterlegen."
„No, wenns Ihnen Spaß macht, dann geben Sie Ihren Rock halt her."
Er breitete seinen Rock sorgsam auf den Boden und Gretl setzte sich darauf.
Michel erzählte jetzt von der väterlichen Bäckerei und daß er sie später einmal übernehmen solle.
„Der Vater meint, er wollt nit arbeiten, bis er 'n Schlaganfall kriegt. Er möcht vorher noch was von sei'm Leben ham und sich noch e paar Jahr ausruhn. Da sollt ich die Bäckerei schon bald übernehmen. Im Herbst mach ich die Meisterprüfung."
„Da gibts aber einen jungen Bäckermeister! Und die Frau Meisterin wird dann wohl auch bald kommen?"
„Die braucht ich dann freilich auch, Gretl. Sie wissen ja von daheim, daß man auch jemand im Laden braucht, und überhaupt, einmal muß ja jeder Mann ans Heiraten denken."
Er sagte schon nicht mehr „Fräulein" Gretl, sondern nur noch „Gretl", sprach sie aber mit „Sie" an.

„Da übernehmen Sie ja e schöns G'schäft. Ihre Zukünftige kann sich da in e g'machts Bett legen."
„Ja, da ham Sie recht, Gretl. Ich wüßt auch schon, wen ich am liebsten als Meisterin hätt..."
Er schaut Gretl von der Seite an, um zu sehen, wie sie darauf reagiere.
Gretl merkte jetzt, wohin die Reise gehen sollte und tat, als hätte sie diese letzte Bemerkung überhört.
„Wir müssen jetzt wieder weiter, sonst kommen wir zu spät nach Reichenberg!"
Sie standen auf und gingen den Weg, den sie gekommen waren, wieder zurück. Michel fand nicht gleich wieder zu dem Gespräch zurück, das so schön im Zug war und bei dem er geglaubt hatte, er könne der Gretl sagen, wie gut sie ihm gefalle.
Ein ganzes Stück ging er schweigend neben dem Mädchen her. Dann nahm er den Faden wieder auf. Ganz unvermittelt fing er an:
„Das mit dem Heiraten hätt ja noch Zeit. Es vergeht schon noch ein Jahr, eh der Vater privatisiert."
„Bis dahin finden Sie ja dann auch e brave Frau."
Michel faßte Gretl jetzt an der Hand und drückte sie leise. Eine kleine Weile ließ sich Gretl diese Liebkosung gefallen. Aber dann dachte sie, er könne das mißverstehen und entzog ihm ihre Hand, als sie an den Waldrand kamen.
In einer Gartenwirtschaft kehrten sie in Reichenberg ein, aßen kalt zu Abend und erkundigten sich nach dem nächsten Zug nach Würzburg. Sie hatten noch eine Stunde Zeit.
„Da könnten wir uns drüben im Wald noch e bißle hinsetzen", schlug Michel vor.
Gretl war einverstanden. Michel breitete wieder seinen Rock auf dem Waldboden aus, und Gretl setzte sich hin. Michel stand neben ihr. Da fiel sein Blick unversehens auf ihren Busenausschnitt. Die Bluse hatte sich ein wenig verschoben und Michels Augen sahen, was sonst verhüllt war. Gretl schien die Richtung seines Blickes bemerkt zu haben, denn sie brachte hastig ihre Bluse in Ordnung und war ein wenig verlegen geworden.
Michel setzte sich neben sie.
„Gretl, ich habs Ihnen vorhin schon sagen wollen, daß ich Sie recht gut leiden kann, und... ich wollte Sie fragen, ob Sie mich auch e bißle mögen?" Dabei hatte er sie wieder an der Hand gefaßt.
Gretl war die ganze Situation im höchsten Maße unangenehm:
„Kommen Sie, ich glaub, es is besser, wir gehn jetzt!"

„Nur noch einen Augenblick, Gretl. Sie müssen mirs jetzt sagen!"
Er war stark erregt, umfaßte sie mit dem Arm und preßte sie heftig an sich:
„Sagen Sie ja, Gretl! Sagen Sie doch ja!"
Gretl entwand sich mit einiger Anstrengung seinen Armen:
„Lassen Sie doch solche Geschichten sein, Herr Spieß! Wenn ich das geahnt hätt, wär ich mit Ihnen keinen Schritt gegangen!"
„Is doch nit so schlimm, was ich gemacht hab."
Er saß ganz verdattert da wie ein verprügelter Schuljunge und schnaufte heftig.
Gretl war rasch aufgesprungen, hatte Kleid und Bluse zurechtgezupft und ging dem Waldausgang zu. Es dauerte eine ganze Zeitlang, ehe Michel nachkam. Er war recht niedergeschlagen. Schweigend gingen sie nebeneinander her zu dem kleinen Dorfbahnhof.
Als sie in den Zug eingestiegen waren, wollte sich Michel neben Gretl setzen. Sie bestand aber darauf, daß er ihr gegenüber Platz nahm. Er gehorchte und wagte kaum, sie anzusehen. Vor sich hinblickend, hing er seinen aufgewühlten Gedanken nach:
Ich hätt sie doch nit anfassen sollen, damit hab ich wieder alles verdorben. Und jetzt wird sie nicht mehr mit mir gehen wollen. Daß ihr aber auch die Bluse grad verrutschen mußte! Wenn das nit gewesen wär, dann hätt ich nix gesehen, und das andere wär auch nit passiert.
In Würzburg begleitete Michel die Gretl den Pleicher Ring hinunter zur Kärrnersgasse. Er machte noch einen Versuch, die Sache wieder einzurenken:
„Fräulein Gretl, Sie dürfen mir nit bös sein wegen dem vorhin im Wald..."
„Ich bin Ihnen ja nit bös, ich mag nur nit, daß Sie mich so anfassen."
Michel glaubte, daraus ein ganz klein wenig Hoffnung schöpfen zu dürfen.
„Und wolln Sie nächsten Sonntag wieder mit mir fort? Nach Veitshöchheim oder..."
Gretl unterbrach ihn abweisend:
„Damit is jetzt Schluß! Sie fangen ja doch immer mit dem Gleichen an, und ich will nix davon wissen."
Michel sah ein, daß es nun endgültig aus war. Er ging noch neben ihr her bis zur Kärrnersgasse und trollte sich dann wie ein begossener Pudel nach Hause.
Gretel erzählte ihr Erlebnis mit Michel am nächsten Tag ihrem Bruder Franz.
„Was? Der Dickwanst spielt den Verliebten?"

„Der hat nit g'spielt. Ich glaub, 's war ihm Ernst."
„Noch schlimmer! Warum kommst denn auch auf so e Kateridee und machst mit so einer aufgedunsenen Dampfnudel einen Ausflug?"
„Ich hab ja gar nit wolln, Franz!"
Und dann erzählte sie, wie der Michel am Donnerstag gekommen wär und gesagt hätte, er möcht gern einen Ausflug mit ihr machen, und dann war der Vater dazu gekommen und hätte einfach gesagt, daß sie mitgehe.
„Direkt überrumpelt hat er mich. Und eh ich noch was hab sagen können, wars schon abgemacht, und der Michel war wieder weg. Am Sonntag is er dann kommen und hat mich abg'holt."
„Du, ich glaub da steckt was dahinter! Hast doch letzthin erst Krach g'habt mit'm Vatter, wegen dei'm Hans? Paß auf, das is e abgekartetes Spiel. Die wolln dich an den Michel verkuppeln!"
Von dieser Seite hatte Gretl die Sache noch gar nicht überdacht. Aber möglich wärs ja.
Ein paar Tage später wurde sie vom Vater gefragt, ob sie am Sonntag wieder mit dem Michel fort wolle.
„Mit dem geh ich keinen Schritt mehr!"
„No, warum denn? Hats was geben?"
„Der tut so verliebt, will immer schmusen und is so zudringlich."
„Er wird dich halt gern ham, bist ja auch e schöns Mädle. So was kann man doch verstehn."
„Ich mag ihn aber nit, den Dicksack!"
„Geht dir wohl dei Hans noch im Kopf rum? Das treib ich dir noch aus!"
Kilian Hein war heftig geworden.
Für Gretl stand es jetzt fest, daß Franz mit seiner Vermutung recht hatte.
„Du willst mich ja bloß an den Michel Spieß verkuppeln! Hast mich ja zu dem Sonntagsausflug direkt gezwungen. Ich hab gar nit mit dem Michel gehn wolln. Und verkuppeln laß ich mich nit!"
„Red doch kei so dummes Zeug von verkuppeln! Der Michel sieht dich halt gern, und ich hab nix dagegen, wenn d' mit ihm gehst."
„Ich habs dem Michel schon g'sagt, daß er nimmer kommen braucht. Und wenn d' mich zwingen willst, dann geh ich auf und davon!"
Kilian Hein war wütend darüber, daß Gretl seinen Plan durchschaut hatte. Er hielt es aber für klüger, die Sache zunächst auf sich beruhen zu lassen.

✶

Der Tanzkurs, den Lene Cornelius besuchte, nahm seinen Fortgang. Franz konnte ihn auch wieder besuchen. Beim Nachhausegehen wurde Lene von Franz Hein und Rudolph Groß begleitet. An der Juliuspromenade machte Groß einen Vorschlag:
„Gnädiges Fräulein, was würden Sie dazu sagen, wenn wir jetzt alle drei ins Café Wittelsbach gingen, um dort eine Portion Erdbeereis zu essen?"
„Ich wär schon dabei, wenn Franz Hein auch mitgeht."
Franz lehnte ab:
„Ich muß in die Backstub, sonst macht der Vatter Spektakel."
„Allein möcht ich auch nit mit", sagt darauf die Lene, und sie gingen in die Kärrnersgasse. Vor dem Milchladen verabschiedeten sich alle drei. Franz ging weiter in die Kärrnersgasse hinein, zur Bäckerei, Groß den Weg zur Juliuspromenade zurück.
Nach ein paar Schritten kehrte Groß wieder um.
Lene wollte eben die Ladentür aufschließen. Er fragte sie leise:
„Gnädiges Fräulein, wollen Sie sichs nicht überlegen und doch noch mitkommen?"
Es lag etwas Schmeichelndes in seinem Ton.
Lene sah sich nach der Richtung um, in der Franz gegangen war. Sie sah ihn nicht mehr. Dann wandte sie sich an Groß:
„Ich möcht ja ganz gern, aber es is doch schon so spät."
Groß merkte gleich, daß sich Lene nur zierte und noch einmal aufgefordert sein wollte.
„Ach, wir bleiben ja nur ein halbes Stündchen, und dann bring ich Sie wieder hierher."
Lene ging mit. Sie schlenderten die Juliuspromenade hinauf und traten an der Ecke Kaiserstraße ins Café Wittelsbach. Lene war noch nie hier gewesen. Sie sah sich neugierig und zugleich ein wenig scheu in dem hellerleuchteten Lokal um, in welchem an kleinen Tischen meist jüngere Herren saßen, der eine oder andere auch in Begleitung einer Dame.
Groß wählte ein freies Tischchen in der Ecke und fragte Lene, ob er ihr Eis bestellen dürfe. Sie bejahte.
„Herr Ober! Eine Portion Erdbeereis mit Schlagsahne und einen Kaffee!"
Er sagte das so, daß es sich anhörte, als wäre er gewohnt, sich von Oberkellnern bedienen zu lassen.
„Sind Sie öfter hier, Herr Groß?" fragte Lene.
„O ja, ich komme zuweilen her. Ich würde mich freuen, wenn Sie mir dabei Gesellschaft leisten wollten."

„So oft kann ich ja nit von daheim weggehen. Zweimal in der Woche geh ich jetzt schon zum Tanzen. Was soll denn da die Großmutter denken, wenn ich noch einen Abend fortgehe?"

„Dann könnten Sie aber doch Dienstag und Donnerstag nach der Tanzstunde mit mir ausgehen. Ich habe mich übrigens gewundert, daß Sie heute zuerst abgelehnt haben, weil Herr Hein nicht mitkam."

„Der muß doch nit wissen, daß ich so spät mit Ihnen allein ins Café geh!"

„Ach sooo! Na, da ließe sich doch leicht ein Weg finden, daß er das nächste Mal nichts merkt." Er nahm schon als feststehend vorweg, daß Lene „das nächste Mal" mitkomme. „Lassen Sie sich doch ruhig von ihm nach Hause begleiten, und wenn Sie ihn verabschiedet haben, dann kommen Sie herüber zur Juliuspromenade, da warte ich auf Sie."

Nach einigem Zögern sagte Lene zu, drängte aber, nachdem sie ihr Eis gegessen hatte, zum Aufbruch, damit es nicht zu spät würde.

Groß begleitete Lene. Beim Abschied sagte er:

„Also, am Donnerstag nach dem Tanzkurs, an der Juliuspromenade!"

Lene hatte sich im Café nicht recht behaglich gefühlt. Es war ihr immer gewesen, als sähen alle Gäste zu ihr hin. In Wirklichkeit hatte sich natürlich kein Mensch um sie gekümmert. Aber die helle Beleuchtung, die gut gekleideten Menschen, die fremde Umgebung, das Neue und Ungewohnte der ganzen Sache, hatte sie ein wenig bedrückt, und sie überlegte, während sie zu Bett ging, ob es nicht richtiger wäre, am Donnerstag mit Groß woanders hinzugehen.

Zur nächsten Tanzstunde am Donnerstag holte Franz sie wieder ab. Lene war der Meinung, er wisse nichts von ihrem Kaffeehausbesuch mit Groß, merkte aber bald, daß sie sich getäuscht hatte. Franz hatte am Dienstag noch gesehen, wie Groß wieder zurückgekommen und daß Lene dann mit ihm weggegangen war. Er fragte jetzt auch:

„Wie war's denn im Café Wittelsbach?"

Lene wurde verlegen und dachte: Der Franz hat spioniert. Leugnen hilft also wohl nichts.

„Och, der Groß hat keine Ruhe, gegeben, und da bin ich halt noch e halbs Stündle mitgangen. Wir ham Eis gessen."

„Kannst ja tun, was du willst und ins Café und sonst wohin gehn, mit wem du Lust hast. Ich hab dir ja keine Vorschriften zu machen. Aber daß du dir grad so einen Fatzke aussuchst..."

„Was hast denn gegen Herrn Groß?"

„Nix. Der is mir so wurscht, wie sonst was. Aber wenn ich ihn so g'spreizt reden hör: ,Gnädiges Fräulein gestatten', oder: ,Was wür-

den gnädiges Fräulein dazu sagen . . .?', da kommt michs Kotzen an."
„Du kannst 'n halt nit leiden, und da suchst du irgend was gegen ihn."
„Suchen braucht man da wirklich nit. Er tragts einem ja auf'm Präsentierteller entgegen. An dem is doch nix echt. Alles ist gekünstelt und gemacht."
„Wenn einer gute Manieren hat, dann is das bei dir gleich g'spreizt. Könnt dir manchmal auch nix schaden, wenn d' e bißle höflicher wärst."
„Wenn dir nit zu raten is, dann is dir eben nit zu helfen, Lene. Das is kei Höflichkeit, und das sin kei gute Manieren bei dem Ladenschwengel. An dem is alles verlogen, außen und innen. Dem is sei Beruf zur zweiten Natur geworden. Im G'schäft muß er jeder Kundin ein freundliches G'sicht schneiden und einen Bückling machen und ,gnädige Frau' hinten und ,gnädige Frau' vorne sagen. Das ist ein Scharwenzeln und Bedienern in einem fort. Und das hat er sich mit in sei Privatleben nübergenommen."
„Du stellst 'n ja grad hin, als wär er e ganz schlechter Mensch. Das is er nit!"
Franz gab es auf, Lene zu überzeugen.
Nach der Tanzstunde ging er mit ihr zur Kärrnersgasse. Groß ließ sich nicht blicken, und Franz erwähnte ihn auch nicht mehr. Lene begleitete Franz bis vor sein Haus. Dann ging sie zurück, am Milchladen vorbei, zur Juliuspromenade. Dort wartete Groß schon auf sie: „Das is aber nett von Ihnen, daß Sie Wort gehalten haben, gnädiges Fräulein!"
„Wenn ich was versprech, dann halt ichs auch."
„Nun ja, es können ja auch Hinderungsgründe eintreten."
Lene sagte ihm, sie wolle heute nicht wieder ins „Wittelsbach", dort habe es ihr nicht gefallen.
„Wir können ja auch in ein anderes Lokal. Oder wenn Sie wollen, gehen wir ein bißchen spazieren."
„Mir is es eigentlich gleich", sagte Lene.
„Dann laufen wir noch ein Stündchen, wenn es Ihnen recht is."
Beim Café Wittelsbach bogen sie in die Kaiserstraße ein, gingen bis zum Bahnhofsplatz und dann in die Glacisanlagen. Hier begegnete man kaum jemandem. Nur da und dort saß ein Pärchen auf einer Bank, nicht allzu nah an der nächsten Gaslaterne. Groß suchte Wege, die möglichst wenig oder gar nicht beleuchtet waren. Der Sand knirschte leise unter ihren Tritten, hie und da raschelte etwas im Gebüsch.

Das Halbduster, das hier herrschte, die Stille und die laue Abendluft wirkten fast beklemmend auf Lene. Ein merkwürdiges Empfinden beschlich sie, gepaart aus ein wenig Angst und neugieriger Erwartung. Groß schob seinen Arm unter den ihren und faßte ihre Hand. Sie erwiderte den Druck seiner Hand und widerstrebte auch nicht, als Groß sie später zu einer Bank geleitete.
Dort saßen sie und plauderten leise. Groß zog Lene näher zu sich heran. Sie war ganz in Erwartung und in ihrem Köpfchen jagten sich die Fragen: Wird er mich küssen? Wie wird er es tun? Soll ich ihn wiederküssen, oder schickt sich das nicht gleich beim ersten Mal? Neugierig beobachtete sie jede seiner Bewegungen. Wie er ihr die Hand streichelte, wie er mit seiner Hand leise über ihren Arm fuhr, sie um die Hüfte faßte und dann fest an sich drückte.
Jetzt wird er mich küssen, denkt sie. Und er beugte sich über Lene und küßte sie lang und begehrlich. Lene verging fast der Atem. Sie hatte es widerstandslos geschehen lassen, seinen Kuß aber nicht erwidert. Auch als Groß sie noch ein paarmal küßte, auf der Bank und später auf dem Heimweg, war es ebenso.
Zu Hause sah sie in den Spiegel, ob mans ihr wohl ansehen würde, daß er sie geküßt hat. Nein, sie sah aus wie sonst, nur das Haar war ein bißchen wirr geworden.
Dann kam ihr wieder Franz in den Sinn und seine abfälligen Bemerkungen über Groß. Aber sie drängte das alles zurück: Was der nur hat? Der Groß ist doch ein ganz netter Mensch.
Lene ging jetzt oft abends mit Groß spazieren, unten am Main oder in den Glacisanlagen. Zuweilen saßen sie vorher auch noch in einem kleinen Café in der Schönbornstraße. Sie waren sich rasch näher gekommen. Seine ganze Art imponierte Lene, seine schlanke Gestalt, seine schmalen Hände, die gewandte, hochdeutsche Sprechweise und nicht zuletzt seine Schmeicheleien, die er immer wieder anzubringen wußte, machten Eindruck auf sie.
Er sagte längst nicht mehr „gnädiges Fräulein" zu ihr, nannte sie jetzt Lene, und sie sagte Rudi zu ihm. Groß hatte schon einmal versucht, sie zu bewegen, mit auf sein Zimmer zu kommen. Aber davon wollte Lene nichts wissen. Groß hatte dann auch an jenem Abend nicht darauf bestanden.
Der Tanzkurs war längst zu Ende. Lene sagte der Großmutter offen, daß sie mit einem Herrn aus dem Tanzkurs ausgehe, und die Großmutter hatte nichts dagegen, als sie hörte, der Herr sei im Kaufhaus Seisser. Sie mahnte nur, Lene solle nicht zu lange ausbleiben. Auch Sonntag nachmittags gingen sie oft zusammen aus, bei schönem Wet-

ter nach auswärts. Manchmal saßen sie auch im Kino. Einmal waren sie nachmittags im Stadttheater. Während der Sommerferien war eine auswärtige Operettengruppe für acht Tage verpflichtet worden. Man gab in der Nachmittagsvorstellung „Der fidele Bauer", und Lene war noch wochenlang ganz erfüllt von diesem, ihrem ersten Theaterbesuch. Überall summte sie die Melodien, die ihr im Ohr geblieben waren, und wiederholt sagte sie zu Groß, er müsse im Herbst und Winter, wenn wieder ständig gespielt würde, öfter mit ihr ins Theater gehen. Das sagte er auch zu. Sein Vater, der vermögend sei, schicke ihm alle Monat einen Zuschuß, so daß sich das leicht ermöglichen lasse. Lene schwamm in Seligkeit, wenn sie daran dachte, wie schön das werden sollte, wenn sie im Herbst so oft ins Theater könne.
An einem Sonntag nachmittag war sie mit Groß nach Veitshöchheim gefahren. Sie besuchten den schönen Park beim Schlößchen, der im Rokokostil erhalten ist. In den Gängen des Schloßgartens waren da und dort noch alte Steinfiguren aufgestellt, Putten und Faune, teilweise schon von Efeu umrankt. Sie ergingen sich eine Zeitlang in dem alten Park und tranken dann im Schloßrestaurant Wein.
Auf der Heimfahrt war Lene lustiger als sonst. Sie hatte zwar nur zwei Schoppen getrunken, aber sie war Wein nicht gewohnt, und er machte ihr heiß im Kopf. Am liebsten hätte sie singen mögen, doch Groß unterbrach ihren ersten Versuch dazu. Er meinte, das schicke sich nicht in der Bahn, aber sie könnten ja noch auf sein Zimmer gehen, da wären sie ganz ungestört.
„Ich kann doch nit zu einem Herrn aufs Zimmer, Rudi!"
„Warum denn nicht? Ob wir zusammen in den Anlagen allein spazieren gehen und uns auf eine Bank setzen, oder ob wir in einem Zimmer allein sind, das ist doch kein großer Unterschied!"
Aber Lene wollte nicht. Sie habe Angst, es könne etwas geschehen. Groß sagte nichts weiter, gab aber sein Vorhaben nicht auf.
Als der Zug in Würzburg ankam, gingen sie direkt zur Eichhornstraße, wo Groß wohnte. Unterwegs sprach er leise auf sie ein.
„Lene, sei doch vernünftig, und komme mit hinauf zu mir. Ich verstehe dich einfach nicht. Wir kennen uns doch jetzt lange genug, da brauchst du dich doch nicht mehr zu zieren."
„Wenn noch jemand dabei wär, ging ich mit, aber allein ..."
Sie waren jetzt vor dem Haus angelangt, in welchem Groß wohnte. Er machte die Haustür auf:
„Komm wenigstens mit in den Hausflur, Lene", bat er.
Sie gingen hinein, und Groß schloß die Türe wieder ab. Drinnen zog er Lene eng an sich und bettelte:

„Du brauchst ja nicht lange mitkommen. Nur ein halbes Stündchen, Lene! Ja?"
Groß fühlte, daß ihr Widerstand schwächer wurde. Er küßte sie, und es bedurfte nur noch geringen Überredens, bis sie einwilligte, mitzukommen.
Sein Zimmer hatte einen direkten Eingang von der Treppe aus. Lene sah sich darin um. Es war eines jener möblierten Zimmer, wie es in Würzburg zu Dutzenden gibt, mit Bett, Schrank, einer Chaiselongue, davor ein Tisch mit einigen Stühlen.
„Wir könnten uns eigentlich einen Kaffee kochen", schlug Groß vor. „Ich habe einen kleinen Spiritusapparat da."
„Laß mich das machen, Rudi! Gib mal den Kocher her und was dazu gehört!"
Es machte ihr Spaß, ein bißchen die Hausfrau zu spielen.
„Hast du auch etwas zum Knabbern da, Plätzle, Kuchen oder sowas?"
Nein, es war nichts mehr da. Aber vielleicht bekäme man drüben in der Konditorei-Café etwas. Groß wollte es einmal versuchen. Er ging weg und kam bald darauf mit einem Päckchen Kuchen wieder.
Den Kaffee mußten sie ohne Milch trinken. Aber er schmeckte gut, denn Lene hatte nicht an Bohnen gespart.
„Na, siehst du, Lene, wie gemütlich es noch geworden ist? Und singen kannst du hier, soviel es dir Spaß macht! Und erst wolltest du nicht mitkommen."
„Weil ich halt noch nie bei einem Herrn allein auf dem Zimmer war und weil sich das doch eigentlich für ein Mädle auch nit schickt."
„Ach was! Alte Weiber sagen, das schickt sich nicht. Wenn man immer auf die Tugendtanten hören wollte, wo käme man denn hin? Da schickt es sich nicht, daß du mit mir nach Veitshöchheim fährst, da schickt es sich nicht, daß wir abends zusammen in den Anlagen spazieren gehen, und da schickt es sich vor allem nicht, daß wir uns küssen.
Dabei gab er ihr einen Kuß. Lene lachte und trällerte vor sich hin: „Küssen ist keine Sünd, bei einem schönen Kind ..."
Sie saßen beide auf der Chaiselongue. Groß legte seinen Arm um die Lene:
„So gemütlich hätten wir es schon seit Wochen haben können, wenn du nicht so ein dummes Gänschen gewesen wärst."
Und wieder küßte er sie. Lene schmiegte sich eng an ihn:
„Ich bin halt emal so! Mußt mich scho so nehmen, wie ich gewachsen bin."

Und sie lachte vergnügt.

Groß fühlte den jungen Menschenkörper dicht neben sich. Das Blut jagte ihm heiß durch die Adern, seine Hand ruhte auf Lenes fester Brust, und das Begehren stieg heiß in ihm auf.

Sachte zog er Lene aus ihrer sitzenden Stellung nieder. Sie streckte sich behaglich auf der Chaiselongue aus.

„O, da liegt man aber fein!"

„Wenn du etwas nach hinten rückst, ist für mich auch noch Platz."

„Mußt aber ganz brav sein, Rudi! Gell?"

Er legte sich neben sie.

„Lene", flüsterte er heiß, „ich möchte dich nicht nur küssen. Ganz möchte ich dich haben, alles mußt du mir geben!"

Und er überdeckte sie mit wilden Küssen auf den Mund, auf die Augen, auf die nackten Arme, in den Blusenausschnitt. Überall, wo ihre Haut nicht bekleidet war, küßte er sie. Seine wilde Leidenschaft erregte Lene seltsam. Sie bekam plötzlich Angst. So war er sonst nie. Groß küßte sie immer wieder mit steigender Leidenschaft. Ein Zittern lief durch seinen erregten Körper und seine Glut übertrug sich auf Lene.

Er warf sich über sie hin. Sie wehrte ihn erschreckt ab.

„Rudi, bitte laß mich! Tus nit!"

Aber ihr Widerstand war nur schwach, schon halbes Gewähren. Schwüle Dämmerung lag über dem Zimmer, und in glühender Umarmung versanken sie ineinander...

## V

Der schöne warme Sommer war dahingegangen, und die Sonne brütete nicht mehr über dem Talkessel, in dem Würzburg eingebettet liegt. Aber sie konnte ruhig Abschied nehmen, sie hatte ihr Werk getan. An den Hängen ringsum hatte sie dicke Trauben auf die Rebstöcke gezaubert, und die Weinernte war gut, wie seit langen Jahren nicht mehr. In den großen Würzburger Kellern und in den kleinen Winzerdörfer nahebei, gärte ein gar trefflicher Most und versprach, dereinst ein noch besserer Wein zu werden. Noch in keinem Jahr hatte der alte Winzerspruch, der in so manchem Weinlokal an die Wand gemalt war, so sehr seine Berechtigung, wie nach dieser Weinernte:

Der Franke-Bauer is a rachter,
Der Franke-Wei, des is ka schlachter.

So sehr die Würzburger ihren Stein- und Leistenwein zu schätzen wissen, so gibt es doch „Kenner" unter ihnen, die nicht warten, bis der Wein ausgegoren hat. Gerade wenn er im Zustand des Revoltierens ist, machen sie sich an ihn heran.
Auch Kilian Hein liebte den Wein in diesem Stadium, den „Federweißen", wie man ihn in Würzburg schlechthin nennt.
Eines Samstags beschlossen die drei Tarockbrüder im Café Hirschen, am nächsten Tag in Unterdürrbach den ersten Federweißen zu trinken. Selbstverständlich mußte das eine Herrenpartie sein, denn der Federweiße ist gar heimtückisch und nichts für zarte Gemüter. Ehe man sichs versieht, hat man „einen sitzen". Das wollten die drei Bäckermeister lieber allein besorgen, ohne Familienanhang. In diesem besonderen Spezialfall konnte Karl Spieß sogar entscheiden, ohne seine Josefine vorher befragt zu haben. Das hatte seine guten Gründe.
Vor Jahren war Josefine einmal mit zum Federweißen gegangen und hatte ein paar Schoppen von dem grünlich-gelben, prickelnden Trank zu sich genommen, weil er gar so süffig war. Recht lustig ist ihr erst zumute gewesen, aber später ist ihr das Vergnügen gar übel bekommen. Die Beine wurden auf einmal so wackelig und es dauerte nicht lange, da versagten sie ihr den Dienst. Die ganze Welt fing an, sich zu drehen, und die würdige Bäckermeisterin fiel auf jenen Teil ihres Rückens, wo er gar keine würdige Bezeichnung mehr führt. Man mußte Frau Josefine nach Hause bringen und am nächsten Tag brummte ihr der Schädel und der Magen hatte ein dauerndes Verlangen nach sauren Heringen. Nein, vom Federweißen hatte sie für ihr ganzes Leben genug. Und deshalb war der Bäckermeister Karl Spieß in diesem Punkt völlig frei in seiner Entscheidung.
Bei Kilian Hein trafen sich die drei von der ehrsamen Bäckerzunft am Sonntag nachmittag. Frau Rosa ermahnte ihren Mann noch:
„Kilian, trink nit so viel, du weißt, du verträgsts nit!"
„Hab nur kei Angst! Der Federweiße hat noch kein' umgebracht."
Und dann machten sie sich auf den Weg. Am städtischen Schlachthof vorbeig gings, die Veitshöchheimer Straße hinaus. Ein ganzes Stück wanderten sie die Landstraße entlang. Ein erhebliches Opfer, das Karl Spieß dem Federweißen zuliebe brachte. Rechts war der Steinberg, von unten bis oben mit Reben bepflanzt, links die Bahnlinie nach Frankfurt, und jenseits der Schienen, der Main.
Sie kamen an die lange, schmale Treppe, die mit ihren etwa dreihundert Steinstufen durch die Weinberge hindurch hinauf zur Steinburg führt. Auf der anderen Seite des Berges liegt Unterdürrbach, wo man den Federweißen trinken wollte.

Für Karl Spieß begann jetzt ein Martyrium. Es war gar nicht so einfach für ihn, seine füllige Körperlichkeit diese ihm endlos erscheinende Treppe hinaufzuschleppen. Immer wieder nach zwanzig bis dreißig Stufen blieb er stehen, um auszuschnaufen.
„Verflixt und zugenäht, is das e Schinderei!"
Schorsch Fischer war schon ein Stück voraus und wartete, bis Spieß und Hein nachkamen.
„Gell, das kost euch e bißle Schweiß?" lachte er ihnen entgegen.
„Du tust dir natürlich nit schwer. Bist ja zaunlattendürr und so leicht, daß d' gleich oben bist, wenn ich dich e bißle anblas", ruft Spieß hinauf.
„Ja, könne vor Lachen! Hast ja gar kei Luft mehr dazu. Brauchst ja dein Blasbalg, damit deine zweieinhalb Zentner raufbringst."
„Aus dir red' doch nur der Neid der Besitzlosen", mischt sich jetzt Kilian Hein in die Neckerei. „Wärst ja froh, wenn dir der Spieß was von sei'm Bauch abgeben tät."
„Danke für Obst und Südfrüchte! Ich fühl mich ganz wohl in meiner dürren Haut.
Aber das Treppensteigen kann ich euch nit schenken. Die Himmelsleiter da müßt ihr 'nauf. Dafür dürft ihr dann auch Ambrosia trinken, wenn ihrs g'schafft habt."
Jede, auch die unangenehmste Sache der Welt – und das war das Treppensteigen für Karl Spieß – nimmt einmal ein Ende. Und schließlich landeten die drei Weinpilger auf dem Kamm des Steinberges. Sie setzten sich auf eine Bank und verschnauften erst eine Weile.
Unten im Tal lag Würzburg. Man konnte von der Höhe einen großen Teil der Stadt übersehen, sah den spitzen Turm der Marienkapelle mit seinem gotischen Filigranwerk in rotem Sandstein, den Dom, das Neumünster, den Grafen-Eckarts-Turm und darum herum das Dächergewirr der inneren Stadt. Die Glacisanlagen hatten längst ihr grünes Kleid abgelegt und machten jetzt einen bunten Ring um die innere Stadt, der rot, braun und gelb gesprenkelt in allen Schattierungen leuchtete. Der Main floß friedsam in seinem Bett dahin. Die drei Brücken konnte man sehen, die die Stadt mit dem jenseitigen Ufer verbanden, und drüben vom Nikolasberg und vom Marienberg grüßten das Käppele und die Festung.
Die drei Bäckermeister beschauten sich das schöne Bild eine Zeitlang.
„Is doch e schöns Städtle, unser Würzburg!" meinte Schorsch Fischer in ehrlicher Begeisterung. „Aber jetzt müssen wir weiter, wenn wir heut noch nach Unterdürrbach wolln."
Karl Spieß hatte sichs unterdessen anders überlegt:

„Eigentlich wärs gar nit nötig, daß wir bis nach Unterdürrbach laufen. Jetzt gehts ja bergab; aber wenn wir nachher den Heimweg machen, dann müssen wir den Berg wieder rauf. Das könnten wir uns schenken. Wie wärs, wenn wir unsern Federweißen in der Steinburg trinken täten?"

„Jetzt schaut einer den Bequemling an", sagt der Fischer. „Is ihm das bißle Weg nach Dürrbach zuviel!"

Da aber Kilian dem Vorschlag von Karl Spieß zustimmte, mußte sich der Fischer fügen.

„Mit mir könnt ihrs ja machen!" gab er sich resigniert darein.

Man ging also in die Steinburg, die man auf der Höhe des Steinbergs zehn Schritte vor sich hatte. Es war ein Ausflugsrestaurant, das kitschig den Baustil einer mittelalterlichen Ritterburg nachahmte.

In einer der holzgetäfelten Stuben fanden die drei noch einen freien Tisch und bestellten Federweißen. Die Kellnerin brachte ihn in grünen Römern.

Schorsch Fischer hob sein Glas:

„Es soll euch so bekommen, wie ihr mirs wünscht! Prost!"

„Prost!" taten die anderen Bescheid und tranken vorsichtig und langsam von dem prickelnden Most.

„Den Federweißen darf man nur nit auf den nüchternen Magen trinken", belehrte Spieß. „Ich hab deswegen beim Mittagessen auch für e kräftige Unterlag g'sorgt."

„Das is bei dir doch nix besonders", stellte Fischer fest. „Von deiner Mittagsportion könnt jeden Tag e ganze Familie satt wer'n."

„Essen und Trinken hält Seele und Leib z'samm!" verkündete Spieß darauf seinen Lebensgrundsatz. Und wenn mirs Essen nimmer schmeckt, dann macht mir das ganze Leben überhaupt kei Freud mehr."

„Vorläufig hats damit aber noch gute Weil, Karl. Ich glaub, 's schmeckt dir noch ganz ordentlich." Dabei klopfte er ihm leicht mit der flachen Hand auf seinen wohlgenährten Bauch.

Der zweite und dritte Schoppen war inzwischen schon durch die Kehlen gegluckert und Kilian Hein begann bereits laut zu werden. Spieß erzählte irgend etwas von seinem Michel.

„Hast doch letzthin was davon g'sagt, daß d' ihm nächstes Jahr die Bäckerei übergeben willst?" fragte Fischer.

„Dabei bleibts auch. In zwei Wochen macht er seine Meisterprüfung, und im Sommer will ich dann Schluß machen mit der Teigkneterei. Viel kann ich ja so nimmer tun. Da soll dann der Michel 's ganze G'schäft ham."

*Die Steinburg war ein Ausflugsrestaurant, das kitschig den Baustil einer mittelalterlichen Ritterburg nachahmte*

„Da wird er ja wohl bald heiraten, der Michel?" fragte Fischer.
„Zum Heiraten g'hören immer zwei."
„Nummer eins wär der Michel, und wegen Nummer zwei braucht man nit lang fragen. Ich denk, er hat scho g'funden, was er sucht."
„Wie meinst denn das?"
„No, stell dich nur nit so blind! Wie wir jüngst im Guttenberger Wald war'n, is mirs so vorkommen, wie wenn dei Michel und dem Kilian sei Töchterle..."
„Was is mit meiner Gretl?" unterbrach ihn Kilian Hein barsch.
„Nix weiter, als daß ich halt gemeint hab, es tät sich da was anspinnen zwischen ihr und dem Michel..."
Das war ja nun nicht gerade ein Thema, das Kilian Hein in rosige Laune zu versetzen vermochte. Mit seiner Gretl hat er schon Ärger grad genug gehabt. Erst die Geschichte mit dem Hans Cornelius und dann ihre Weigerung, mit dem Michel zu gehn. Kilian Hein tat einen langen Zug aus seinem Glas und schaute dabei über den Tisch zu Karl Spieß hinüber. Der sah ganz vergnügt aus. Der Michel scheint daheim wohl nichts gesagt zu haben, daß ihm die Gretl so halbwegs den Laufpaß gegeben hat. Ob die Sache nicht doch noch in Ordnung zu bringen ist? Wenn nur der Fischer nit dabei wär! Man könnt jetzt so schön mit dem Spieß darüber reden. Ach was! Der Fischer hat ja so schon was gemerkt. Schließlich ist er ja auch kein Fremder. Mag ers ruhig hören. Kilian Hein wandte sich an Spieß:
„Sag emal, hat dir der Michel nix g'sagt?"
„Was soll er mir denn g'sagt ham?"
„No, wegen der Gretl."
„Nä, kein Wort hat er hören lassen. Wird wohl sei Richtigkeit ham, denk ich."
„Scheint mir aber nit, Karl. Seit der Michel mit meiner Gretl im Reichenberger Wald war, hat er sich nimmer bei uns sehn lassen."
„Muß ich halt emal wieder mit ihm reden."
„Ich glaub, das wird nit viel helfen. Mir scheint, daß die Gretl nit mag."
„Wie kannst du denn das wissen?"
„Weil mirs die Gretl gsagt hat. Abers letzte Wort is in der Sach no nit gsprochen! Ich werd die Gretl scho noch zur Vernunft bringen!" Dabei schlug Kilian Hein heftig mit der Faust auf den Tisch.
„Zu so was soll man aber e Mädle nit zwinge, Kilian", riet Karl Spieß.
„Die Gretl hat zu tun, was ich will! Vatter bin ich!" erklärte Hein und war schon in erregter Stimmung. Der Federweiße tat ein übriges.

Fischer brachte die Rede auf die letzte Versammlung der Bäckerinnung, um Hein über seine ungemütliche Stimmung hinwegzubringen. Der beteiligte sich aber nicht weiter am Gespräch, saß vor seinem Glas, hing seinen Gedanken nach und sprach dem Federweißen reichlicher zu als gut war.

Als sie aufbrachen, merkten die beiden anderen, daß Hein mehr getrunken hatte, als er vertragen konnte. Sie faßten ihn rechts und links unterm Arm und führten ihn die lange Treppe hinunter auf die Veitshöchheimer Straße. Die frische Luft tat ihm gut, und Kilian Hein kam ohne besonderen Zwischenfall nach Hause.

Unglücklicherweise traf er in der Wohnstube auf die Gretl. Er fing gleich mit ihr vom Michel an. Der Wein hatte ihm alle Überlegung genommen und er polterte aufgeregt darauf los:

„So ein dummer Fratz, macht einem die schönsten Pläne kaputt mit ihrem überzwerchen Kopf! Könntst da in e schöns Gschäft einheiraten und wärst für dei ganzes Leben versorgt. Aber der Hans steckt dir im Kopf! Ich weiß scho. Und ich sag den Michel nimmst, sonst setzts was!"

Gretl stand ganz erschrocken da und wagte kein Wort zu sagen. Sie hatte ihren Vater noch nie angetrunken gesehen.

Frau Rosa Hein versuchte, ihren Mann zu beruhigen. Der schimpfte aber immer weiter. Erst als die Mutter der Gretl durch einen Wink zu verstehen gegeben hatte, sie solle aus dem Zimmer und sie dann mit ihrem Kilian allein war, gelang es ihr, ihn zu besänftigen. Er ließ sich dann auch überreden, zu Bett zu gehen.

Als Franz nach Hause kam, erzählte ihm Gretl den Auftritt mit dem Vater.

„Ich glaub, er hat wieder was vor wegen dem Michel. Er schickt ihn mir sicher wieder aufn Hals, und ich weiß dann nit, was ich tun soll. Du weißt doch, wie ich mit'm Hans steh. Du mußt mir helfen!"

Franz überlegte. Jetzt gabs ja keinen Zweifel mehr. Der Vater wollte Gretl mit Michel Spieß verheiraten. Der Wein hatte ihm die Zunge gelöst. Offene Auflehnung gegen den väterlichen Willen würde ja zum Ziel führen, aber zugleich einen Höllenspektakel ins Haus bringen. Nein, so gehts nicht. Er hatte einen anderen Plan.

„Wie wärs denn, Gretl, wenn du dem Michel einfach sagst, daß du den Hans gern hast? Der Michel is im Grund e gutmütiger Kerl, und er läßt dich sicher in Frieden, wenn er erst emal weiß, daß du 'n andern gern hast."

„Das kann ich ihm nit sagen. Nä, so was bring ich nit fertig. Da schenier ich mich viel zu viel."

„Dann müßt ich halt selber mit ihm reden."
„Ach ja, sags du ihm! Du kannst so was besser. Und wers ihm sagt, is ja gleich. Aber dem Hans seinen Namen brauchst dabei nit nennen."
Franz ging am Montag in die Peterstraße zur Spieß'schen Bäckerei. Im Laden traf er den Michel. „Magst nit e bißle mitgehn? Ich möcht was mit dir reden."
Sie gingen zusammen auf die Straße. Michel dachte sich schon, um was es sich handeln würde.
„Is wegen der Gretl?"
„Ja!"
„Mei Vater hat mich heut auch scho gfragt, wies damit steht."
„Schlecht stehts damit, Michel. Meim Vatter wärst du ja recht als Schwiegersohn, er möchts sogar gern ham, daß ihr zwei z'sammekommt. Aber bei der Gretl wirst kei Glück ham."
„Das hab ich scho gmerkt. Aber da bin ich selber schuld dran. Ich habs zu dumm angstellt."
„Da liegts nit dran, Michel. Das hat einen andern Grund. Ich will dir's ganz offen sagen, weil das das Gscheiteste ist: Die Gretl hat schon lang einen andern gern. Da wirst einsehn, daß du zurückstehn mußt."
„Das hab ich nit gewußt! Die Gretl hätt mir das gleich sagen solln, dann hätt ich sie von vorneherein in Ruh gelassen."
„Is ja jetzt noch Zeit. Sie hat sich halt scheniert, so was zu sagen. Wie die Mädle halt emal sin. Und deim Vatter brauchst nit sagen, was wir zusammen gsprochen ham. Ich glaub nämlich, dei Vatter und mei Vatter, die ham die ganze Gschicht zwischen dir und der Gretl eingfädelt."
Als Franz nach Hause kam, wurde er schon ungeduldig von Gretl erwartet.
„Hast ihn angetroffen?"
„Ja und gsagt hab ichs ihm auch. Brauchst kei Sorg mehr ham, der Michel läßt dich jetzt in Ruh. Da kann der Vatter machen, was er will."

*

Seit einiger Zeit war Lene Cornelius von einer merkwürdigen Unruhe erfüllt. Oft, wenn die Großmutter sie rief, schreckte sie auf, war verwirrt und wie geistesabwesend. Aber durch noch so vieles Fragen konnte die Großmutter nichts aus Lene herausbringen. Sie beteuerte immer wieder, es fehle ihr gar nichts.
Ein Gedanke verfolgte und peinigte Lene unaufhörlich seit jenem Zu-

sammensein mit Rudolph Groß auf seinem Zimmer: Wenn doch etwas passiert wäre?
Rudi hat ihr das immer wieder auszureden versucht. Er habe sich vorgesehen und es sei ausgeschlossen. Aber Lene konnte sich dabei nicht beruhigen. Es war ihr auch manchmal so eigenartig zumute, vor allem in der Früh nach dem Aufstehen. So ein merkwürdiges Übelbefinden. Das hatte sie sonst nie gehabt. Ob das damit zusammenhängt? Sie hatte ja keine Ahnung. Niemand hatte es ihr gesagt. Woher sollte sie es wissen? Einen leisen Schimmer von Hoffnung hatte sie noch gehabt, daß alles nur ängstliche Einbildung sei.
Aber dann hatte sie auf den Tag gewartet, an dem alle vier Wochen ein natürliches Ereignis eintrat. Diesmal blieb es aus. Es konnte ja eine Unregelmäßigkeit sein, das hatte sie schon einmal. Dann kam es zwei Tage später. Aber auch die zwei Tage vergingen, und es blieb aus.
Nun wird es doch so sein! Aber sie hatte auch schon davon gehört, daß erheblichere Störungen eintreten können. Ob das wohl bei ihr der Fall ist? Sie mußte sich Gewißheit verschaffen. Diese ewige Angst wollte sie nicht länger mit sich herumtragen.
Wenn sie nur mit jemandem darüber sprechen könnte, wäre ihr schon leichter. Der Großmutter konnte man das nicht sagen. Vielleicht der Gretl? Ja, mit Gretl wollte sie darüber sprechen. Ein paar Tage später ging sie hinüber zur Bäckerei. Gretl war im Laden.
„Gretl, ich muß mal was arg Wichtiges mit dir reden! Kannst nit e bißle rüber zu mir kommen?"
„Ich will die Mutter bitten, daß sie solang in den Laden geht, dann komm ich gleich mit."
Sie ging einen Augenblick in die Küche, verständigte Frau Hein und ging dann mit Lene weg. Drüben bei Frau Berta Lechner setzten sich die beiden Mädchen in Lenas Kammer.
„No, was is denn? Du siehst ja ganz verstört aus!" fragt die Gretl erschrocken.
„Du mußt mir versprechen, daß d' niemand was davon sagst, was wir jetzt reden. Auch dem Franz nit."
Gretl gab das gewünschte Versprechen.
Dann erzählte Lene, langsam und stockend, daß sie mit Rudolph Groß zusammen war. Sie wisse selbst nicht, wie es gekommen sei, aber auf einmal wäre es eben geschehen. Sie hätte gleich so Angst gehabt, und jetzt wäre die Regel ausgeblieben.
Lene brach in heftiges Weinen aus.
Gretl beruhigte sie. Man dürfe nicht gleich das Ärgste denken. Das

könne ja auch einen anderen Grund haben. Nach langem Beraten schlug Gretl vor, Lene solle morgen zu einem Frauenarzt gehen, dann käme sie wenigstens aus der Ungewißheit heraus. Was es auch wäre, sei es doch immer besser, man wisse, wie man dran sei.
„Allein geh ich nit hin. Da mußt du mitgehn, Gretl und dabei bleiben, wenn er mich untersucht."
Gretl sagte zu.
Am anderen Tage gingen die beiden Mädchen zu Dr. Franke. Das Sitzen im Wartezimmer schien Lene eine Ewigkeit zu dauern. Sie besah sich die Frauen und Mädchen, die da auf den Stühlen herumsaßen und in illustrierten Zeitungen blätterten. Weshalb die wohl alle kamen? Jetzt waren nur noch zwei Frauen vor ihr dran. Jetzt nur noch eine. Das Warten wollte kein Ende nehmen. Wenn jetzt die Tür zum Sprechzimmer wieder aufgeht, würde sie drankommen. Noch eine Viertelstunde. – Endlich!
Gretl ging mit ins Sprechzimmer. Der Arzt, ein freundlicher Mann in den Vierzigern, stand im langen weißen Mantel vor seinem Schreibtisch. Lene brachte ihr Anliegen vor.
„So, die monatliche Regel ist ausgeblieben? Wie lange schon?"
„Eine Woche", flüsterte Lene.
„Na, wir wollen mal sehen. Ziehen Sie sich bitte aus, damit ich sie untersuchen kann."
Lene legte zögernd einige Kleidungsstücke ab.
„Ja, so kann ich Sie doch nicht untersuchen, Fräulein! Sie müssen sich schon ganz entkleiden. Es geschieht Ihnen ja nichts."
Lene genierte sich entsetzlich, aber es half nichts. Schließlich lag sie auf dem Untersuchungsstuhl.
Der Arzt untersuchte sie eine Weile eingehend, dann fragte er:
„Sie müssen mir eine Frage beantworten, Fräulein. Haben Sie Verkehr?"
Lene wurde über und über rot, gab aber keine Antwort. Es war ihr, als säße ein dicker Kloß im Hals und hindere sie am Schlucken.
„Das müssen Sie mir sagen, Fräulein", redete ihr der Arzt mit seiner freundlichen Stimme zu.
Schließlich kams heraus, ganz leise, kaum hörbar: „Ja, einmal war ich mit einem Herrn zusammen, aber nur ein einziges Mal..."
„Müssen Sie morgens nach dem Aufstehen erbrechen?"
„Manchmal seit einiger Zeit, und so übel ist mir in der Früh oft..."
„Sie können sich jetzt wieder ankleiden."
Der Arzt wusch sich die Hände und wandte sich dann an Lene:

„Es fehlt Ihnen nichts. Sie sind kerngesund und im nächsten Frühjahr werden Sie wohl ein Kindchen haben."
Lene sank in einen Stuhl und schluchzte vor sich hin.
Gretl bemühte sich um sie und Dr. Franke sagte:
„Nur nit gleich den Kopf verlieren! Sie sind jung und kräftig und werden ein gesundes Kind zur Welt bringen."
Die Konsultation war beendet. Jetzt gabs also keinen Zweifel mehr. Lene war schwanger.
„Wirst halt bald heiraten müssen, Lene", meinte Gretl auf dem Heimweg.
„Das werd ich dem Rudi heut abend sagen."
„Hast ihn recht gern?", fragte Gretl teilnehmend.
„Och, ich mag ihn gut leiden, er is 'n netter Mensch."
„Er hat dich doch sicher recht gern. Da wird schon alles in Ordnung kommen. Ihr werdet heiraten, und nächstes Frühjahr bin ich Pate bei deinem Kind!" Grete sagte das ganz heiter.
Lene begann nun auch, die Sache von einer freundlicheren Seite zu sehen. Aber nachdem Gretl eine Weile fort war, kamen wieder trübe Gedanken. Wenn Rudi noch nicht heiraten will? Sie mochte sich das gar nicht weiter ausdenken, wie das dann werden wird.
Abends traf sich Lene mit Rudolph Groß an der Juliuspromenade. Er plauderte sorglos-heiter, wie immer. Lene war bedrückt und einsilbig. Ob sie ihm beim Spazierengehen sagen sollte, was sie heute beim Arzt erfahren hat? Oder im Café? Nein, sie mußte dabei mit ihm allein sein. Am besten in seinem Zimmer. Aber, wenn es dann wieder geschehen wird, wie an jenem Sonntag? Nein, das wollte sie unter keinen Umständen. Und es würde heute auch nicht so kommen, das wußte sie ganz bestimmt.
Rudis Geplauder war an ihr vorbeigeplätschert. Sie hatte wohl die Worte gehört, aber ihren Sinn nicht erfaßt. Zu sehr war sie mit ihren eigenen Gedanken beschäftigt.
Sie gingen die Schönbornstraße hinunter. Bei der Einmündung der Eichhornstraße bog Lene links ein.
„Wollen wir nit auf dein Zimmer, Rudi?"
„Aber ja, wenn du gerne willst." Er war freudig überrascht, daß Lene selbst diesen Vorschlag machte.
Als sie oben waren setzte sich Lene auf einen Stuhl. Er legte seinen Mantel ab und wollte Lene aus dem Jackett helfen. Aber sie behielt es an, es sei so kühl. Dann schlug er vor:
„Komm, wir setzen uns auf die Chaiselongue, da ist es doch gemütlicher."

Sie lehnte ab. Sie sitze lieber auf dem Stuhl. Dann raffte sie sich auf: „Rudi, ich muß was Ernstes mit dir reden, deswegen bin ich raufgegangen."
„Na so, freilich. Was ists denn?"
„Ich war heut bei Dr. Franke, und..." Sie konnte nicht weitersprechen. Die Tränen kamen ihr in die Augen.
„Und...? Was denn? So sags doch!"
Rudolph Groß war ungeduldig geworden, aber er ahnte schon, was jetzt kommen würde.
„Er hat mich untersucht... Es is doch was passiert an jenem Sonntag... Rudi, ich krieg ein Kind..."
„Verdammt! Das ist unangenehm."
Groß ging aufgeregt hin und her und schaute dabei ärgerlich auf Lene.
„Sonst sagst du nix?"
„Ja, ist es denn schon ganz sicher, daß du schwanger bist?"
„Wenns doch der Doktor sagt!"
„Daß mir sowas passieren muß!"
„Rudi, wir werden halt jetzt bald heiraten müssen..."
Sie schaute ihn fragend und mit banger Erwartung an, was er darauf sagen würde.
„Ich verdiene doch gar nicht genug in meiner Stellung, um einen Hausstand zu gründen. Ich kann noch keine Familie ernähren. Nein, heiraten kann ich jetzt noch nicht."
Das traf Lene wie ein Keulenschlag.
„Aber im Mai wird doch schon das Kind da sein! Arg lang können wirs Heiraten da nimmer aufschieben."
Lene hatte noch eine vage Hoffnung, daß er nur jetzt noch nicht heiraten könne, daß er die Heirat nur noch einige Zeit hinausschieben wolle. Sie sah ihn scheu und ängstlich an.
„Ich glaub, ich kann dich überhaupt nicht heiraten! Mein Vater würde das bestimmt nicht zugeben."
Sie fühlte sofort: Das mit dem Vater ist eine feige Ausrede. Das empörte sie.
„Warum versteckst du dich denn hinter deinem Vatter? Sag doch ehrlich, was du meinst!" Und sie wußte schon, er wollte nicht.
„Es geht nicht, Lene! Ich kann dich nicht heiraten. Es geht wirklich nicht!"
In Lene stieg heiße Wut auf.
„Aber das is gegangen, daß du mir e Kind gemacht hast! Warum hast du's denn getan, wenn d' mich doch nit heiraten willst?"

Sie war erregt von ihrem Stuhl aufgesprungen und stand jetzt Groß gegenüber. Sie schrie fast vor Erregung. Am ganzen Körper zitterte sie.

„Dazu bin ich dir gut genug gewesen! Gell? Du hast keine Ruh geben, bis es soweit war! Und jetzt willst mich sitzen lassen mit'm Kind!"

„Ich bitte dich, Lene, sei doch nicht so laut! Die Leute im Haus hören uns ja. Ich laß dich ja nicht im Stich. Mein Vater wird mir sicher Geld schicken, damit ich die Angelegenheit ordnen kann."

„Bezahlen willst mich, wie e Straßenmädle! Und dann schmeißt mich weg..."

Mit einem Aufschrei sank sie auf den Stuhl und weinte, daß ihr ganzer Körper davon geschüttelt wurde. Groß ging zu ihr hin und suchte sie zu beruhigen. Aber sie wies in barsch ab:

„Rühr mich nimmer an, du... du Schuft!"

Sie fuhr sich mit dem Taschentuch übers Gesicht, um die Tränen wegzuwischen. Dann ging sie zur Tür hinaus, ohne noch ein Wort zu sagen. Groß kam hinter ihr drein. Das Haus war schon verschlossen, er mußte unten aufschließen. Auch das geschah schweigend.

Lene rannte ziellos durch die abenddunklen Straßen. Sie war im Innersten aufgewühlt und ihre Gedanken jagten wirr durcheinander. Sie dachte wieder an Franz, der sie vor Groß gewarnt hatte. Einen Fatzke hatte er ihn genannt, nichts sei echt an ihm, und innen und außen verlogen wäre er. Jetzt sah sie plötzlich alles mit anderen Augen wie damals. Rudis Schöntun und seine Schmeicheleien schienen ihr jetzt nur noch Mittel, sie seinen Wünschen gefügig zu machen. Sie dachte an jenen Sonntag auf seinem Zimmer. Sie wollte ja gar nicht. Aber auf einmal war es über sie gekommen, sie wußte nicht wie, und dann war es geschehen. Mit Geld wollte er sich jetzt loskaufen, und sie saß da mit dem Kind...

Ruhelos trieb es sie umher. Jetzt stand sie auf der Alten Mainbrücke ans Steingeländer gelehnt und sah hinunter auf das still fließende Wasser. Ganz schwarz sah es aus, nur die Lichter der Gaslaternen auf der Brücke spiegelten sich darin und wurden im Spiel der Wellen zu schaukelnden, welligen Lichtlinien. Lene stierte hinunter, hörte das Rauschen des Wassers, wenn es unterm Brückenbogen über das Wehr fiel und verfolgte die Lichtwellen der Brückenlaternen unten im Wasser. Langsam stieg sie die Steintreppe hinunter. Neben der Treppe blieb sie am Ufer stehen. Unterm ersten Brückenbogen, der sich über das Wasser wölbte, war das große Mühlenrad. Jetzt stand es still, sah düster aus, und das Wasser floß in glattem, gleichmäßigem Strom darunter her. Hier ist der Main ganz tief. Wenn man da hineinsprang, ertrank man gleich und brauchte keine Angst mehr zu haben vor dem Kind, das kommen wird, und vor dem Zorn des Vaters und vor gar nichts mehr.

Wie schön hatte sie sich früher alles ausgemalt, wenn sie von Großmutter einmal den Milchladen bekommen würde. Sie brauchte dann nicht mehr im Wohnwagen mit herumziehen, wäre versorgt gewesen und hätt sich's einrichten können, wie es ihr paßte. Jetzt war alles verpfuscht.

Sie stand ganz vorne auf der letzten Steinplatte der Ufermauer. Nur einen Schritt, und alles ist vorbei...

Ein kalter Schauer lief ihr über den Rücken. Nein, dazu ist's noch immer Zeit, wenns ganz schlimm kommt. Sie wich wie in plötzlichem Erwachen entsetzt zurück vor dem Wasser und vor ihren eigenen Gedanken. Dann ging sie heimwärts.

Es war längst Mitternacht vorbei, als sie die Tür zum Milchladen aufschloß.

Am andern Morgen wachte Lene müde und wie zerschlagen auf. Sie hatte nicht viel geschlafen und sah sehr bleich und übernächtigt aus. Die Großmutter fragte erschrocken, was ihr denn fehle. Lene gab ausweichende Antwort. Es sei nichts Besonderes, sie wäre nur nicht recht wohl.

„Mädle, mit dir is was nit in Ordnung! Du kannst mir nix weismachen."

Lene blieb aber dabei, daß nichts Besonderes vorliege und Frau Berta Lechner ließ sich wieder beruhigen. Aber merkwürdig kam es ihr doch vor, wie die Lene in der letzten Zeit war. Sie wurde aber bald auf andere Gedanken gebracht, die sie vollständig in Anspruch nahmen.

Der Postbote brachte einen Brief für Lene. Das kam sehr selten vor. Hans hatte aus Ansbach geschrieben, die Mutter wäre krank geworden. Gelenkrheumatismus wäre es und der Doktor habe gesagt, es könne länger dauern. Sie liege in Kitzingen bei der Tante Regina, und der Vater habe gesagt, Lene müsse aushelfen, solange die Mutter krank ist. Am Sonntag fange in Rothenburg der Jahrmarkt an und Lene solle schon am Samstag dort sein.

Die Großmutter, der Lene den Brief vorlas, war recht erschrocken über die plötzliche Erkrankung ihrer Tochter.

„Da fahr ich am Sonntag gleich nach Kitzingen und schau mich nach der Anna um. Abends kann ich ja wieder hier sein."

„Ich werd wohl nach Rothenburg müssen, Großmutter, und da

hängst dann wieder allein am G'schäft. Hoffentlich is die Mutter nit arg krank und bald wieder auf'm Damm. Ich möcht eigentlich erst nach Kitzingen und die Mutter besuchen."
„So is recht, Lene. Suchst erst die Mutter auf. Die wird sich freu'n."
„Dann fahr ich am Freitag nach Kitzingen und von dort am Samstag nach Rothenburg."
Lene war es ganz recht, daß sie im Wohnwagen aushelfen mußte. Auf diese Weise bekam sie wenigstens für eine Zeit Ablenkung. Das überwand ihre Abneigung gegen den Wohnwagen.
In dem Brief von Hans lag noch ein zweiter verschlossener Brief. Auf dem Umschlag stand: „Gib diesen Brief Gretl Hein. Ihr Vater darf nichts davon wissen."
Lene hatte der Großmutter von diesem zweiten Brief nichts gesagt. Sie brachte ihn, sobald sie Gelegenheit hatte, der Gretl.
„Is dei Vatter nit da, Gretl?"
„Nä, der schläft jetzt. Er war ja die ganze Nacht in der Backstube."
„Der Hans hat mir einen Brief für dich g'schickt."
Sie gab ihr den Brief, und Gretl öffnete ihn in freudiger Erregung. Nachdem sie ihn gelesen hatte, sagte sie:
„Der Hans schreibt, ich soll Sonntag nach Rothenburg kommen. Er könnt sich frei machen. Mit dem Frühzug sollt ich fahren."
„Ich fahr auch hin. Ich muß aushelfen, weil die Mutter krank is."
„Da könnten wir ja zusammen fahren!"
„Nä, das geht nit. Ich fahr am Freitag erst nach Kitzingen zu der Mutter."
„Es is auch noch gar nix ausgemacht, ob ich am Sonntag überhaupt weg kann. Weißt ja, der Vatter!"
„Mußt ihm halt nit sagen, warum du nach Rothenburg willst."
„Ich werd mal mit Franz reden, der find scho einen Ausweg."
Jetzt erst sah sie, wie bleich die Lene war.
„Was is denn mit dir? Du siehst ja aus wie g'storben!"
„Hätt auch nit viel g'fehlt, und ich wär nimmer da..."
Und dann erzählte Lene die Unterredung mit Rudolph Groß, und daß sie jetzt gar nicht wüßte, was tun.
„Gestern abend war ich schon drunten am Main und wollt ins Wasser..." Sie weinte wieder ganz verzweifelt.
„Um Himmels Willen, Lene! Wer wird denn mit solchen Gedanken umgehn! Bist ja so jung und alles kann noch gut wern. Weißt das? In Kitzingen erzählst alles deiner Mutter. Mit der kannst dich emal gründlich aussprechen, dann wird dir sicher leichter. Die Mutter wird dich am besten verstehen."

Lene hörte schweigend zu.

„Überleg dir's nit lang, Lene. Die Mutter kann dir sicher auch helfen. Die weiß schon einen Rat."

Daran hatte Lene noch gar nicht gedacht. Ja, der Mutter wollte sie alles sagen, ganz von Anfang an, wie's gekommen is, und wie's jetzt um sie steht. Allein der Gedanke daran gab ihr schon etwas Ruhe.

Nachmittags erzählte Gretl ihrem Bruder Franz, daß Hans geschrieben habe, sie solle Sonntag nach Rothenburg.

„Willst hinfahren?"

„Wie d' nur fragen kannst! Natürlich möcht ich, du Schafskopf! Aber, wie ich das anstell'n soll, daß der Vatter nix merkt, das weiß ich nit."

„Das is auch nit so einfach. Mußt nämlich schon früh fahren, sonst kommst am gleichen Tag nit zurück."

„Franz, du weißt dir doch sonst immer zu helfen. Streng dei Grips halt emal e bißle für dei Schwesterle an. Ja?"

Statt einer Antwort fing Franz in heiter-spöttischer Art an zu singen:

„Es waren zwei Königskinder,
Die hatten einander so lieb;
Sie konnten zusammen nicht kommen,
Das Wasser war viel zu tief..."

Gretl lachte vergnügt, wenn sie auch nicht verhindern konnte, daß sie dabei rot wurde. Aber sie kannte ihren Bruder Spottvogel und seine Freude an harmlosen Neckereien. Und sie verstand auch einen Spaß.

„Du hast natürlich schon längst das Ei des Columbus g'funden und willst mich nur noch e bißle zappeln lassen, weil dir das Vergnügen macht. Jetzt sag nur gleich, wie du die Brücke über das tiefe Wasser bauen willst."

„Dein Vertrauen zu mir is ja recht groß, Gretl. Aber 's Brückenbauen hab ich nit gelernt. Ich bin nur e ganz simpler Teig-Athlet."

„Geh, Franz, spann mich doch nit so auf die Folter! Sags halt!"

„Wenn das Schwesterlein recht schön bitte-bitte macht."

„Bitte-bitte!" rief Gretl, und dabei schlug sie scherzhaft nach Art kleiner Kinder die flachen Hände gegeneinander.

„Schön kanns Kindchen bitte-bitte machen", lachte Franz ausgelassen.

„Jetzt mußt mir aber endlich auch sagen, ob du mir helfen kannst, daß ich nach Rothenburg komm."

„Na, schön: Ich tu dir hiermit kund und zu wissen, daß die ehr- und tugendsame Jungfrau Margarete Hein am kommenden Sonntag nach Rothenburg fahren wird."

„Aber wie?"
„Mit der Bahn natürlich, du Schäfle!"
„Das kann ich mir denken, Franz. Der Zeppelin verkehrt ja noch nit nach Rothenburg. Aber wie du's anstellst, daß mich der Vatter fortläßt und daß er nix merkt vom Hans und so, das hast noch nit gsagt."
„Warst schon emal in der Kasperlbude, wenn der Hans abends den ‚Faust' gespielt hat?"
„Ja, warum denn?"
„So, wie der Faust mit'm Kasperl nach Parma g'flogen is, so mach ichs mit dir. Ich breit meinen Zaubermantel aus und werd dich durch die Luft nach Rothenburg entführen. Huuiiii..."
Franz erfüllte die Stube mit seinem fröhlichsten Lachen, und draußen war er auch schon. Aber Gretl wußte, Franz hat schon seinen Plan gemacht. Er wollte sie nur überraschen.
Beim Mittagessen am nächsten Tag fing Franz davon an, daß er überhaupt noch nie aus Würzburg herausgekommen wäre. Letzthin habe er im Generalanzeiger was von Rothenburg gelesen, das solle ein wunderschönes altes Städtle sein. So schön sei es geschildert gewesen, daß er richtig Lust bekommen hätte, es einmal zu sehen.
„Das is nit weit hin, Franz", ließ sich Vater Hein vernehmen. „Wenn dir's mal anschaun willst, kannst an einem Sonntag leicht rüberrutschen."
Gretl horchte auf.
„So allein in einem fremden Ort", gab Franz zurück, „das is auch nix. Wenn ich G'sellschaft hätt, tät ich gleich am nächsten Sonntag hinfahrn."
Die Mutter meinte, wenn sich gar keine andere Gesellschaft findet, könne Franz ja auch einmal mit seiner Schwester zusammen einen Sonntag verbringen. Die Gretl käme so nicht viel fort.
Franz hakte gleich ein:
„Die Gretl? Die hab ich scho g'fragt, die will ja nit. Die hockt lieber daheim."
Jetzt sprach der Vater ein Machtwort, dessen Widerspruchsgeist durch die angebliche Weigerung Gretls herausgefordert war:
„Du fährst mit, Gretl! Da wird kurze Fünfzehn gemacht!"
Gretl war dem Gespräch mit Herzklopfen gefolgt. Als Franz sagte, sie habe ihm schon eine Absage erteilt, war sie leicht zusammengezuckt. Jetzt erklärte sie auf die kategorische Forderung des Vaters:
„Deswegen soll's keinen Streit geben. Dann fahr ich halt mit."
Vor Freude bekam sie einen roten Kopf. Vater Hein deutete dieses

Rotwerden natürlich anders. Unterm Tisch drückte Gretl dem Franz, der neben ihr saß, herzlich die Hand.
Der Vater war damit einverstanden, daß Franz Samstag nachts nicht in die Backstube gehe. Er sollte sich ausschlafen und mit der Gretl am Sonntag mit dem ersten Zug nach Rothenburg fahren.

*

Lene Cornelius war am Freitag vormittag nach Kitzingen gefahren. Die Tante Regina, bei der die Mutter Aufnahme gefunden hatte, war Mutters ältere Schwester. Ihr Mann war vor Jahren gestorben, und sie führte einen kleinen Kramladen. Ihre beiden Töchter waren schon seit ein paar Jahren verheiratet, die eine in Ochsenfurt, die andere in Marktbreit. So war es still und einsam bei ihr geworden. Sie freute sich deshalb immer, wenn sie Besuch im Hause hatte, und mit ihrer Schwester Anna Cornelius verstand sie sich besonders gut.
Lene wurde von der Tante aufgenommen und gleich zur Mutter ins Schlafzimmer geführt.
„Die Lene is da, Anna, und am Sonntag kommt die Mutter auch."
Frau Anna Cornelius lag im Bett. Sie mußte sich vor allem gut warm halten.
„Wie gehts denn, Mutter? Ich wollt mich erst nach dir umschaun, eh ich nach Rothenburg fahr."
„Das wär nit nötig gewesen, Lene. Aber freu'n tuts mich doch, daß d' kommen bist. Rheumatismus hab ich halt wieder. Aber diesmal, glaub ich, hat's mich arg. Wird wohl e ganze Zeitlang dauern, eh ich wieder rumwerkeln kann."
Lene blieb den ganzen Tag bei der Mutter. Aber die Tante war immer nur für ein paar Augenblicke aus dem Zimmer, wenn sie im Laden zu tun hatte. Dann kam sie gleich wieder, so daß Lene nicht dazu kam, ungestört mit der Mutter zu sprechen.
Da sagte sie schließlich, sie möchte heute im Zimmer bei der Mutter schlafen. Das ließ sich leicht einrichten, es standen ja zwei Betten nebeneinander im Zimmer. Als sie dann abends allein waren, fing Lene mit ihrer Sache an:
„Mutter, ich hab arge Sorgen..."
„Du? No, was kann denn das schon sein? So e jungs Ding und Sorgen!"
„Es is aber doch so, Mutter. Mit dem Tanzkurs is es angegangen. Da hab ich einen Herrn kennengelernt, mit dem bin ich gegangen..."
Und dann erzählte sie, wie alles gekommen war, und daß sie jetzt schwanger wäre und der Rudolph Groß sie nicht heiraten wolle. Wie

sie Angst hätte vor dem Vater und daß sie schon fast in den Main gesprungen wäre vor lauter Verzweiflung.
Lene ließ ihren Kopf auf das Deckbett der Mutter sinken und weinte.
„Ich bin nit schlecht, Mutter ...!" schluchzte sie auf.
Die Mutter hatte sie ruhig angehört mit einem schmerzhaften Zug um den Mund. Jetzt streichelte sie ihr Haar und hatte eine ganz gütige Stimme, als sie sagte:
„Wein dich nur aus, Lene, wein dich nur aus ..." Und nach einer Weile. „Ich werd's dem Vatter erzählen, wie's gewesen is, und er darf dich nit schimpfen. Ich sag's ihm schon."
„Und bist mir nit bös. Mutter?"
„Lieber wär mir's scho, wenn d' nit schwanger wärst. Bist halt zuviel allein gewesen, und die Großmutter is scho bald siebzig. Wenn d' mit uns im Wohnwagen g'fahren wärst, dann wär's nit so kommen. Und wenn du dann dort einen jungen Burschen g'funden hättst, von der Schiffsschaukel oder von einer anderen Bude, den du gern g'habt hättst, der hätt dich nit sitzen lassen mit'm Kind, der hätt dich g'heiratet. Aber g'schehn is g'schehn. Jetzt is scho, wie's is. Wenn halt so e junger Herr kommt und tut schön, da geht's manchmal schnell, und dann is es halt passiert ... Ich werd morgen mit der Regina reden. Wenns dann soweit is, dann kommst zu ihr. Und was weiter wird, wer'n wir dann sehn. Aber jetzt hör emal auf zu weinen, Lene. Es tut dir ja niemand was."
„Und ich hab so Angst g'habt, Mutter, und jetzt bist du so gut zu mir und schimpfst gar nit." Sie küßte die Mutter unter Tränen auf die Wangen.
Heute nacht schlief Lene ruhig. Es war ihr, als wäre eine Zentnerlast von ihr genommen.
Tante Regina machte am andern Tag große Augen, als sie von Mutter Cornelius alles erfuhr. Aber sie wollte der Lene beistehn, so gut sie konnte. Lene könne im Frühjahr zu ihr kommen, wenn sie wolle, auch schon früher. Und das Kind werde sie in Pflege nehmen. Mit der Großmutter könne man ja am Sonntag alles besprechen. Nur ein Bedenken hatte Tante Regina. Ob's die Großmutter allein machen könne in Würzburg. Sie sei doch nicht mehr die Jüngste. Aber Lene meinte, es werde schon für ein paar Wochen gehen, die Großmutter schaffe es ja jetzt auch allein.

*

Am Bahnhof in Rothenburg wartete Hans Cornelius am Sonntag auf den Frühzug. Lene hatte ihm zwar nicht mit Bestimmtheit sagen kön-

nen, ob Gretl kommen werde, aber er war überzeugt davon, auf irgend eine Weise würde sie es schon möglich gemacht haben.
Der Zug lief ein. Gretl winkte aus einem Fenster und Hans lief hinüber zum Zug. Als die Geschwister Hein ausstiegen, fragte er lachend:
„No, hat euch der Bullebeißer doch fort gelassen?"
Er gab Gretl und Franz die Hand.
„Ganz leicht wars ja nit", sagte Gretl und erzählte ihm, wie Franz die Sache gefingert hatte. „Der Franz is immer mei Nothelfer, wenn's kritisch is. Dafür kriegt er heut zum Nachtisch auch einen Kuß von mir."
„Nä, dadrauf is ja der Hans bei dir abonniert", wehrte Franz heiter ab.
„Auf einen kommt's ja nit an", lachte Hans. „Der is dir neidlos gegönnt."
Sie gingen dem Städtchen zu, das ein ganzes Stück vom Bahnhof abliegt. Vor den alten Stadtmauern, auf einer großen Wiese, waren schon alle Buden aufgebaut. Nachmittags sollte der Jahrmarkt beginnen.
„Wir gehn zuerst zu unserm Wohnwagen, schlug Hans vor. „Die Lene is auch hier, das werdet ihr ja scho wissen."
Die große Kasperlbude stand fix und fertig da. Vater Cornelius nahm gerade die Schutzhülle von der Drehorgel herunter.
„Da sin ja die Würzburger!" begrüßte er die Ankommenden. „Steht's Käppele noch auf sei'm alten Fleck?"
„Freilich", gab Franz zurück, „meinen Sie vielleicht, wir hätten das Neumünster auf'm Nikolausberg getragen und 's Käppele neben den Dom g'stellt?"
Sie gingen hinter die Bude zum Wagen. Dort hantierte Lene, die das Arbeitsgebiet der Mutter bereits übernommen hatte. Sie kam aus dem Wagen heraus und begrüßte Gretl und Franz. Als ihr Franz die Hand reichte, wurde sie verlegen. Er merkte aber nichts davon.
„Bist jetzt doch in den Wohnwagen gezogen", fragte er sie, mit leichtem Anflug seines gutmütigen Spotts.
„Ja, aber bloß aushilfsweise, bis die Mutter wieder g'sund is. Mit meiner Arbeit bin ich scho fertig. Der Vatter kocht sich sei Essen heut selber. Ich hab ihm alles hergerichtet, er braucht's nur noch aufs Feuer zu stelln. Da könnt ich jetzt, bis mittags der Betrieb hier angeht, mit euch gehn. Wir vier essen dann in der Stadt."
„Schaun wir uns zuerst das alte Städtle emal an", schlug Franz vor.
Da Hans schon wiederholt in Rothenburg war, übernahm er die Füh-

*Die vier Spaziergänger schlenderten durch die Stadt mit ihren alten Fachwerkhäusern und den altersgrauen Steinbauten*

rung. Er ging mit Gretl voraus, und Franz folgte mit Lene. Durch ein altes, efeuumranktes Tor kamen sie ins Städtle und gingen an der Innenseite der noch fast vollständig erhaltenen Stadtmauer entlang. Grau und moosbewachsen zog sich der Mauerring um alte Häuser. Da und dort ragten Wehrtürme mit Zinnen und Schießscharten darüber hinaus, als hätten sie heute noch eine kriegerische Aufgabe. Die vier kamen an eine Holztreppe, die zum Wehrgang führt, stiegen hinauf und gingen ein ganzes Stück auf dem Wehrgang, der noch gut erhalten war. Die Mauer ist auf der Höhe des Wehrganges mit Mörtel beworfen und glatt. Viele Besucher haben da, weil sie wunder meinen, wie wichtig das sei, ihren Namen eingekritzelt und das Datum des Tages, an dem sie dawaren. Franz schimpfte derb auf diese Wandbekritzler. Aber plötzlich blieb er stehen und machte die andern auf ein paar Rötelzeichnungen aufmerksam, einen Reiter und einen Soldaten mit Hellebarde. Die mochten noch aus alter Zeit stammen,

von Bürgern Rothenburgs, wenn sie in Wehr und Waffen hier oben Wacht hielten gegen den Feind.
Die Schießscharten gaben den Blick frei in das weite, herbstliche Land. Bei der nächsten Treppe stiegen die vier Spaziergänger wieder herunter und schlenderten durch die Stadt mit ihren alten Fachwerkhäusern und den altersgrauen Steinbauten. Die Gasthäuser trugen zum Teil noch althandwerkliche, schmiedeeiserne Wirtshausschilder, die weit in die Straße hineinragten. Schöne, lauschige Winkel wurden aufgestöbert in den engen Gassen mit kleinen Häuschen, die noch mit Butzenscheiben ausgestattet waren. Es gab viel zu sehen und zu bestaunen für die Würzburger. Ganz Rothenburg schien ihnen wie ein Stück Mittelalter, an dem die Zeit vorübergegangen ist, das sich mitten in der modern gewordenen Umwelt in alter Schönheit erhalten hatte.
Hans wollte mit Gretl noch ein Stückchen vor die Stadt hinaus gehen und vereinbarte mit Franz einen Gasthof, in dem sie sich alle vier um zwölf Uhr treffen wollten.
„Wir ham uns gar nimmer g'sehn, seit der Tanzkurs zu Ende is", wandte sich Franz an Lene. „Hast wohl bessere G'sellschaft g'funden in Würzburg?"
Lene verstand die Anspielung und sagte verlegen:
„Du meinst den Rudolph Groß. Das is schon wieder aus..."
„Hat aber nit lang gedauert! Hast doch e Haar in der Suppe g'funden. Ich hab mir's gleich gedacht, das tut nit lang gut. Is ja auch kei Umgang für dich gewesen, Lene. Wenn d' länger mit ihm gangen wärst, ich glaub, 's hätt kei guts End genommen. Mir hat der lange Lulatsch gleich nit 'falln. Ich hab dir's ja seinerzeit scho g'sagt."
Lene zuckte zusammen, als wäre sie geschlagen worden. Daß Franz aber auch gerade daran erinnern mußte. Er kann doch nicht wissen, wie es um sie stand? Die Gretl hatte ja versprochen, daß sie ihm nichts davon sagen würde, und sie hat ihr Wort sicher gehalten. Ob sie's ihm selber sagen soll? In ein paar Monaten würde er's ja doch wissen.
„Wenn ich damals auf dich g'hört hätt, Franz, wärs besser gewesen..."
„Hast denn schlechte Erfahrungen mit dem Groß gemacht?"
„Ja, arg schlechte..."
Sie hatte den Kopf gesenkt und sprach ganz leise. Sie schämte sich vor Franz und wußte nicht recht, wie sie es ihm sagen sollte, was geschehen war. Franz sah sie an und wußte jetzt, was los war, ehe Lene weitererzählt hatte.

„Is was passiert...?"
„Ja", flüsterte Lene.
„Und jetzt will er nix mehr von dir wissen...?"
Lene weinte statt einer Antwort still vor sich hin. Sie gingen wieder an der Innenseite der Stadtmauer. Schweigend schritten sie ein ganzes Stück nebeneinander her. Dann fragte Franz:
„Weiß es Hans schon?"
„Nä, ich hab nur mit meiner Mutter g'sprochen und mit der Gretl. Ich möcht auch nit, daß du's dem Hans sagst. Der erfährts noch früh genug von der Mutter..."
Still gingen sie weiter. Franz machte sich Vorwürfe, daß er damals Lene nicht dringlicher vor Groß gewarnt hatte. Er hätte sich's denken können, wie das ausgeht. Jetzt war es zu spät.
„Lene", fing Franz wieder an, „ich bin eigentlich e bißle mit schuld dran..."
„Du?" fragte sie ganz erstaunt. „Du hast mir ja abgeredet vom Groß!"
„Ja, schon. Ich hätt's dir nur deutlicher sagen solln. Aber ich bin ärgerlich gewesen und dir aus'm Weg gangen, statt daß ich mich mehr um dich gekümmert hätt."
Lene faßte in plötzlicher Aufwallung seine Hand:
„Ich verdien's ja gar nit, daß d' so gut zu mir bist..." Ihre Augen wurden wieder tränenfeucht. „Ich hab gemeint, du schimpfst mich recht z'samm und willst vielleicht überhaupt nix mehr von mir wissen, und jetzt machst dir selber Vorwürf..."
„Laß nur gut sein, Lene. Das geht auch vorüber, was dich jetzt so drückt. Und dann wirst wieder das lustige Mädle, das d' immer warst."
Sie standen jetzt vor dem Gasthof, der als Treffpunkt mit Hans und Gretl vereinbart war. Lene ließ Franz allein in die Gaststube treten und ging erst, sich das Gesicht zu waschen. Hans sollte nicht merken, daß sie geweint hatte.
Nachmittags mußte Lene bei der Kasperlbude bleiben. Sie drehte die Orgel vor jeder Vorstellung und kassierte, wie sie es in Würzburg oft von der Mutter gesehen hatte. Vater Cornelius hatte sie außerdem am Samstag noch genau unterwiesen. Er spielte heute allein. Zur Abendvorstellung mußte Hans wieder an die Arbeit, denn die Abendvorstellungen brachten die besten Einnahmen, und man konnte sie deshalb nicht ausfallen lassen.
Franz blieb mit Gretl und Hans noch im Gasthof sitzen, dann begleitete er sie ein Stück, da sie nachmittags eine kleine Wanderung in die

Umgebung machen wollten. Gretl hatte schon am Vormittag erzählt, wie Vater Hein die Sache mit dem Michel Spieß eingefädelt hatte und wie's dann weiter gegangen ist mit dem Ausflug nach Reichenberg. Hans kam jetzt noch einmal auf die unglückliche Angelegenheit zurück:
„Mir tut er ja leid, der Michel. Der is ja auch nur mißbraucht worden und hat's nit gemerkt."
„Leid kann er einem schon tun", meinte Franz, „wenn man sich vorstellt, wie er sich den ganzen Sonntagnachmittag abgeliebt hat, und dann war doch alles vergeblich. Ich hab's ihm g'sagt, daß die Gretl scho lang nimmer frei is. Wenn er das vorher gewußt hätt, dann hätt er sich gar nit erst strapaziert."
Hans forderte den Franz auf, noch weiter mitzugehen, da der jetzt Miene machte, umzukehren. Er lehnte ab.
„Da wär ich doch bloß das fünfte Rad am Wagen. Ihr habt euch noch viel zu erzählen, und ich könnt dann so nebenher laufen. Nä, das macht mein Vatter sei Sohn nit. Da käm ich mir ja vor, wie bestellt und nit abg'holt. Ich schau lieber der Lene beim Drehorgelspiel zu, und dann strolch ich noch e bißle durch den Jahrmarktsrummel. ‚Kommen Sie herein, meine Herrschaften, das müssen Sie gesehen haben! Das größte Weltwunder aller Zeiten! Hereinspaziert, hereinspaziert! Die Vorstellung beginnt!' Das is doch viel unterhaltsamer."
Franz hatte den Ausrufer einer Jahrmarktsbude kopiert, und sie lachten jetzt alle drei darüber.
„Dann treffen wir uns um halb sechs Uhr bei der Kasperlbude", sagte Hans.
„Und wenn ihr in Wald kommt, Hänsel und Gretl, dann paßt fei auf, daß ihr der Knusperhex nit begegnet!" rief Franz ihnen noch nach.
„Wir streuen Brotbröckeli auf den Weg, dann finden wir schon wieder heim!" rief Hans lachend zurück.
Franz ging wieder zur Wiese, auf der Schaubuden, Karussells und die Kasperlbude standen. Da und dort blieb er vor einer Bude stehen und hörte sich die Anpreisungen der Ausrufer an und kam schließlich zu der Kasperlbude des Vaters Cornelius, deren blaulackierte Holzleisten schon von weitem leuchteten. Lene stand hinter der großen Drehorgel und setzte unermüdlich das Rad in Bewegung. Wenn der rechte Arm ermüdet war, nahm sie den linken. Franz trat auf sie zu:
„Du, das mußt mir zeigen, wie der Kasten funktioniert."
Lene hatte gerade wieder ein Lied durchgeorgelt und zeigte Franz, wie mit einem einfachen Handgriff die nächste Walze ins Werk gehoben wird.

„Das is alles! Dann fängt man einfach an zu drehen. Das andere besorgt die Orgel selber."

„Laß mich das mal probieren, Lene. Ich spiel außer'm Grammophon kei Musikinstrument. Dann kann ich wenigstens sagen, ich kann jetzt zwei Instrumente spielen: Grammophon und Drehorgel."

„Du hast doch immer nur Dummheiten im Kopf! Meinethalben kannst orgeln. Aber nur noch ein Stück! Wenn ich läut, fängt die Vorstellung an."

Franz zog seinen Rock aus, krempelte die Hemdärmel hoch und fing an zu drehen. Die Sache machte ihm Spaß und er bedauerte, als das Lied zu Ende war und Lene mit der großen Glocke das Zeichen zum Beginn der Vorstellung gab. An die Orgel gelehnt, schaute er Kasperls tollen Kapriolen zu, während Lene unter den Stehgästen herumging, Geld einzukassieren.

Von seinem Platz an der Drehorgel ließ er sich den ganzen Nachmittag nicht verdrängen. Er konnte kaum erwarten, bis Kasperl von der Spielplatte heruntergerufen hatte, daß es jetzt aus und vorbei wäre und in fünf Minuten wieder aufs neue beginne. Gleich fing er wieder an zu orgeln.

Als Gretl und Hans um halb sechs Uhr zurückkamen, drehte Franz immer noch unermüdlich die Orgel.

„Schau", machte Hans die Gretl auf ihren Bruder aufmerksam, „der Franz hat umg'sattelt und geht jetzt unters fahrende Volk!"

Sie lachten herzlich über den Eifer, den Franz bei seinem neuen Metier entwickelte. Nachdem die nächste Walze durchgedreht war, machte Hans darauf aufmerksam, daß es jetzt höchste Eisenbahn wäre, wenn er den Zug nicht versäumen wolle.

Beim Abschiednehmen drückte Lene dem Franz lange und herzlich die Hand. Der sagte zu ihr leise:

„Wird alles wieder gut, Lene. Nur den Kopf nit verlieren!"

Dann gingen sie zum Bahnhof. In fröhlicher Stimmung stieg Gretl ein. Franz stand beim Abfahren neben ihr am Fenster, und sie winkten Hans noch lange zu, der auf dem Bahnsteig seine Mütze schwenkte, solange er den Zug noch sehen konnte.

## VI.

Im Wagen des Vaters Cornelius ging alles seinen gewohnten Gang, nur daß an Stelle der Frau Anna die Lene getreten war. Sie besorgte gewissenhaft ihre Obliegenheiten, suchte in der Arbeit Vergessen. Sie

war nicht mehr so lebhaft und munter wie früher und saß zuweilen still in sich versunken da, als lausche sie in sich hinein. Hans sprach eines Tages darüber mit dem Vater:
„Die Lene is so ganz anders wie früher. So still is sie geworden. Was is denn los mit ihr?"
„Was soll denn los sein? E Mädle mit achtzehn is anders wie eine mit vierzen Jahr. No, und gern hat die Lene ja nie in unseren Wagen gewollt."
Damit war die Sache zunächst abgetan, und Ende Oktober kam die Mutter wieder. Sie fühlte sich soweit hergestellt, daß sie meinte, ihren Platz im Wohnwagen wieder einnehmen zu können. Das Kranksein und Nichtstun in Kitzingen hatte ihr ohnehin nicht behagt, so gern sie auch sonst bei ihrer Schwester war. Ihr arbeitsames Wesen ertrug das Feiern nicht. Sie mußte Beschäftigung haben. So kam sie eines Tages wieder an, als Vater Cornelius und Hans in Schweinfurt die Kasperlbude aufschlugen.
„Bist wieder auf'm Damm?" begrüßte sie Hans, der sie an der Bahn abgeholt hatte.
„Es wird scho wieder gehn!" meinte sie und erkundigte sich, wie sich die Lene dreingefunden hätte, und ob das Geschäft gut gewesen wäre in der Zeit ihrer Krankheit.
Vater Cornelius unterbrach seine Arbeit, als Hans mit der Mutter zur Kasperlbude kam. Man ging in den Wagen. Lene hatte das Essen etwas früher gerichtet, so daß man sich gleich zu Tisch setzen konnte. Während des Essens wurde dann beschlossen, daß Lene noch am Nachmittag nach Würzburg zurückfahren solle, zur Großmutter. Man plauderte noch ein Weilchen gemütlich, dann mußten die beiden Männer wieder an die Arbeit, die Bude fertig aufzubauen.
„Mutter, sagsts aber erst, wenn ich fort bin, wies mit mir steht, gell?"
„Heut abend will ich mit'm Vatter drüber reden. Brauchst dir ja jetzt kei Sorg mehr machen, Lene. Weißt ja, daß d' zur Tante Regina kannst, und daß die dann auch dei Kindle nimmt. Also, sei nur jetzt vernünftig und mach mir kei Dummheiten in Würzburg."
„Kannst ganz ruhig sein, Mutter. Das war bloß zuerst, wo ich so arg Angst g'habt hab. Jetzt is alles anders, seit ich mit dir darüber g'sprochen hab und du so gut zu mir warst. Und im Frühjahr geh ich dann zur Tante..."
Am Nachmittag fuhr Lene nach Würzburg. Abends, als alle drei im Wohnwagen saßen, erzählte Mutter Anna, was die Lene ihr in Kitzingen gebeichtet hat.
Vater Cornelius brauste heftig auf, als er hörte, wie es um Lene stand.

„Der Wohnwagen war ihr immer nit gut genug, sie hat's besser ham wolln, feiner! Jetzt hat sie's mit ihrem feinen jungen Herrn!"
„Darfst nit hart zu ihr sein, Peter", begütigte Frau Anna. „Sie tut sich sonst noch was an. Es war scho nah dabei und 's hätt nit viel g'fehlt, dann wär die Lene ins Wasser g'sprungen. Sowas wird immer erst dann ganz schlimm, wenn die Eltern zu hart sin zu ihrem Kind. Schlecht is die Lene deswegen nit. Sie is e gut's Kind..."
Dann erzählte sie, was mit der Tante Regina abgeredet sei, und vorläufig solle man erst mal abwarten. Mit der Lene würde schon alles wieder in Ordnung kommen.
Hans saß still dabei. Jetzt konnte er sich auch erklären, warum die Lene soviel ruhiger war als sonst, so gedrückt und still. Und ihm hat sie gar nix g'sagt davon. Sie wird sich halt geniert haben. Das war ja zu verstehen.
Noch ein paar Tage beschäftigte die Sache mit Lene die Leute im Wohnwagen, dann trat sie wieder in den Hintergrund und dann und wann wurde sie von Vater und Mutter Cornelius erwähnt.
Die letzten Messen und Jahrmärkte des Jahres 1913 wurden besucht, und dann mußte man sich wieder um einen Ort zum Überwintern umtun.
Mit der Mutter Cornelius war es seit ihrer letzten Krankheit nicht mehr ganz das Richtige. Sie klagte oft über Schmerzen. Schließlich wurde es wieder so schlimm, daß sie im Bett bleiben mußte. Sie war wohl doch wieder zu früh an die Arbeit gegangen, hätte sich in Kitzingen länger pflegen lassen sollen.
Vater Cornelius beriet mit Hans, was diesmal zu tun wäre, und sie kamen überein, diesmal in Würzburg zu überwintern. Die Mutter müsse ins Juliusspital und sich einmal gründlich auskurieren. Davon wollte die Mutter aber nichts wissen. Nein, ins Spital wollte sie nicht. Bei der Großmutter in der Kärrnersgasse wäre ja Platz, und die Lene sei auch dort, die könne sie pflegen. Wenn dann der Doktor sich ein paar Mal nach ihr umschaue, wäre das genug. Die Hauptsache sei ja, daß sie warm im Bett liege. Das Spital koste auch zuviel Geld. Sie war unter keinen Umständen zu bewegen, dorthin zu gehen. Vater Cornelius mußte sich schließlich damit abfinden.
Hans kutschierte nun den Wohnwagen mit dem Anhänger wieder Würzburg zu. Von unterwegs hatte sich Vater Cornelius schon an den Magistrat gewandt und die Erlaubnis erhalten, mit seinem Wagen auf dem kleinen Platz vor dem Kranentor zu überwintern.
Hans fuhr zuerst in die Kärrnersgasse und hielt vor dem Milchladen der Frau Berta Lechner. Ein vorangegangener Brief hatte über das

Nötigste unterrichtet. In warme Decken eingepackt, wurde Frau Anna von Vater Cornelius und Hans durch den Laden in die Wohnung getragen. Die Großmutter rang bestürzt die Hände, aber Mutter Cornelius beschwichtigte ihre Aufregung. Es wäre gar nicht so schlimm, nur der dumme Rheumatismus wieder. Sie hätte ja jetzt den ganzen Winter vor sich und würde sich schon wieder aufrappeln.
Nachdem die Mutter gut untergebracht war, fuhr Hans mit dem Vater zum Kranentor, und dort wurde der Wagen auf der linken Seite des Platzes aufgestellt, dicht neben der Feuerwand eines Hauses, das seit Jahren vergeblich darauf wartete, daß ein neues Haus hier nebenan errichtet würde und die schäbige Wand verdecke.
Hier also, ganz in der Nähe vom Milchladen der Großmutter, sollte nun der Winter verbracht werden. Man konnte jeden Tag zur Mutter hinüber, und Hans dachte noch ein paar Häuser weiter, an die Bäckerei Hein und an die Gretl, die er in diesem Winter, allen Schwierigkeiten zum Trotz, die ihr Vater machen würde, doch recht oft zu sehen hoffte.
Es war das erste Mal, daß Vater Cornelius den Winter in Würzburg verbrachte. Und diesmal sollte der Winter auch eine Neuerung bringen, die Hans eingeführt hat. Als sie das letzte Mal in Nürnberg waren, hat Hans einige Spielwarengroßhändler aufgesucht und ihnen Kasperlköpfe gezeigt, die er selbst geschnitzt hatte. Mit einem dieser Spielwarenhändler war er zum Abschluß gekommen. Hans sollte den Winter über Köpfe schnitzen, und zwar serienweise. Jedesmal einen Kasperl, den Teufel, den Tod, einen Polizisten, den Wucherer und einen Frauenkopf. Diese sechs Figuren sollten eine Serie darstellen. Die Kleider brauchte Hans nicht zu besorgen. Über den Preis konnten sie lange nicht einig werden. Der Händler verwies auf die billige Konkurrenz der Papiermaché-Kasperlköpfe, die für Kinder-Kasperltheater längst die Dienste tun würden. Hans aber pochte darauf, daß die handgeschnitzten Köpfe weitaus wertvoller und dauerhafter wären. Schließlich wurden sie dann doch einig. Hans begnügte sich mit einer Bezahlung, die dem Händler einen reichlichen Gewinn versprach.
Wenn er selbst für die Schnitzarbeit zunächst auch nicht viel bekam, so war doch einmal ein Anfang gemacht, und er rechnete damit, daß sich später mehr erzielen lassen würde. Vater Cornelius wollte sich an der winterlichen Schnitzarbeit beteiligen. Wenn dann die bestellten Kasperlköpfe fertig waren, wollte sich Hans im Schnitzen von Kochlöffeln und anderen hölzernen Küchengeräten versuchen, die im

*Faust (rechts) und sein Schüler Wagner: Diese Puppen schnitzte der Würzburger Bildhauer Joseph Bendel in den dreißiger Jahren für die Würzburger Künstler-Marionettenbühne*

Frühjahr, wenn man mit dem Wagen wieder unterwegs sein würde, auf den Dörfern, durch die man fuhr, verkauft werden sollten.
Die Köpfe wurden natürlich viel kleiner geschnitzt als jene, mit denen in der Kasperlbude gespielt wurde. Sie waren ja für Kinder und mußten deshalb kleiner und leichter sein. Aber viel Arbeit machten sie trotzdem und Farbe und Lack kosteten auch Geld. Wenn auch nicht allzuviel dabei heraussprang, so waren die beiden Cornelius doch froh, dadurch einen kleinen Verdienst zu haben, während sie bisher in den Winterwochen nur zugesetzt hatten. Geeignetes Schnitzholz und das übrige Material war von Vater Cornelius schon besorgt worden, und am zweiten Tag, den sie in Würzburg verbrachten, wurde mit der Schnitzarbeit schon begonnen.

„Seit wann gibt's eigentlich schon Kasperlspieler, Vatter?" fragte Hans, während er einen Kasperlkopf in der Arbeit hatte.

„Das is schon ein paar hundert Jahr her, seit der Kasperl nach Deutschland gekommen is."
„Ja, is denn der Kasperl e Ausländer? Er hat doch so einen deutschen Namen..."
„Er heißt aber gar nit überall so. Mir hat der Großvater erzählt, der Kasperl wär aus Italien zu uns gekommen. Dort haben sie ihn Pucinelle genannt. Von dort is er im Mittelalter nach Deutschland gebracht wor'n. Aber genau weiß man das nit, wann's war. Es is auch nit sicher, ob der Kasperl zuerst im Marionettentheater oder in einer Handpuppenbude aufgetreten is. Und die verschiedensten Namen hat er. In Wien heißt er „Wurstl"; das kommt wohl von Hanswurst. So hat er früher auch emal g'heißen. Die Köllner nennen ihn Hännesche, und bei uns in Bayern heißt er Kasperl oder Kasperle..."
„Aus Italien, sagst du, stammt der Kasperl? Kommt da auch unser Familienname her? Der hört sich so fremdländisch an."
„Der Großvater meint ja, daß einer von unseren Vorfahren schon als Puppenspieler aus Italien gekommen wär. Aber Schriftliches ham wir auch nit drüber. Ich weiß nur, daß der Großvater und dem sein Großvater scho Kasperlspieler war'n. Früher war das Kasperlspielen überhaupt was anderes, wie heut. Da ham fast lauter Erwachsene zug'schaut."
„Sin denn auch die gleichen Stücke g'spielt worden, wie wir sie jetzt spiel'n?"
„Zum Teil, ja. Aber mit der Zeit ham sie sich natürlich nach und nach verändert. Bei manchem Stück merkt man aber heut noch die alte Herkunft. Weißt, im Mittelalter, da hat bei den großen Kirchfesten die Kasperlbude nie g'fehlt. Der Kasperl hat sich da allerhand rausnehmen dürfen. Er hat so e Art Narrenfreiheit g'habt und sogar über die Obrigkeit und die großen Herren losziehn dürfen. Das war sonst keinem erlaubt. Und die Zuhörer waren arme Bauern und städtische Werkleut, weil's der Kasperl immer mit den kleinen Leuten gehalten hat, die von den großen geschunden und geplackt worden sind. Gegen die Wucherer is er losgezogen, die das Volk ausg'saugt ham, gegen alle Leuteschinder, aber auch die Soldatenwerber hat er nit ungerupft gelassen..."
„Ja, da ham wir ja auch noch e Stück, wo der Kasperl von einem Soldatenwerber aufgegriffen wird und ihn dann an der Nase rumführt. Sowas gibt's doch heut gar nimmer.
„Das is noch eins von den alten Kasperlstücken aus'm Mittelalter. Weißt, damals war's ganz was anders mit dem Soldatsein. Da hat's noch kei allgemeine Wehrpflicht gegeben. Die Werber sin ins Dorf

kommen und das war nix Angenehmes für die Bauern. Is meistens auch kurzer Prozeß gemacht wor'n, wenn die Werber die Bauernburschen g'holt ham."

„Aber heut is so e Stück doch direkt Unsinn, Vatter! Das sollt man eigentlich nimmer spiel'n, oder der Werber müßt e mittelalterliche Soldatenuniform kriegen."

„Da hast eigentlich recht. Aber die Kinder verstehn das ja nit mit einer so alten Uniform. Deswegen geht's nit. Und die Stücke, in denen der Kasperl sich mit dem Tod und dem Teufel rumschlägt, die sin auch noch so e Stück Mittelalter. Der Teufelsaberglaube hat damals ja e große Rolle g'spielt. Aber der Kasperl is mit jedem fertig worden, sogar mit'm Teufel. Alles, was die kleinen Leut geplackt, gedrückt und geängstigt hat, is vom Kasperl mit der Pritsche totg'schlagen wor'n ..."

Hans konnte gar nicht genug hören aus der Geschichte des Kasperlspiels. Das muß ja früher eine ganz wichtige Sache gewesen sein, mit so einer Kasperlbude auf den mittelalterlichen Kirchfesten herumzuziehen. Eigentlich wär's zu überlegen, ob man den Kasperl nit ein wenig moderner machen könnte.

„Vatter, was meinst denn, wenn wir uns selber Kasperlstücke machen wollten? Weißt, solche, die nit aus'm Mittelalter stammen. Ich mein, neue, bei denen die ganze Handlung besser in unsere Zeit paßt."

„Das hat ja kein Wert, Hans. Die Leut wolln immer wieder die alten Sachen sehn, und wenn d' was Neues machst, bleiben die Leut weg."

Von Neuerungen war Vater Cornelius kein Freund. Aber dem Hans ging der Gedanke nicht mehr aus dem Kopf. Man müßte neue Stücke erfinden, die mehr mit unserem heutigen Leben zu tun haben, mit Dingen, die die Kinder umgeben, die sie kennen, die sie interessieren. Er konnte sich gar nicht denken, daß dann die Leut nicht mehr in die Kasperlbude kommen. Die Hauptsache ist, daß alles recht lebendig ist, und daß es recht lustig dabei zugeht, dann macht's den Kindern schon Spaß. Vielleicht war der Vater später dafür zu gewinnen.

\*

Vater Cornelius und Hans kamen jetzt zum Mittagessen jeden Tag in die Kärrnersgasse zur Großmutter. Nur das Frühstück und das Abendbrot besorgten sie sich selbst. Das Mittagessen wurde in der Stube eingenommen, in der das Bett der Frau Cornelius stand. So war mittags die ganze Familie zusammen.

Die Großmutter wußte, seit sie in Kitzingen war, um Lenes Zustand.

Es wurde aber darüber nicht gesprochen. Nur wenn Lene mit der Mutter allein war, kam zuweilen die Rede darauf.
Gretl Hein war von der Lene darüber unterrichtet worden, daß Hans den Winter über mit dem Wohnwagen in Würzburg bleibe. Durch Lene hat sie Hans dann sagen lassen, sie werde Samstag nachmittags kommen, wenn Vater Hein im Café Hirschen sei. Da wären sie am sichersten davor, daß er sie nicht zusammen sieht.
Am Samstag wartete Gretl, bis der Vater fortgegangen war. Dann ging sie mit Franz zusammen zum Kranentor. Vor dem Wohnwagen stand Hans und erwartete sie schon.
„Habt ihr diesmal euern Wigwam in Würzburg aufg'schlagen?", begrüßte ihn Franz.
„Ja, die Mutter is wieder krank, und da woll'n wir bei ihr bleiben."
Hans gab beiden die Hand und man einigte sich auf einen kleinen Spaziergang. Über die Neue Brücke gingen sie auf die Festung. Der Tag war hell und klar, und man merkte noch nichts davon, daß der Winter vor der Tür stand.
Während sie vor den alten, massiven Torgewölben der Marienburg standen, erinnerte Franz an vergangene Jungenspiele, deren Schauplatz einst die Gräben und Wälle der Festung waren.
„Weißt noch, Hans, wie wir da Indianer g'spielt ham...?"
„Ja, das weiß ich noch gut. Aber lang is das scho her. Dort auf dem Hügel waren die großen Beratungen der Sioux. Damals is e ganz junger Kastanienbaum dort g'standen. Schau nur, wie der groß geworden is! Dort um den Baum rum sin wir im Kreis g'sessen, die Beine übereinander g'schlagen, wie die Schneider. Da hast du dei große Rede gegen die Blaßgesichter gehalten. Frei nach Karl May. Und dann ham wir das Kriegsbeil ausgegraben..."
Sie lachten, wenn sie auf Einzelheiten der damaligen Indianerspiele zu sprechen kamen, die sie als Schulbuben so ernst genommen hatten. Und Gretl erinnerte an andere „kriegerische" Taten. Vor allem an die Kämpfe der Kärrnersgäßler gegen die Buben der Nachbarstraßen. Für Gretl war dabei natürlich das wichtigste Ereignis der Kampf gegen den roten Fritz Schmitt und seine Freunde wegen dem gestohlenen Ball. So wanderten sie, über Kindheitstage plaudernd, altvertraute Wege, stiegen in die Festungsgräben hinunter und wieder auf die Wälle. Vom Wall oben hatten sie freien Blick hinüber zum Nikolausberg mit dem Käppele.
„Da hat's aber auch schon ernstere Auseinandersetzungen gegeben, als unsere Bubenkriege zwischen Sioux und Blaßgesichtern", bemerkte Hans und deutete hinüber zum Käppele. „Da drüben auf dem Ni-

kolausberg is 1866 die preußische Artillerie g'standen und hat die Festung bombardiert ..."

„Is gut, daß die Zeiten vorüber sin, wo sich die Deutschen gegenseitig die Schädel eing'schlagen ham. So ein Unsinn, daß die Preußen und Bayern damals gegeneinander losgezogen sin. Die g'hören doch alle zusammen", entrüstet sich Franz.

„Is denn anno 1866 die Marienburg noch e richtige Festung gewesen?" wollte die Gretl wissen.

„Freilich", gab Franz Auskunft. „Aber sie war damals scho lang veraltet. Gegen die Kanonen von 66 war mit dem alten Kasten nix mehr zu machen. Hat auch nit lang gedauert, da war's aus mit der Herrlichkeit. Aber in früheren Zeiten soll die Marienburg uneinnehmbar gewesen sein."

„Das ham die Bauern 1525 zu spüren kriegt", meinte Franz. „Wie ich noch in der Fortbildungsschul war, is unser Lehrer emal mit der ganzen Klass' auf die Festung gangen. Da hat er uns das g'sagt, wie's im Bauernkrieg zugegangen is. Wir ham bei der Gelegenheit auch den alten Turm mit dem tiefen Burgverließ g'sehn ..."

„Könnt'st uns ja erzählen, was du damals vom Bauernkrieg g'hört hast." Gretls Wißbegier war jetzt geweckt worden.

„Das is während der Reformationszeit gewesen. Da sind in ganz Süddeutschland die Bauern aufg'standen gegen die großen Herrn und ham sich gegen die Leibeigenschaft und gegen alle möglichen Plackereien gewehrt. Früher wär der Bauer frei gewesen, und ihre alten Freiheiten wollten sie wieder haben. Muß e böse Zeit gewesen sein ..."

„Und was is da in Würzburg losgewesen und auf der Festung?" fragte die Gretl weiter.

Im Weitergehen erzählte Franz, was ihm noch in der Erinnerung geblieben war:

„Damals hat in Würzburg der Fürstbischof Conrad regiert, und die fränkischen Bauern ham den Aufstand auch mitgemacht. Es war ein richtiger Krieg gegen die großen Herrn. Sogar ein Teil von den Würzburger Bürgern is mit den Bauern gegangen. Die Bischöflichen ham sich auf die Marienburg zurückziehn müssen und die Bauern ham unter der Alten Mainbrücke Holzflöße festgemacht, damit sie über'n Main ham gehn können ..."

„War denn die Brücke scho zusammeng'schossen?"

„Nä, aber von der Festung ham sie auf die Brücke schießen können. Da sin die Bauern auf den Flößen unter den steinernen Brückenbögen über'n Main. Da ham die von der Festung nicht schießen können.

Drüben auf'm Nikolausberg, wo jetzt das Käppele steht, ham die Bauern ihre G'schütze g'habt und rüber auf'n Marienberg g'schossen. Aber erreicht ham sie nix damit. Damals hat man noch nit weit schießen können. Die Entfernung war zu groß, und sie ham mit ihrer ganzen Böllerei nit viel ausgericht. Aber von der Stadt her ham die Bauern auch g'schossen. Da wer'n sie scho mehr getroffen ham."
„Und wie is dann ausgangen?"
„Wie's ausgangen is? Die Bauern ham sich die Schädel eingerannt, weil sie die Festung stürmen wollten, eh sie Bresche g'schossen ham. Die richtige Führung hat ihnen g'fehlt. Der Ritter Florian Geyer, der's mit den Bauern g'halten hat, war nit da, und die andern Anführer war'n rechte Draufgänger, ham aber zu wenig Überlegung g'habt. Am 15. Mai 1825 ham sie nachts g'stürmt und sin mit Kugeln, Steinen und Pechkränz empfangen worden. Zweimal ham sie's probiert, und jedesmal is es das Gleiche gewesen. Hat viel Blut gekost', die Nacht. Aber die Festung ham die Bauern nit holen können. Der Bischof hat sich derweil um Hilfe umg'schaut, und der Schwäbische Fürstenbund hat 13 000 Mann g'schickt gegen die Bauern. Bis dann der Florian Geyer mit 4000 Bauern kommen is, war's zu spät. Der is durch den Heidingsfelder Wald angerückt und beim Guttenberger Wald ham ihn die vom Schwäbischen Bund umzingelt. Eine Wagenburg hat der Florian Geyer noch schnell bauen lassen, aber es hat nix mehr genützt. Die meisten von seinen Bauern sin niedergemacht worden, nur der Florian Geyer hat sich mit einem Teil von sei'm Haufen durchschlagen können. Mit dem sin die andern aber dann in sei'm Schloß fertig geworden ..."
„Und nachher is der Fürsterzbischof wieder nach Würzburg?"
„Ja, und wie! Da is dann großes Gericht g'halten wor'n in Würzburg und im ganzen Herzogtum Franken. Von den Würzburger Bürgern, die's mit den Bauern g'halten ham, sin gleich zwei geköpft wor'n. E ganze Anzahl ham sie eing'sperrt im Grafen-Eckarts-Turm. Fünf davon ham später noch ihr'n Kopf verlor'n und die andern ham bös blechen müssen, eh sie wieder rauskommen sin. Der Fürstbischof Conrad is im Herzogtum Franken rumgezogen und überall hat's Geldstrafen, Brandschatzungen und Todesurteile gegeben. Mehr wie zweihundert Hinrichtungen ... Mit dem Bauernkrieg war's bald darauf überhaupt aus. Die Fürsten und Herrn ham mit ihren geschulten und gut bewaffneten Heeren die Bauern überall niederwerfen können und dann ham sie blutige Rache genommen. Erreicht ham die Bauern damals nix. Dreihundert Jahr hat's noch gedauert, bis es wieder freie Bauern gegeben hat ..."

Hans, der ebenso wie Gretl, aufmerksam und gespannt zugehört hatte, denn so haben sie beide in der Schule den Bauernkrieg nicht dargestellt bekommen, dachte jetzt wieder an das, was ihm Vater Cornelius über das mittelalterliche Kasperlspiel mitgeteilt hatte. Jetzt wurde ihm alles noch besser verständlich. Während sie den Festungsberg hinunter ins Mainviertel stiegen, erzählte er den andern, was er vom Vater über den mittelalterlichen Kasperl wußte. Dann sprach er auch von seinen Plänen für die Modernisierung des Kasperlspiels. Franz machte sich lustig darüber, aber die Gretl stimmte Hans zu.
„Das müßt doch gehn, daß neuere Sachen im Kasperltheater g'spielt wer'n", meinte sie.
„Ich laß mir's auch noch weiter durch'n Kopf gehn", gab Hans zurück. Vielleicht bring ich's z'samm, daß ich selber neue Kasperlstücke mach..."
Sie gingen auf der Mainviertelseite mainabwärts und dann wieder über die Neue Brücke, damit sie Vater Hein nicht begegnen, wenn der vom Café Hirschen heimwärts geht. Sie hätten sonst leicht am Vierröhrenbrunnen oder in der Karmelitergasse mit ihm zusammentreffen können. Es wurde noch vereinbart, daß man sich jeden Samstag nachmittags treffen wolle. Damit aber das Fortgehen der Gretl nicht auffalle, sollte sie immer sagen, sie mache mit Franz zusammen einen Spaziergang. Das würde nicht weiter auffallen, wenn sie mit ihrem Bruder fortginge. Vater Hein sitzt ja am Samstagnachmittag ohnehin immer im Hirschen, da würde er schon nichts merken.

\*

So ging der Monat Dezember hin. Weihnachten wurde gemeinsam bei der Großmutter gefeiert. Das neue Jahr 1914 hatte begonnen, und Hans schmiedete bereits Pläne für seine neuen Kasperlspiele.
An einem Samstagnachmittag, als Hans, Gretl und Franz wieder ihren gemeinsamen Spaziergang unternahmen, sprachen sie von Lene, deren Zustand sich ja jetzt nicht mehr verheimlichen ließ. Gretl meinte, ob man nicht doch noch einmal mit Rudolph Groß sprechen sollte.
„Ich kenn ihn ja gar nit!" gab Hans zurück.
„Aber Franz kennt ihn doch, der war ja im Tanzkurs mit ihm zusammen."
„Was soll ich denn mit dem feinen Pinkel reden?"
„Ob er sich's nit überlegt hätt, und ob er die Lene nit doch noch heiraten wollt..."
Hans wurde unwillig.

„Das hat doch kein Sinn! Was gäb denn das für e Heiraterei, wenn man ihn dazu zwingen oder erst überreden soll. Da muß man doch auch die Lene fragen, ob sie den Groß überhaupt noch mag."
Das war auch Franzens Ansicht. Das einzige, was man mit dem Groß besprechen könnte, wäre die Geldfrage. Er müßte doch für die Kosten der Entbindung aufkommen und für das Kind den Unterhalt bezahlen, wenn es einmal da wäre. Da könnte man ihn abends einmal, wenn er aus'm G'schäft kommt, abpassen und mit ihm reden. Franz wollte mit Hans hingehen und ihm den Groß zeigen.
Damit war Hans einverstanden. Er wollte aber vorher die Lene noch fragen.
Am nächsten Tag brachte Hans, als er mit Lene allein war, die Sprache auf ihre zu erwartende Niederkunft. Er hatte bis dahin nie mit Lene über die Sache gesprochen und betonte auch gleich, daß er nicht etwa Vorwürfe machen wolle. Er möchte sie nur einmal fragen, wie sie jetzt mit Rudolph Groß stehe und ob sie ihn eventuell heiraten wolle, wenn Groß jetzt sich eines Besseren besonnen haben sollte.
Lene sagte ohne Besinnen:
„Nä, ich mag ihn nimmer! Der hat sich so schofel benommen. Ich will überhaupt nix mehr von ihm wissen!"
„Das hab ich mir ja gedacht. Aber deswegen muß er doch sei Pflicht tun. Die Entbindung kost' Geld, und's Kostgeld bei der Tante in Kitzingen muß er auch bezahlen."
„Am liebsten wär mir's, wenn ich gar nix mehr mit ihm zu tun hätt."
„Das kann ich ja verstehn, Lene. Aber so dick ham wir das Geld nit, noch dazu jetzt, wo die Mutter krank is. Du brauchst dich ja auch gar nit drum zu kümmern. Ich werd' mit dem Groß reden und alles in Ordnung bringen."
Dabei blieb's dann. Am nächsten Freitag ging Franz abends mit Hans zusammen zum Kaufhaus Seißer. Sie warteten am Personalausgang. Als Groß herauskam, sagte Franz:
„Das is er, der lange dort mit dem Spazierstock!"
Hans ging auf Groß zu und sprach ihn an:
„Ich bin der Bruder von Lene Cornelius und möcht gern mit Ihnen was besprechen. Sie sind doch Herr Rudolph Groß?"
„Der bin ich wohl. Ich habe aber gar kein Bedürfnis, mit Ihnen zu sprechen", gab Groß schroff zurück und wollte weitergehen.
„Nur nit gar so von oben runter, Herr Groß. Dazu is gar keine Ursach." Hans war durch die hochmütige Art des Groß in gereizte Stimmung gekommen. „Wir können doch in aller Ruhe über die Sache reden."

„Was soll denn da noch groß zu bereden sein? Ich weiß, daß ihr Fräulein Schwester ein Kind erwartet und Ihre Schwester weiß, daß ich sie nicht heiraten werde. Sie können sich also darüber jedes weitere Wort sparen, Herr Cornelius."
„Vom Heiraten is ja auch gar kei Red. Die Lene will von Ihnen ja gar nix mehr wissen und tät Sie auch nit heiraten, wenn Sie das jetzt wollten."
„Schau an", tat Groß spöttisch, „dem gnädigen Fräulein wäre ich jetzt wohl gar nicht mehr gut genug! Das ist ja höchstlichst interessant! Aber Ihre Schwester braucht sich über diese Frage keine Sorgen zu machen. So eine heirate ich nicht!"
In Hans kochte die Wut auf. Sollte er Lene von dem Burschen obendrein noch beschimpfen lassen?
„Was heißt das: So eine?"
„Was das heißt?" Groß spielte nervös an dem kurzen Knauf seines dicken Spazierstocks. „Das heißt, daß ich niemals ein Mädchen heirate, das so ohne weiteres die Beine breit macht..."
Das war zuviel für Hans. Besinnungslos vor Wut stürzte er sich auf Groß, schlug mit geballten Fäusten auf ihn ein, entriß ihm seinen Stock und ehe Franz ihn noch zurückhalten konnte, hatte er mit dem Knauf des dicken Stockes zwei wuchtige Schläge gegen den Kopf des Groß geführt.
„Du Schuft, du gemeiner!" schrie er, außer sich vor Wut.
Groß taumelte, sackte zusammen und blieb bewußtlos liegen. Im Nu hatte sich eine Menschenmenge angesammelt, und es dauerte nicht lange, da war auch ein Schutzmann zur Stelle. Ein Arzt wurde herbeigerufen und nach Anlegung eines Notverbandes schaffte man Groß ins Juliusspital. Hans mußte mit zur Polizeiwache. Franz und einige zufällige Zeugen des Vorfalles gingen ebenfalls mit.
Jetzt kam Hans erst zum Bewußtsein, was er angerichtet hatte. Auf der Polizeiwache fand ein eingehendes Verhör statt. Auch Franz gab den Hergang der Sache zu Protokoll. Die übrigen Zeugen hatten nur gesehen, wie Hans sich auf Groß gestürzt hatte und wie dann Franz hinzugesprungen war.
Hans kam zunächst in Polizeihaft und sollte am andern Tag ins Untersuchungsgefängnis eingeliefert werden. Franz lief gleich zum Kranentor, um Vater Cornelius zu verständigen. Er erzählte ihm alle Einzelheiten, wie es gekommen sei. Der Groß habe die Lene so gemein beschimpft, daß jedem anderen auch die Galle hochgekommen wäre. Viel könne dem Hans da wohl nicht passieren.

Vater Cornelius schimpfte, daß sich Hans überhaupt um die Sache gekümmert habe. Das wäre doch nit nötig gewesen. An allem wäre aber bloß der verflixte Tanzkurs schuld. Ohne den hätte Lene den Groß nie gesehen, und die ganze Geschichte wäre nicht passiert. Er machte sich aber trotz seines Schimpfens gleich auf den Weg zur Polizei, um zu erreichen, daß Hans freigelassen werde. Man wies ihn aber ab. Das gehe nicht. Zunächst müsse Hans erst vom Untersuchungsrichter vernommen werden.
Am Samstagmittag gab's in der Stube der Frau Berta Lechner viel Aufregung und Tränen. Vater Cornelius war am Vormittag beim Untersuchungsrichter gewesen, der ihm versprach, Hans sobald wie möglich in Freiheit zu setzen. Vorläufig konnte man jetzt nichts weiter in der Sache tun.
Als der Bäckermeister Kilian Hein nachmittags zur gewohnten Stunde ins Café Hirschen kam, hatten seine beiden Tarockbrüder den Generalanzeiger vor Augen und unterhielten sich eifrig über eine Lokalnotiz. Sie schoben Kilian Hein die Zeitung hin und machten ihn auf die Notiz aufmerksam. Da las er dann, daß gestern abend ein junger Mann einen kaufmännischen Angestellten nach kurzem Wortwechsel auf der Straße mit einem Stock niedergeschlagen habe. Der Überfallene sei bewußtlos ins Juliusspital gebracht worden, wo die ärztliche Untersuchung eine schwere Gehirnerschütterung festgestellt habe. Der Täter, ein zwanzigjähriger Marktfirant, namens Hans Cornelius, sei verhaftet worden.
Dem Kilian Hein kam es nicht gleich zum Bewußtsein, wer der Täter sei. Aber Kurt Spieß, der von Hein vor einiger Zeit darüber unterrichtet worden war, warum die Gretl nichts von seinem Michel wissen wolle, machte ihn noch besonders darauf aufmerksam:
„Kilian, du hast wohl gar nit g'sehn, wer das is? Hans Cornelius heißt er! Der sitzt jetzt im Michele-behelf-dich!"
„So, der is es!", sagt Kilian Hein gedehnt, und ein Empfinden wie Triumph steigt in ihm auf. „Ganz gut", sagte er dann befriedigt, „daß der emal hinter schwedische Gardinen kommt. Da wer'n vielleicht gewisse Leut vernünftig..." Und er schaute Kurt Spieß vielsagend an. Kilian Hein überlegte schon, wie er diesen Vorfall daheim auswerten wollte. Aber der Kellner brachte die Karten und das Herz-Solo, das Kurt Spieß anmeldete, lenkte ihn wieder von diesen wenig freundschaftlichen Familiengedanken ab.
Abends, beim Essen fragte Vater Hein seine Frau, ob sie in der Zeitung die Sache von Hans Cornelius gelesen habe. Aber ehe Frau Hein noch antworten konnte, mischte sich Franz ein. Er sei selbst dabei ge-

wesen, und der andere habe Hans bis aufs Blut gereizt. Da wäre es schon zu verstehen, daß der Hans zugeschlagen habe.
„Natürlich", warf Vater Hein ärgerlich hin, „du mußt ihm auch noch die Stange halten! Bist am End selber noch bei der Rauferei beteiligt gewesen? Kommst dann auch noch vors Gericht und der Sohn des Bäckermeisters Kilian Hein wird dann durch die Zeitungen gezogen. Das fehlt mir grad noch! Überhaupt, wie kommt denn der Hans im Winter nach Würzburg? Jetzt is doch kei Meß!"
Gretl war während dieses Gesprächs schleunigst aus dem Zimmer gegangen, weil sie einen neuen, heftigen Auftritt mit dem Vater wegen Hans befürchtete.
Franz setzte auseinander, daß die Cornelius den ganzen Winter in Würzburg wären, weil die Mutter krank geworden sei. Bei dem Zusammenstoß gestern wäre die Schwester vom Hans gemein beschimpft worden und dadurch sei alles gekommen.
„Und wenn einer über mei Schwester was Schlechtes sagen tät, dann bekäm er meine Fäust auch zu spüren..."
„Das is mir ganz wurscht, wie's gestern abend gewesen is. Der Hans kommt jetzt ins Zuchthaus und mit einem Zuchthäusler darf die Tochter vom Bäckermeister Kilian Hein unter keinen Umständen mehr gehn. Das bin ich meiner Reputation schuldig!"
„Was red'st denn vom Zuchthaus, Vater? Der Hans muß ja freig'sprochen wer'n. Und wenn er auch wirklich e kleine Straf kriegt, deswegen bleibt er doch, wer er is. Da wird ihn kein vernünftiger Mensch schief drum anschau'n..."
„Ich werd mer's aber von meinem Herrn Sohn nit verwehr'n lassen, anders darüber zu denken..."
Damit war die Angelegenheit im Hause Hein vorerst erledigt.
Hans war inzwischen vom Untersuchungsrichter vernommen worden, hatte alles wahrheitsgetreu geschildert, die Beziehungen seiner Schwester zu Groß, die Schwangerschaft und die Weigerung des Groß, Lene zu heiraten. Er habe nur mit ihm wegen der finanziellen Frage sprechen wollen. Dabei habe Groß seine Schwester so schwer beschimpft, daß er die Selbstbeherrschung verloren habe. So wäre es dann gekommen, daß er auf ihn eingeschlagen habe.
„Warum haben Sie denn einen Stock mitgenommen, wenn Sie nur eine friedliche Unterhaltung vorhatten?", wollte der Untersuchungsrichter wissen.
„Den Stock hat der Groß g'habt", erklärte Hans darauf.
„Das müßte ja erst noch festgestellt werden."
Hans mußte noch auf eine ganze Reihe Fragen Antwort geben, dann

wurde er wieder in seine Zelle geführt. Erst nach fünf Tagen gelang es dem Vater Cornelius nach wiederholtem Ansuchen, die Freilassung seines Sohnes zu erreichen.

Bald darauf bekam Hans eine Anklage zugestellt. Sie lautete auf schwere Körperverletzung, begangen an dem Verkäufer Rudolph Groß. Vierzehn Tage darauf sollte die Verhandlung sein.

Hans beriet mit seinem Vater, ob man einen Rechtsanwalt nehmen solle. Vielleicht gehe es auch ohne einen Anwalt. Der koste doch sicher viel Geld. Aber Vater Cornelius war trotzdem dafür, daß man einen Verteidiger nehme. Er ging dann auch mit Hans zur Kanzlei des Dr. Baier. Dort wurde der ganze Sachverhalt ausführlich geschildert. Der Rechtsanwalt machte ein bedenkliches Gesicht.

„Wenn das Gericht der Anklage folgt und auf schwere Körperverletzung erkennt, dann ist die Mindeststrafe ein Jahr Gefängnis. Da wird es darauf ankommen, ob bei Herrn Groß schwere gesundheitliche Schädigungen eingetreten sind. Die Anklage behauptet das ja. Aber, da müssen wir erst das Gutachten des ärztlichen Sachverständigen abwarten."

„Schwere Schädigungen können da nicht eingetreten sein", meinte Hans. „Es war ja nur e einfacher Spazierstock, mit dem ich zug'schlagen hab."

„Na, wir wollen das Beste hoffen. Mildernde Umstände stehen Ihnen ja auch noch zur Seite. Da können Sie vielleicht mit einem oder zwei Monaten davonkommen. Ob wir soviel Glück haben, daß es zu einem Freispruch reicht, kann man heute natürlich auch nicht sagen."

Nachdem in der Kanzlei noch der Kostenvorschuß bezahlt war, meinte Dr. Baier noch, daß eine weitere Besprechung vor der Verhandlung nicht mehr nötig sei. Kurz vor Verhandlungsbeginn sehe man sich ja noch im Gerichtsflur.

„Das is ja e böse Kiste!", sagte Vater Cornelius, als sie die Anwaltskanzlei verlassen hatten. „Is nur gut, daß die Verhandlung im Winter is, da versäumst nit so viel."

„Ja, schon. Aber das bißle, was wir jetzt mit der Schnitzerei verdienen, geht jetzt auf den Prozeß drauf."

„Hätt'st dich um die ganze Sach nit kümmern solln! Aber jetzt läßt sich's ja nimmer ändern und dei Schwester kannst ja auch nit beschimpfen lassen wie e Straßenmädle. Jetzt muß es halt ausg'fressen wer'n."

Am Samstag besprach Hans seine Prozeßangelegenheit mit Gretl und Franz und sagte ihnen auch die wenig erfreuliche Meinung des Rechtsanwalts. Gretl weinte schon im voraus. Sie fürchtete, Hans würde zu einer längeren Gefängnisstrafe verurteilt.

„Und an allem bin ich schuld, weil ich dir geraten hab, du sollst mit dem Groß reden."
Sie machte sich die bittersten Vorwürfe und Hans hatte zu tun, sie darüber zu beruhigen.
„Wär ja alles ganz glatt gangen, wenn der Groß nit so frech geworden wär. Jetzt sei nur ruhig. 's wird scho nit so schlimm wer'n."
Unruhige und erwartungsvolle Spannung blieb aber trotzdem auch in Hans selbst lebendig.

\*

Am Verhandlungstage ging Hans mit Vater Cornelius und Franz hinaus in die Ottostraße zum Justizgebäude. Franz erzählte, daß Vater Hein die Zeugenladung gelesen hätte. Er wisse jetzt, wann die Verhandlung sei und werde wohl im Zuhörerraum sitzen. Das paßte nun Hans ganz und gar nicht. Aber es war wohl nichts dagegen zu machen.
Auf dem Gerichtsflur standen ein paar Augenzeugen des Zusammenstoßes mit Groß. Hans wartete auf den Aufruf seiner Sache. Für seine aufgeregte Ungeduld dauerte es ihm viel zu lange. Rechtsanwalt Dr. Baier kam eilig vorüber in schwarzer Robe und mit Akten unter'm Arm, sprach noch ein paar Minuten mit Hans und mit seinem Vater, hatte es dann aber gleich wieder sehr eilig, wegzukommen, da er noch einen anderen Termin wahrzunehmen hatte, ehe er sich der Sache Cornelius widmen konnte.
Man wartete und wartete, und die Minuten schlichen sich gar langsam hin. Endlich steckte ein Justizwachtmeister sein schnauzbärtiges Gesicht durch die Tür eines Verhandlungssaales und rief auf den Flur hinaus:
„Strafsache Hans Cornelius!"
Hans trat in den Gerichtssaal. Der Justizwachtmeister verständigte Dr. Baier, der gleich darauf erschien. Dann wurden die Zeugen aufgerufen, über die Bedeutung des Eides belehrt und wieder ins Zeugenzimmer entlassen.
Hans stand zum ersten Male in seinem Leben vor Gericht. Es kam ihm alles so feierlich vor, zugleich aber auch so beengend. An dem langen Richtertisch saßen ein paar Herren in schwarzer Robe, einer davon ganz allein, ein wenig seitwärts an einem kleineren Tisch. Dann saßen neben dem Herrn in Robe noch Männer in bürgerlicher Kleidung. Aber auch sie machten ernste Gesichter und saßen steif und würdevoll auf ihren Stühlen. Hans mußte auf einer Bank Platz neh-

men, die hinter einer Holzbarriere stand. Das ist wohl das Armesünderbänkle, dachte er sich. Vor ihm, an einem Tisch, saß sein Verteidiger. Hinten im Zuhörerraum drängte sich auf langen Bänken allerhand neugieriges Publikum. Der Bäckermeister Kilian Hein saß breit, vorne auf der ersten Bank.
Jetzt verlas der Gerichtsvorsitzende etwas aus einem Aktenband, eine kurze Darstellung des Sachverhalts, um den es in diesem Prozeß ging. Hans wurde über seine Personalien vernommen, und dann sollte er den ganzen Vorfall mit Groß noch einmal schildern. Aber ehe er noch damit anfangen konnte, erhob sich plötzlich der Mann in schwarzer Robe, der allein an einem seitlichen Tisch saß und sagte: „Ich beantrage den Ausschluß der Öffentlichkeit wegen Gefährdung der Sittlichkeit!"
Darauf erhoben sich alle übrigen am Richtertisch und gingen durch die hinter ihnen liegende Tür hinaus in ein anderes Zimmer.
Rechtsanwalt Baier drehte sich nach Hans um und sagte ihm, das sei der Herr Staatsanwalt gewesen, der den Antrag gestellt hat, und das Gericht ziehe sich jetzt zur Beratung darüber zurück, ob dem Antrag stattgegeben werden solle.
Gleich darauf kamen die Richter und Schöffen wieder in den Saal, und der Gerichtsvorsitzende verkündete den Ausschluß der Öffentlichkeit. Die Verhandlung wurde für ein paar Minuten unterbrochen, damit der Zuhörerraum geräumt werden konnte.
Der Bäckermeister Kilian Hein machte große Augen, als er aufgefordert wurde, den Saal zu verlassen. Er wäre gar zu gerne dageblieben. Aber gegen die Anordnung des Gerichts wagte er kaum irgend etwas Unverständliches in seinen Schnauzbart zu murmeln. Er mußte sich, wenn auch mit starkem, innerem Widerstreben, fügen, wie alle übrigen Zuhörer auch.
Nach Wiedereröffnung der Verhandlung schilderte Hans, warum er mit Groß habe sprechen wollen und wie hochfahrend und beleidigend sich Groß dabei benommen habe.
„Sie sagen, Herr Groß habe Ihre Schwester beschimpft?", fragte der Gerichtsvorsitzende. „Wollen Sie uns nicht sagen, worin diese Beschimpfung bestanden hat?"
Hans wurde verlegen. Die vielen Augen am Richtertisch, die ihn alle ansahen, verwirrten ihn, und er konnte es nicht sagen, was Groß ihm zugerufen hatte.
Der Vorsitzende half nach:
„Das müssen Sie jetzt sagen, das ist sehr wesentlich für die Beurteilung des ganzen Falles..."

„Es war was ganz Gemeines, was er g'sagt hat..."
Jetzt kam ihm der Verteidiger zu Hilfe:
„Herr Cornelius, hat Herr Groß vielleicht etwas gesagt, was Ihre Schwester in ihrer weiblichen Ehre beschimpfen mußte?"
„Ja, der Groß hatte die Lene doch schwanger gemacht. Die Lene hat sich ja gewehrt g'habt bis zuletzt und hat nit wolln. Aber schließlich hat sie der Groß halt doch verführt und dann muß ich mir von ihm sagen lassen, daß er ‚so eine' nit heiraten wollt."
„Das war alles?", fragte der Vorsitzende.
„Da bin ich schon in Wut gekommen, hab aber noch g'fragt, was er damit meint mit ‚so eine'. Und dann hat's der Groß g'sagt..."
„Nun sagen Sie es doch, was der Herr Groß dann gesagt hat", redete ihm Dr. Baier zu.
„Dann hat er g'sagt ... so eine ... die ohne weiteres die Beine breit macht..."
Hans war über und über rot geworden, als er es endlich heraus hatte.
„Und dann haben Sie einfach auf ihn losgeschlagen?" wollte der Vorsitzende wissen.
„Ich hab gekocht vor Wut, weil er mei Schwester wie ein gemeines Straßenmädle hing'stellt hat, und dann is es halt passiert..."
Der Staatsanwalt erhob sich von seinem Platz: „Sie haben doch von vorneherein vorgehabt, dem Groß einen Denkzettel zu geben, weil er Ihre Schwester ins Unglück gebracht hat. Das ist ja von Ihnen als Bruder auch zu verstehen."
„Davon war gar keine Red. Ich wollt nur in aller Ruhe mit ihm sprechen, über die Entbindungskosten und so. Der Franz Hein weiß ja alles. Mit dem hab ich vorher drüber g'sprochen."
Der Vorsitzende verlas noch die im Krankenhaus erfolgte Vernehmung des Rudolph Groß, der angegeben hatte, er könne sich im einzelnen nicht mehr erinnern, was er zu Hans gesagt habe.
Dann wurde Franz Hein hereingerufen. Der Staatsanwalt erhob Einspruch gegen seine Vereidigung, weil die Möglichkeit der Mittäterschaft bestehe. Dr. Baier jedoch bestand auf Vereidigung. Der Zeuge Hein sei in keiner Weise beteiligt gewesen, sei nur hinzugesprungen, um den Herrn Cornelius zurückzuhalten. Die Vereidigung wurde zunächst zurückgestellt.
Franz bestätigte die Darstellung von Hans, daß eine ganz friedliche Unterredung geplant gewesen sei. Er wäre nur mitgegangen, weil Hans den Groß nicht gekannt habe. Auch die beschimpfenden Äußerungen des Groß hatte Franz gehört, so wie Hans sie angegeben hatte.

Der Staatsanwalt nahm vom Gerichtstisch einen dicken Stock mit kurzem Knauf und zeigte ihn Franz:
„Hat der Angeklagte mit diesem Stock zugeschlagen?"
„Ja, das is er! Es war dem Groß sein Stock."
Die weiteren Augenzeugen konnten nur bekunden, sie hätten gesehen, wie der Angeklagte auf den anderen Herrn mit dem Stock eingeschlagen habe. Was voraus gegangen war, wußte keiner von ihnen.
Auf Antrag des Verteidigers wurde dann noch Vater Cornelius gehört. Er sollte sich nur über die bisherige Führung von Hans äußern. Das allerbeste Zeugnis stellte er ihm aus. Fleißig und ordentlich sei der Hans immer gewesen und an seiner Schwester hänge er sehr. Schlägereien hätte er nie gehabt, abgesehen von Bubenbalgereien, so lange er noch in der Schule war. Aber ein arg empfindliches Ehrgefühl hätte der Hans schon immer g'habt.
Als Vater des Angeklagten konnte Peter Cornelius nicht vereidigt werden. Dagegen wurde die Vereidigung von Franz Hein noch nachträglich vorgenommen, da zwei von den Augenzeugen ausgesagt hatten, Franz Hein hätte nicht auf Groß eingeschlagen, sondern versucht, den Angeklagten am Zuschlagen zu hindern.
Der Vorsitzende verlas nun das ärztliche Gutachten. Darin hieß es, daß Rudolph Groß eine schwere Gehirnerschütterung erlitten habe, die zweifellos von heftigen Schlägen mit einem stumpfen Werkzeug gegen den Kopf herrühre. Als Folge sei eine Schwächung der Gedächtniskräfte und des Erinnerungsvermögens festzustellen.
Jetzt nahm der Staatsanwalt das Wort zu seiner Anklagerede und schilderte vor allem den Stock, den er dabei in die Hand nahm und zum Richtertisch hinüberreichte, als ein gefährliches Werkzeug, das geeignet wäre, einen Menschen damit totzuschlagen. Daß diese schlimmste Folge nicht eingetreten ist, sei ein besonderer Glücksumstand. Der Überfallene habe eine dauernde Schwächung seiner Geisteskräfte davongetragen, sei heute noch nicht wieder arbeitsfähig, und es sei auch gar nicht abzusehen, wann er soweit hergestellt sein würde, daß er seinen Beruf wieder ausüben könne.
„Meine Herren, es sind also die Merkmale einer schweren Körperverletzung gegeben, und diese schwere Körperverletzung wurde mittels eines gefährlichen Werkzeuges herbeigeführt. Der Angeklagte hat in begreiflicher Erregung gehandelt, weshalb ihm mildernde Umstände zur Seite stehen. Ich beantrage deshalb, auf die Mindeststrafe für schwere Körperverletzung, auf ein Jahr Gefängnis zu erkennen."
Während der Staatsanwalt sprach, saß Hans in sich zusammengesunken auf der Anklagebank. Das Herz klopfte ihm hörbar bis zum Hals

hinauf. Ein ganzes Jahr sollte er ins Gefängnis! Das ist ja furchtbar! Es wurde ihm ganz schwarz vor den Augen.
Da erhob sich Dr. Baier, schilderte Hans als einen fleißigen, jungen Menschen, der noch nie eine Gewalttätigkeit begangen habe. Die Affäre seiner Schwester mit Rudolph Groß sei ihm besonders nahegegangen, weil er seine Schwester sehr gerne habe. Seine friedlichen Absichten an jenem Abend würden ja jetzt wohl auch vom Herrn Staatsanwalt nicht mehr bestritten werden können. Vor allem aber müsse die außerordentliche Erregung strafmildernd gewürdigt werden, in die Hans Cornelius durch die alles Maß übersteigende Beschimpfung seiner Schwester kommen mußte. Nur so wäre es zu verstehen, daß er die Herrschaft über sich verloren und auf Groß eingeschlagen habe. Hätte Groß seinen Stock nicht bei sich gehabt, dann wäre es wohl bei ein paar Fausthieben verblieben. Aber unglücklicherweise trug Groß seinen Spazierstock in der Hand. Ihn benutzte Cornelius in seiner Erregung zum Zuschlagen.
Es handle sich aber, wie man sich ja überzeugen könne, um einen ganz gewöhnlichen Spazierstock, der in keiner Weise als „gefährliches" Werkzeug angesprochen werden könne. Ebenso liege auch keine schwere, sondern nur einfache Körperverletzung vor, denn von einem dauernden Siechtum oder von einer dauernden Lähmung könne bei dem Verletzten keine Rede sein. Auch das ärztliche Gutachten spreche nicht von einer dauernden Schädigung. Er beantrage deshalb die Freisprechung des Angeklagten.
Das Gericht zog sich zur Urteilsberatung zurück, und dem Hans war nach der Rede seines Verteidigers schon wesentlich leichter zumute. Jetzt hatte plötzlich alles wieder ein ganz anderes Gesicht bekommen. Nach einer Viertelstunde betrat das Gericht wieder den Saal und der Vorsitzende verkündete, daß Hans Cornelius wegen schwerer Körperverletzung unter Zubilligung mildernder Umstände zu sechs Monaten Gefängnis verurteilt sei.
Das war ein schwerer Schlag für Hans. Also doch ein halbes Jahr Gefängnis! Aber Dr. Baier, der mit ihm auf den Gerichtsflur hinausging, beruhigte ihn. Man könne ja Berufung einlegen, und er sei überzeugt, daß es nicht bei sechs Monaten bleiben werde. Das ärztliche Gutachten sei nicht ungünstig für Hans, und bis zur Berufungsverhandlung könne sich auch der Zustand des Herrn Groß wesentlich gebessert haben, so daß ein günstigeres Urteil zu erwarten sei. Das leuchtete auch dem Vater Cornelius ein, und so entschloß man sich, Berufung gegen das Urteil einzulegen.
Noch ein paar Wochen blieb Vater Cornelius mit dem Wohnwagen

in Würzburg. Mutter Anna war längst wieder auf den Beinen. Sie hatte den Winter über fleißig die vom Arzt verordneten Einreibungen vornehmen lassen und später, als sie wieder aufstehen konnte, im Juliusspital eine Anzahl Bäder genommen, die ihr recht gut bekommen waren. So konnte sie, als Hans Ende Februar den Wohnwagen aus Würzburg hinauskutschierte, wieder mitfahren.
Unterwegs wurde in den Dörfern versucht, die geschnitzten Kochlöffel und die anderen Holzgeräte zu verkaufen. Das war ein gar mühseliges Geschäft. Aber etwas brachte es immer, und was heute nicht verkauft wurde, fand am nächsten Tag einen Käufer. Die geschnitzten Kasperlköpfe lagen säuberlich zusammengepackt im Wagen. Wenn man nach Nürnberg kam, sollten sie bei dem Spielwaren-Großhändler abgeliefert werden. Da gab es dann auch Geld dafür.
Um seinen Prozeß machte sich Hans jetzt keine Sorgen mehr. Der Dr. Baier würde es schon fertig kriegen, daß er in der Berufungsverhandlung freigesprochen würde. Davon war Hans felsenfest überzeugt.

## VII.

Gretl Hein hatte zu Hause böse Zeiten, seit Hans verurteilt war. Alles was Gretl oder Franz auch dem Vater über die Sache sagen mochten, änderte daran nichts. Für Kilian Hein war Hans Cornelius ein wegen Körperverletzung bestrafter Mensch. Es paßte ihm so in seinen Kram, Hans nach Strich und Faden herunterzumachen. Dabei nahm er nicht die geringste Rücksicht auf Gretls Empfindungen. Ja, es schien ihm gerade darauf anzukommen, in Gretls Gegenwart schlecht über Hans zu sprechen. Je mehr er sich aber gegen Hans ereiferte, desto leidenschaftlicher verteidigte ihn Gretl, und Franz stand ihr getreulich bei. Vater Hein schien nicht zu merken, daß er durch sein Verhalten gerade das Gegenteil von dem erreichte, was er wollte. Aber psychologische Erwägungen waren noch nie seine Stärke gewesen. Er war ein eigensinniger Dickkopf und meinte, wenn er nur stur an einer Sache festhalte, dann könne der Erfolg auch nicht ausbleiben.
Aber er blieb aus.
Franz hatte der Gretl vorgeschlagen, künftig kein Wort mehr zu verlieren, wenn der Vater wieder über Hans losziehe oder irgendeine Anspielung auf ihn versuche. Er mochte nun eine spitze Bemerkung machen oder laut drauflosbullern, Gretl und Franz bissen die Zähne zusammen und schwiegen. Kilian Hein hielt das bereits für einen halben Erfolg. Aber er täuschte sich. Seine Kinder setzten seinem

Schimpfen und Räsonnieren nur keinen Widerstand mehr entgegen, ließen es sich ins Leere verlaufen. Das wurde für Kilian Hein auf die Dauer langweilig, und schließlich gab er es dann ganz auf, Hans zur Zielscheibe seiner Angriffe zu machen. Gretl hatte zu Hause nun wieder Ruhe.

Die Spaziergänge am Samstagnachmittag, die Franz und Gretl während des Winters begonnen hatten, wurden auch im Frühjahr fortgesetzt, nur daß an die Stelle von Hans dessen Schwester Lene getreten war. Seit die ganze Familie Cornelius ihren Zustand kannte und ihr niemand Vorwürfe gemacht hatte, war wieder die alte, heitere Sorglosigkeit über Lene gekommen. Sie war wieder munter und frohsinnig, ja sie sprach sogar selbst häufig von dem bevorstehenden Ereignis, das nun keinerlei Schrecken mehr für sie hatte. Von der Großmutter ließ sie sich erzählen, wie das sei, wenn man ein Kind bekomme, und Frau Berta Lechner hatte ihr, was sie aus eigener Erfahrung wußte, getreulich übermittelt. Auf den Samstagnachmittagsspaziergängen erzählte Lene dann ihre neue Weisheit brühwarm der Gretl, machte Zukunftspläne und baute Luftschlösser. Die Frage, ob's wohl ein Junge oder ein Mädel werde, bewegte sie stark. Wenn's ein Mädel sein würde, meinte sie, dann müsse Gretl Taufpate werden, und das Kind bekäme auch ihren Namen.

„Wenn's aber e Bub is...?, fragte Franz.

„Dann wirst du Taufpate, und wir heißen ihn Franz", lachte Lene darauf. Und sie war voller Frohmut.

Franz war damit einverstanden. Er wäre ohnehin noch nie Taufpate gewesen, sagte er. So was müsse man auch einmal mitmachen. Und überdies wolle er versprechen, daß er sein feierlichstes Gesicht zu dem großen Ereignis aufsetzen werde. Zudem wolle er sich bemühen, darauf zu verzichten, bei diesem Anlaß die Leute zu frozzeln.

„Das bringst du ja gar nit fertig!" sagte seine Schwester, und Lene meinte, ein Taufschmaus wäre doch ein frohes Fest, da dürfe der Franz so lustig und ausgelassen dabei sein, wie es ihm Spaß mache.

Im April schlug die Großmutter vor, Lene solle jetzt nach Kitzingen fahren. Wenn sie ihre Niederkunft auch erst im Mai erwarte, man könne nie wissen... Es gebe auch Frühgeburten.

So wurde dann an die Tante Regina geschrieben und angefragt, ob Lene schon kommen könne. Die Tante gab gleich Antwort, es sei alles bereit, Lene könne jeden Tag kommen.

Unter Anleitung der Großmutter wurde noch allerhand eingekauft, was an Stoffen und Sachen für die Herstellung der Babywäsche nötig war. Dann packte Lene ihre Siebensachen.

„Im Juni bin ich wieder da, Großmutter! Bis dahin mußt halt schaun, daß d' allein zurechtkommst!"
„Da sehn wir uns scho noch früher. Wenn's soweit is, fahr ich emal am Sonntag runter nach Kitzingen und schau mir dei Kindle an. Also, machs gut, Lene!"
In bester Zuversicht fuhr Lene ab.
In Kitzingen wurde sie von der Tante an der Bahn abgeholt. Sie hatte in fürsorglicher Weise ein Zimmerchen für Lene gerichtet, und Lene begann schon am nächsten Tag mit dem Schneidern der Babyausstattung. Winzig kleine Hemdchen, Jäckchen und Häubchen entstanden unter ihren geschickten Händen, Windeln wurden zurechtgeschnitten und gesäumt. Dabei fand manch altes Stück gute Verwendung. Auch die Bettbezüge für ein kleines Babybettchen, das in einem leeren Waschkorb hergerichtet wurde, fertigte Lene selbst an.
Diese Arbeit machte der werdenden jungen Mutter viel Freude, und die Tante half ihr dabei mit vielen guten Ratschlägen.
Bisher hatte Lene nur wenig Schwangerschaftsbeschwerden gehabt. Jetzt stellten sich plötzlich Schmerzen ein, wie sie sie bisher nie gehabt hatte. Sie achtete zunächst nicht sonderlich darauf, meinte, das müsse so sein.
Zuweilen, wenn sie nach dem Essen ruhend auf dem Sofa lag oder auch abends im Bett vor dem Einschlafen, spürte sie, daß in ihrem geschwellten Leib sich etwas bewegt. Ganz deutlich war es zu merken, wie das Kindchen sich regte. Es war ihr, als strampele das Kleine und könne es nicht erwarten, bis es den Sprung in die Welt machen dürfe. Diese Bewegungen des ungeborenen Kindes, von denen sie auch der Tante erzählt hatte, erfüllten Lene mit einer innigen Freude.
Aber dann kamen wieder die Schmerzen, und sie wurden immer quälender und stechender, so daß schließlich die Tante Regina riet, Lene solle doch mal zum Arzt gehen. Zusammen mit der Tante ging Lene dann in die Sprechstunde. Der Arzt untersuchte sie und machte ein bedenkliches Gesicht:
„Anormale Lage des Kindes. Es wird gut sein, wenn Sie einen Arzt zur Geburt zuziehen. Die junge Mutter braucht sich deshalb aber keine Sorgen zu machen, wir werden dem Kleinen schon richtig auf die Welt helfen."
Während Lene sich wieder ankleidete, sprach die Tante leise mit dem Arzt und wollte wissen, ob die Sache schlimm werden könnte. Der Arzt meinte, es bestehe keine unmittelbare Gefahr. Man müsse aber doch alles tun, um ein Unglück zu verhindern.
Die Tante sagte Lene nichts von dem, was sie allein mit dem Arzt ge-

sprochen hatte, unterrichtete aber die Hebamme am nächsten Tag davon.

Mitte Mai war es dann soweit, daß die Hebamme kommen mußte. Auch der Arzt wurde verständigt, und es stellte sich heraus, daß das Kindchen Steißlage hatte. Es wurde eine sehr schwierige Geburt. Unglücklicherweise hatte sich auch noch die Nabelschnur dem Kindchen um den Hals gewickelt. Der Arzt brachte das Kind zwar ohne Gefährdung für Lene zur Welt, aber das Kindchen lebte nicht mehr.

Lene hatte viel Schmerzen aushalten müssen. Man sagte ihr nicht gleich, welches Unglück geschehen sei. Erst als sie sich ein wenig erholt hatte, brachte es ihr die Tante schonend bei.

So verzweifelt Lene zuerst gewesen war, als sie von ihrer Schwangerschaft erfahren hatte, so große Angst sie im Herbst noch vor dem kommenden Kind gehabt, so herzzerreißend war jetzt ihr Schmerz darüber, daß das Kind, um das sie soviel Angst und Sorge gelitten, nicht leben sollte. Die Mutter war in dem jungen Mädchen erwacht, und die Tante vermochte es kaum zu trösten.

Zu allem Unglück kam jetzt auch noch ein schlimmes Fieber hinzu. „Kindbettfieber" nannte es die Tante. Es mußte irgendeine Infektion vorgekommen sein, und nach wenigen Tagen folgte Lene ihrem Kindchen nach.

Die Eltern Cornelius kamen mit Hans, die Großmutter fuhr von Würzburg herüber, und auch Franz und Gretl waren gekommen. Statt an dem vor ein paar Wochen noch erwarteten Taufschmaus nahmen sie jetzt an einem Doppel-Leichenbegräbnis teil.

*

Das Kasperlspielen war in den folgenden Wochen für die Familie Cornelius voll innerer Tragik. Jammer und Schmerz um die so plötzlich gestorbene Tochter zerrissen das gütig-mütterliche Herz der Frau Anna, und doch mußte sie Tag für Tag im Jahrmarktstrubel lustige Weisen auf der großen Drehorgel herunterspielen. Ihre Gedanken waren dabei oft weit fort. Warum die Lene nur so früh sterben mußte? Jetzt, wo alles wieder in Ordnung hätte kommen können. So ein junges Blut...! Daß der Tod aber auch so blind zugreift! Hätte doch mich mitnehmen können und die Lene dalassen. Ich taug ja so nimmer viel.

Und drinnen in der Kasperlbude ließen Vater Cornelius und Hans ihre Kasperlpuppen über die Spielplatte springen, vollführten mit ihnen tolle Kapriolen, spielten lustige Kasperlstreiche, daß die draußen sitzenden Kinder vor Vergnügen laut jubelten – und ihre Herzen waren

voll Trauer und Wehmut. Ihr Schmerz war stiller, nicht so anklagend gegen das Schicksal, nicht so aufbegehrend wie bei Mutter Anna. Aber Kasperls Späßen war für eine ganze Weile die innere Fröhlichkeit genommen. Es dauert längere Zeit, ehe das alles wieder ins rechte Gleichgewicht kam.
Abends, wenn die drei Cornelius im Wohnwagen saßen, wars jetzt recht still geworden...
Dann kam eines Tages die Ladung für Hans zur Berufungsverhandlung. Der Rechtsanwalt hatte sie nach Bayreuth nachgeschickt. Das war Mitte Juni. Am Tag vor dem Verhandlungstag machte sich Hans fertig, um nach Würzburg zu fahren.
„Schau zu, daß d' freig'sprochen wirst, Hans!" sagte ihm Vater Cornelius.
Hans war zuversichtlich und meinte:
„Die wer'n mich scho freisprechen! Wenn sie mir aber doch was aufbrummen, dann mach ichs gleich ab. Weißt, Vatter, wenn der Groß jetzt wieder g'sund is, dann können sie mich gar nit einsperr'n."
„Is schon emal e Nachtwächter bei Tag g'storben, Hans?" gab der Vater pessimistisch zurück. Und dann ging Hans zur Bahn.
In Würzburg suchte er abends die Großmutter auf. Frau Berta Lechner mußte sich jetzt in ihrem Milchladen allein behelfen. Es kam ihr alles so leer vor, seit die Lene gestorben war. Zum Hans sagte sie:
„Ich glaub, ich werds auch nimmer lang machen. Bin jetzt immer so müd und schlaff. Is halt wie mit'm Öllämple. Wenns Öl immer weniger wird, dann brennt's eben kleiner. Das Flämmle zuckt und zappelt noch e bißle, und dann is es auf einmal aus..."
„Geh, Großmutter", wehrte Hans ab, „wer wird sich denn so traurige Gedanken machen. Bist noch rüstig und wirst's noch lang schaffen."
„Hans, ich weiß, was ich weiß! Und wenns Öl gar is, gehts Lämple halt aus..."
Am anderen Morgen ging Hans mit Franz Hein zum Gerichtsgebäude. Auf dem Flur vor dem Verhandlungsraum kam Dr. Baier zu ihnen und teilte Hans mit, er habe ein neues ärztliches Gutachten beantragt, das sei auch erstattet worden und es wäre viel günstiger als das erste. Man könne also mit einem Erfolg in der Berufungsverhandlung rechnen.
Dr. Baier sollte Recht behalten. Wenn auch die Hoffnungen, die sich Hans gemacht hatte, nicht ganz in Erfüllung gingen.
Das neue ärztliche Gutachten stellte eine bedeutende Besserung im Befinden des Rudolph Groß fest. Eine dauernde Schädigung sei nicht zurückgeblieben. Das Gericht kam dann auch zu dem Ergebnis, daß

keine schwere Körperverletzung vorliege. Hans wurde wegen einfacher Körperverletzung, begangen mit einem gefährlichen Werkzeug, zu zwei Monaten Gefängnis verurteilt. Er erklärte darauf, daß er die Strafe sofort antreten wolle.
Mit Franz sprach er noch kurz, bat ihn, er möge an den Vater schreiben und der Gretl sagen, sie solle ihn einmal besuchen. Dann wurde er gleich über den Hof ins Gefängnis abgeführt.

\*

Hans war in Einzelhaft gekommen. Das geschah meist mit jüngeren Strafgefangenen. Man brachte sie nicht in Gemeinschaftszellen unter, weil befürchtet wurde, die jungen Menschen könnten dort unter schlechten Einfluß geraten, wenn sie mit Strafgefangenen zusammenkommen, die schon mehr auf dem Kerbholz haben.
Aber Einsamkeit war Hans nicht gewohnt. Schon die paar Tage, die er in Untersuchungshaft verbringen mußte, waren ihm recht quälend gewesen. Und jetzt war er wieder in eine enge Zelle eingesperrt, ganz allein.
Er ging hin und her in dem kleinen Raum, schritt die Zelle unzählige Male ihrer Länge nach ab. Wie ein Tier im Menageriekäfig an den Gitterstäben hin und her rennt, so rannte auch er in seiner Zelle unaufhörlich hin und her, her und hin. Immer wieder.
Kaum fünf Meter lang war die Zelle und zweieinhalb Meter breit. Ein Bett stand darin, ein kleiner Tisch und ein Schemel.
Das Fenster war zwei Meter über dem Fußboden, und es war nach der Hausordnung, die als kleines Heftchen an einem Nagel in der Zelle hing, den Gefangenen verboten, auf den Schemel zu steigen und zum Fenster hinauszusehen. Nur ein Stück Himmel konnte man zwischen den Gitterstäben hindurch sehen.
Als am ersten Tag das Mittagessen durch die kleine Klappe in der Zellentür hereingereicht wurde, ließ es Hans unberührt stehen und gab den Napf mit dem Essen später wieder zurück.
Nachmittags kam ein Gefängnisbeamter in die Zelle und fragte ihn, warum er nicht essen wolle.
„Ich kann heut nit! Vielleicht geht's morgen besser, oder heut abend schon..."
„Sie sind das erste Mal im Gefängnis?" fragte der Beamte.
„Ja, und auf eine ganz dumme Weise bin ich reingekommen." Er erzählte kurz, wie es sich zugetragen hatte.
„Na, die paar Wochen gehen ja schnell herum. Wenn Sie erst mal ihre regelmäßige Arbeit haben, dann wird's auch leichter für Sie sein."

Der Beamte holte einen anderen Gefangenen, der Papier, Kleister, Pinsel und Falzholz brachte. Dann wandte er sich an Hans:
„Sie sollen Tüten machen. Der Gefangene da wird's Ihnen zeigen, wie das geht. Es lernt sich ganz leicht, und Sie haben dann einen Zeitvertreib. Da ist's Ihnen nicht mehr langweilig."
Jetzt setzte sich der andere an den Tisch und machte Hans die einfachen Handgriffe vor. Es war nicht schwer, und Hans konnte nach kurzer Zeit Tütensäcke machen. Dann wurde er allein gelassen. Die Riegel an den Zellentüren klappten wieder zu.
Die Arbeit interessierte Hans und lenkte ihn ab, solange ihm alles neu war. Er bekam dann auch noch Bücher für die arbeitsfreie Zeit. So wurde das Quälende der Einsamkeit für ihn erträglicher.
In der Mittagsstunde und abends nach dem Essen konnte er jetzt lesen. Und da morgens erst um sieben Uhr die Klingel durchs Haus schrillte, die zum Aufstehen rief, hatte Hans auch morgens noch Zeit zum Lesen, denn von abends neun bis früh um sieben Uhr konnte er nicht schlafen. Um fünf Uhr früh war er meist schon wach. Es war ja Sommer, und da war es um diese Zeit schon hell in der Zelle.
Eine Stunde täglich konnten die Gefangenen im Hof spazierengehen. Drei Schritte Abstand müssen sie voneinander halten. Sprechen ist verboten.
Es war ein enger Hof. Auf zwei Seiten ragte das Gefängis hoch mit seinen gelben Steinwänden und großen Gitterfenstern dazwischen, die wie hohle Augen ins Leere glotzten. Die beiden anderen Seiten des Hofes waren von hohen, grauen Mauern eingefaßt. Wenn der Blick darüber weg huschte, fing er nur die Kronen von ein paar alten Kastanienbäumen und ein Stück Himmel ein.
Eine Stunde täglich gingen die Gefangenen im Kreis. Stumm und taktmäßig.
Die meisten hatten die Hände auf dem Rücken ineinandergelegt. Es sah aus, als wären sie gefesselt. In der Mitte des Hofes war eine Rasenfläche mit ein paar Blumen darauf. Das brachte etwas Farbe in das eintönige Einerlei der Mauern.
Hans ging mit niedergeschlagenen Blicken im Hof. Zuweilen hoben sich seine Augen und streiften die Gefährten, die mit ihm im Kreise gingen. Alte und Junge waren es. Jeder mochte sein besonderes, persönliches Schicksal tragen, jeder von anderen Sorgen und Kümmernissen gequält werden. Aber eines war ihnen allen gemeinsam: sie sehnten sich fort aus der drückenden Enge, heraus aus dieser Welt der Gitter und Mauern, die sie abschloß vom Leben ...
Wenn Hans wieder in seine Zelle kam, setzte er sich an seinen Tisch

und begann wieder zu kleistern und zu kleben. Jetzt ging alles schon ganz mechanisch. Papier falzen, Kleister anstreichen, kleben, Boden umbrechen und wieder kleistern. So ging's fort in unendlicher Reihe. Er brauchte längst nicht mehr dabei zu denken. Die Hände vollführten die einzelnen Arbeitsgänge, fast ohne daß sie vom Gehirn dirigiert werden brauchten. Man konnte an alles mögliche dabei denken. Beim Tütenkleben wanderten seine Gedanken hinaus, zwischen die Gitterstäbe hindurch, zu Gretl. Ob sie ihn wohl bald besuchen würde? Dann waren sie wieder bei Vater und Mutter Cornelius. Am 8. Juli ist Kilianimesse in Würzburg. Da würde der Vater kommen und seine Kasperlbude aufschlagen. Und besuchen würde er ihn mit der Mutter zusammen sicher auch. Immer wieder kreisten seine Gedanken um die Kasperlbude, und sein Lieblingsplan tauchte auf, das Kasperlspiel auf eine andere Grundlage zu stellen. Das beschäftigte ihn fortwährend. Er fing an, in Gedanken neue Kasperlstücke zu gestalten. Das war gar nicht so schwer, wie er erst geglaubt hatte. Zeit war ja genug. Und während seine Hände Tüten klebten, hundert um hundert und tausend um tausend, ganz mechanisch, war er mit seinen Gedanken bereits mitten in einem neuen Kasperlstück, ließ die Figuren herumhopsen und ihre Späße machen.
Er hatte sich eine sehr lustige Sache ausgedacht: „Kasperl lernt Radfahren." Da ließen sich die tollsten Streiche machen. Nur technisch war es schwierig. Aber Hans wußte sich zu helfen. Unter der Spielleiste mußte eine schmale Schiene angebracht werden, in der ein Puppenfahrrad laufen konnte. Er war so eifrig bei der Sache, daß er zuweilen laut sprach, wenn er seinen Kasperl eine Karambolage mit dem Schutzmann erleben ließ. Vater Cornelius würde sich schon überzeugen lassen, daß so ein Kasperlstück den Kindern gefallen mußte. Vater mußte das Stück nur erst mal vorgespielt bekommen. Aber theoretisch, wenn man ihm das auseinandersetzte, behielt er seine Abneigung gegen alles Neue. Bei den Kindern würde das neue Stück sicher begeisterte Aufnahme finden. Fahrräder sahen sie jeden Tag auf der Straße, träumten vielleicht davon, daß sie später selbst einmal eines haben würden. Das, was sie in dem Stück sahen, war alles aus ihrem eigenen Erlebniskreis und interessierte sie deshalb stark. Und darauf kam es Hans überhaupt an. Die neuen Kasperlstücke mußten aus dem Erlebniskreis der Kinder geboren sein. Dann würden sie auch sicher Erfolg haben. Wenn Kasperl da mit seinem Vehikel auf der Spielplatte herumfuhrwerkte, das mußte an sich schon ein köstliches Bild sein, und wenn er dann noch allerhand Abenteuer damit erlebte, da würden die Kinder vor Vergnügen quiecken.

Hans hatte sich das ganze Stück genau ausgedacht, mit allen technischen Einzelheiten, und in Gedanken spielte er es ein paarmal durch. Wenn er wieder frei sein würde, wollte er es dem Vater in der Kasperlbude vorspielen. Das war doch etwas anderes, als die überlieferten alten Stücke, die man bisher spielte ...
Nun war er ganz erfüllt von dem Gedanken, das Kasperlspiel von Grund auf neu zu gestalten. Das half ihm, die Einsamkeit zu überwinden, gab den sonst so träge dahinschleichenden Stunden Leben und Inhalt.
Eines Tages wurden die Riegel an der Zellentür zurückgeschoben, die Tür ging auf und ein Beamter sagte ihm, es wäre Besuch da für ihn. Man führte ihn durch lange Gänge in ein Zimmer, das in der Mitte durch ein großes, engmaschiges Drahtgitter in zwei Hälften geteilt war. Dann ging eine Tür jenseits des Gitters auf, und die Eltern Cornelius kamen herein.
Der Mutter standen die Tränen in den Augen, als sie Hans hinter dem Gitter sah. Er war ein wenig bleich geworden von der dumpfen Zellenluft.
„Sie haben eine Viertelstunde Sprechzeit", erklärte der begleitende Gefängnisbeamte.
Hans hatte sich sehr viel vorgenommen, was er alles seinen Eltern sagen wollte, und auch Vater Cornelius hatte sich so mancherlei zurechtgelegt, was er Hans mitteilen wollte. Er war jetzt in Würzburg. Morgen begann die Kilianimesse. Von der Großmutter und der Gretl richtete er Grüße aus. Man sprach noch ein paar Minuten, aber ehe sie sich's recht versahen, war die Viertelstunde um, und sie hatten sich „das Wichtigste" noch nicht gesagt ...
Die Eltern Cornelius gingen wieder zur Tür hinaus, und Hans stand allein in dem durch das Gitter geteilten Raum. Dann wurde er in seine Zelle zurückgebracht.
An diesem Tag dachte er immer nur an den Besuch, an die armselige Viertelstunde, in der man nur so wenig zueinander gesagt hatte. Dann nahm er im Geiste alles noch einmal durch, was er eigentlich hatte sagen wollen und was dann unterblieben war.
In den nächsten Tagen fand er sich wieder zurück zu seinen neuen Kasperlspielen. Jetzt war er bei einem Spiel, das sollte „Kasperl als Lehrling" heißen. Er ließ Freund Kasperl bei einem Schuhmachermeister in die Lehre kommen. Die Frau Meisterin ist eine böse Sieben, die den Lehrling zum Kinderwiegen und Gängebesorgen verwendet, so daß er nicht viel zur Schuhmacherei kommt. Kasperl macht recht viel überzwerch, foppt die Meisterin, und in der Werkstatt geht's

auch verquer. Er soll Bergschuhe nageln und Tanzschuhe frisch weiß anstreichen. Da macht ers gerade umgekehrt, nagelt die leichten Tanzschuhe mit schweren Bergnägeln und streicht die Bergschuhe mit weißer Schuhpaste an. Ein toller Streich folgt dem andern, bis Kasperl schließlich dem Meister sagt, er wolle als Schuhmacher lernen und nicht als Kindermädchen. Wenn er immer für die Meisterin arbeiten müsse, lerne er sein Handwerk nicht. Und schließlich dreht er dem Meister eine Nase und sieht sich nach einer besseren Lehrstelle um, wo er wirklich die Schuhmacherei lernen kann und nicht den ganzen Tag Kinder wiegen muß.

Bei allem Ernst, der diesem Kasperlspiel zugrunde lag, war es doch durchwebt mit viel gesundem Kasperlhumor, war lustig und flott in der Handlung.

Das Schaffen an seinen Kasperlstücken gab Hans viel innere Befriedigung. Er dachte sich noch zwei Stücke aus: „Kasperl und das Auto", das ihm Gelegenheit zu recht drolligen Abenteuern gab, und dann noch „Kasperl und das Grammophon". Da bekommt der lustige Kauz mit der Narrenmütze zum ersten Mal so einen Musikkasten in die Finger, weiß nicht, ist das eine Mehlspeise zum Umhängen oder ein Ding, das man mit dem Löffel ißt. Erst ganz allmählich, und unter Nachhilfe durch die Kinder, auf deren Mitwirkung das Stück stark aufgebaut war, entdeckt Kasperl, daß man mit dem Kasten Musik machen kann, und dann geht's natürlich erst richtig los mit dem Vergnügen. Hans war sicher, daß auch dieses Stück die fröhlichste Begeisterung bei seinem kleinen Publikum auslösen würde.

So war die Hälfte der Strafzeit für Hans viel schneller vergangen, als er je geglaubt hatte, daß es möglich wäre. Es war schon Mitte Juli und in acht Tagen würde die Kilianimesse zu Ende sein, und Vater Cornelius wird mit seinem Wohnwagen wieder weiterfahren. Hans zählte die Tage, die er noch im Gefängnis zu verbringen hatte und malte sich bereits aus, wie das sein wird, wenn er eines Tages wieder in der Kasperlbude stehen und seine neuen Stücke spielen würde.

∗

Während Hans im Gefängnis war, hatte sich Gretl Hein jeden Tag nach der Großmutter umgesehen und immer ein halbes Stündchen mit ihr geplaudert. Das war der alten Frau so zur Gewohnheit geworden, daß ihr etwas fehlte, wenn Gretl einmal nicht zur gewohnten Stunde kam.

Mit ihrem Bruder Franz zusammen ging Gretl einmal hinaus in die Ottostraße. Sie wollte Hans im Gefängnis besuchen. Das wurde aber

nicht zugelassen. Nur der Besuch von Eltern, Geschwistern, Ehegatten und Kindern war erlaubt. Gretl war recht traurig darüber, aber Franz meinte, es dauere ja ohnehin nicht mehr lange, dann wäre Hans wieder frei.
Als die Kilianimesse begann, suchte Gretl den Vater Cornelius auf, der am Tag vorher Hans im Gefängnis besucht hatte. Er erzählte Gretl von diesem Besuch. Sie fragte ihn viel mehr, als er antworten konnte, war aber froh, als sie erfuhr, daß Hans gesund sei, und daß es ihm gut gehe.
Mitten in dem fröhlichen Trubel der Würzburger Kilianimesse im Juli 1914 platzte plötzlich die Nachricht von der Ermordung des österreichischen Thronfolgerpaares in Sarajevo. Extrablätter waren überall angeschlagen, die Zeitungen berichteten mit großen Balkenüberschriften von dem Attentat, das von serbischen Nationalisten verübt worden war. Aus Wien meldeten die Zeitungen, daß energische Schritte gegenüber Serbien unerläßlich seien.
Im Café Hirschen trafen sich die drei Tarockbrüder jetzt nicht nur am Samstag. Es war eine aufgewühlte Zeit, da gab es viel zu bereden. Deshalb hatte Karl Spieß vorgeschlagen, daß man sich bis auf weiteres jeden Tag zur gewohnten Stunde am Stammtisch treffen wolle. Zum Kartenspiel kamen die drei Bäckermeister aber nicht mehr viel. Jetzt wurde über die wichtigsten Tagesereignisse debattiert.
Die österreichische Regierung hatte eine Note an Serbien abgeschickt und bestimmte Forderungen darin erhoben. Die Zeitungen kommentieren diesen Schritt Österreichs lebhaft. Der Generalanzeiger teilte auch mit, was die französische und englische Presse zu dem österreichisch-serbischen Konflikt schrieb.
Karl Spieß kaufte sich täglich die „Frankfurter Zeitung", um genauer unterrichtet zu sein. Am Stammtisch konnte er dann mit seiner Weisheit paradieren. So erzählte er dort, die ausländische Presse bezeichne die österreichische Note an Serbien als ein „Ultimatum".
„Was is denn das, ein Ultimatum...?", wollte Kilian Hein wissen.
Karl Spieß konnte jetzt wieder einmal zeigen, daß er viel mehr wußte, als die anderen. Er kramte sein erst aus der Zeitung erworbenes Wissen mit einer gewissen Gönnerhaftigkeit aus:
„Ein Ultimatum, das ist ein diplomatisches Schreiben, das ein Staat an einen anderen schickt. Da sin ganz bestimmte Forderungen drin aufg'stellt. Und wenn die andern die Forderungen nit erfüll'n, dann gibt's Krieg..."
„Wegen den Serben Krieg?" fragte Hein. „Ja, die französischen Zeitungen sagen, die österreichischen Forderungen wär'n für Serbien un-

annehmbar. Vollständig un-an-nehm-bar!" Karl Spieß betonte jede einzelne Silbe und dehnte das letzte Wort stark in die Breite.
„Ich hab aber gelesen", mischte sich jetzt Schorsch Fischer ein, „daß Serbien im allerweitesten Maß Genugtuung geben müßt."
„Wenn die Serben aber dickköpfig bleiben und woll'n nit?" warf Kilian Hein dazwischen.
„Dann kriegen sie von den Österreichern halt den Hosenboden voll. Die Österreicher können sich doch nit so einfach ihr'n Thronfolger von den Serben abknall'n lassen! Da muß doch was g'schehn!" Und Karl Spieß hieb mit der geballten Faust auf den Tisch, daß Tassen und Gläser tanzten.
Überall in der Stadt sprach man vom Krieg. Gar nicht, als ob das etwas Schlimmes wäre. Man sprach davon als von etwas ganz Selbstverständlichem, etwas, das eben einmal kommen mußte. Und dann, Serbien war ja weit weg von Würzburg ...
Die Kilianimesse war am 23. Juli zu Ende. An den letzten Tagen war es besonders hoch hergegangen. Die patriotische Hochstimmung, die jetzt überall aufflammte, kam auch allenthalben im Messetrubel zum Ausdruck. Nationale Lieder wurden gesungen und Hochs auf Österreich ausgebracht.
Dann kam der 25. Juli, an dem bekannt wurde, daß Serbien das österreichische Ultimatum abgelehnt habe. In den Gasthäusern und Cafés erzählte man schon, daß jetzt der Krieg unvermeidlich sei.
Die drei Bäckermeister saßen mittags wieder im Hirschen. Da kam der Kellner Franz mit einem Extrablatt die Treppe herauf:
„Der Krieg is erklärt!", rief er ganz aufgeregt in den Saal und schwenkte ein bedrucktes Stück Papier über dem Kopf.
Das wirkte elektrisierend. Man wollte Näheres wissen. Das Extrablatt wanderte von Tisch zu Tisch, und wo man es gerade las, drängten sich Gäste von anderen Tischen herzu und schauten denen, die am Tisch saßen, über die Schultern. Jeder wollte das schicksalsschwere Blatt selbst gelesen haben.
„Also, jetzt is es soweit, wie ich scho vor e paar Tag g'sagt hab, daß es kommt!", stellte Karl Spieß fest. „Die Serben ham das Ultimatum abgelehnt, und jetzt is der Krieg erklärt! Die Österreicher marschieren scho, heißt's im Extrablatt, und die Serben sin dabei, ihre Hauptstadt Belgrad zu räumen."
Jetzt war's also ernst geworden. In den nächsten Tagen brachten die Zeitungen ausführliche Betrachtungen darüber, ob es bei einem österreichisch-serbischen Krieg bleibe, oder ob sich Rußland einmischen und auf die Seite Serbiens treten werde.

Ein Wort tauchte in den Zeitungen dieser Tage und in den Gesprächen auf, das man bisher selten gehört oder gelesen hatte: Triple-Entente!
Dieses Wort wurde jetzt auch zum Dreh- und Angelpunkt aller Gespräche am Tisch der drei Bäckermeister im Café Hirschen. Karl Spieß setzte die politische Situation auseinander!
„Jetzt handelt sichs halt dadrum, ob Rußland neutral bleibt! Wenn die Russen den Serben nit beispringen, dann kann alles gut ablaufen, un in e paar Wochen sind die Österreicher mit den Serben fertig."
„Wenn die Russen aber für die Serben Partei nehmen und gegen Österreich losschlagen? Was is dann?" fragte Schorsch Fischer.
„Dann is der Bündnisfall für Deutschland gegeben!" erklärte Karl Spieß.
„Du meinst den Dreibund?" sagte Fischer.
„Natürlich muß dann der Dreibund eingreifen, wenn die Russen gegen Österreich gehn. Aber dann wer'n die andern auch nit ruhig zuschaun. Rußland hat nämlich auch en Bündnisvertrag mit Frankreich und England, das is die Triple-Entente. Dann steht der Dreibund gegen die Triple-Entente!"
„Donnerwetter", polterte Kilian Hein, „dann is ja fast ganz Europa im Krieg miteinander!"
„Soweit wird man's wohl nit kommen lassen. Ich hab scho gelesen, daß versucht wird, den Konflikt auf Österreich und Serbien zu beschränken. Jede Regierung behauptet, daß sie den Frieden will. Ob sie's aber fertig bringen...?"
Es war klar, daß es nicht mehr nur um Österreich ging. Jetzt handelte es sich um Frieden oder europäischen Krieg, bei dem Deutschland infolge seiner zentralen Lage, wenn es mit in den Konflikt verwickelt würde, nach allen Seiten kämpfen müßte.
Die Meldungen überstürzten sich. Von Bemühungen um die Lokalisierung des Konfliktes berichteten die Zeitungen. Andere schrieben bereits von verdächtigen Truppenbewegungen in Rußland. Da meldete am 29. Juli ein Extrablatt, Rußland habe die Hälfte seiner Armee mobilisiert. Am 1. August kam das deutsche Ultimatum an Rußland, am 2. August meldeten die Zeitungen bereits, die Russen seien in Ostpreußen eingefallen. Dann kam die deutsche Kriegserklärung an Rußland.
Die Lawine war im Rollen und nicht mehr aufzuhalten...
Über Nacht war das Straßenbild verändert. Überall sah man Reservisten mit kleinen Koffern ankommen, die den Kasernen zustrebten. Soldaten und Offiziere gaben den Straßen ein buntes Gepräge. Trup-

*Truppen in feldgrauer Uniform, die man jetzt zum ersten Male in Würzburg sah, marschierten zum Bahnhof*

pen in feldgrauer Uniform, die man jetzt zum ersten Male in Würzburg sah, marschierten zum Bahnhof, Blumen an den Gewehren, singend und von einer begeisterten Menge begleitet.

Bald kamen die Nachrichten vom Einmarsch der deutschen Truppen in Belgien und von der Einnahme belgischer Festungen. Sieg über Sieg wurde gemeldet. In den Straßen wurde geflaggt, Siegesgeläute dröhnte durch die Stadt und überall herrschte nationale Hochstimmung.

Für Hans brachte der Kriegsausbruch eine Verkürzung seiner Gefängnisstrafe. Es wurde eine allgemeine Amnestie erlassen für geringfügigere Freiheitsstrafen. Eines Tages wurde Hans mitgeteilt, daß ihm die letzten vierzehn Tage seiner Gefängnisstrafe erlassen seien. Er mußte sich sofort beim Bezirkskommando melden. Im Frühjahr bei der militärischen Musterung war er für ein Jahr zurückgestellt worden. Jetzt hatte er sich einer neuen Musterung zu unterziehen

und wurde als kriegsverwendungsfähig für den Infanteriedienst befunden. Auch Franz Hein wurde ausgehoben. Er kam zu einer Feldbäckereikolonne. Sie hatten beide ihren Stellungsbefehl noch nicht. Der sollte ihnen noch zugehen. Hans mußte, da er keinen ständigen Aufenthalt hatte, bis dahin jede Woche seinen neuen Aufenthalt dem Bezirkskommando mitteilen.
Ein paar Tage blieb Hans noch in Würzburg bei der Großmutter, und die Besuche der Gretl bei Frau Berta Lechner wurden jetzt begreiflicherweise etwas länger ausgedehnt. Gretl versprach, auch künftig jeden Tag nach der Großmutter zu sehen und Hans sofort zu verständigen, falls die Großmutter Hilfe benötige, damit die Mutter kommen könne. Dann fuhr Hans nach Bamberg, wo Vater Cornelius mit seiner Kasperlbude war.
Im Wohnwagen war die Freude groß über die vorzeitige Entlassung aus dem Gefängnis. Vater Cornelius hatte während der sechs Wochen, in denen Hans nicht da war, die Abendvorstellungen ausfallen lassen müssen. Jetzt konnten sie wieder aufgenommen werden, weil man ja wieder sechs Hände zum Puppenführen zur Verfügung hatte.
Hans erzählte nun von seinen neuen Kasperlstücken, die er sich in der Gefängniszelle erdacht hatte, und er erklärte dem Vater auch die technischen Einzelheiten, wie er Kasperls Fahrrad über die Spielplatte führen wollte, wie die Stücke mit dem Grammophon und dem Auto technisch durchzuführen wären. Vater Cornelius hörte ihm aufmerksam zu, und am nächsten Vormittag spielte Hans seine vier neuen Stücke in der Kasperlbude vor. Auf den Bänken, wo sonst eine Schar lachender und vom Kasperlspiel begeisterter Kinder tobten, saßen jetzt nur Vater Cornelius und Mutter Anna. Der Vater machte ein fachmännisch prüfendes Gesicht, der Mutter sah man den Stolz auf die Schöpfungen ihres Sohnes an jeder Faser ihres Gesichtes an.
Das Auto wurde provisorisch durch eine Zigarrenkiste dargestellt, ebenso hatte Hans für das Fahrrad und das Grammophon irgendwelche Ersatzstücke genommen, die diese Spielrequisiten darstellen sollten. Aber das störte nicht weiter, da ja Vater und Mutter Cornelius wußten, was das alles zu bedeuten habe und auch Phantasie genug besaßen, sich an Stelle der Zigarrenkiste ein Auto vorzustellen.
Nach dem Vorspielen war große Kritik. Vater Cornelius hatte einen recht guten Eindruck von den neuen Stücken bekommen, wollte sich das aber nicht anmerken lassen und tat zunächst noch recht skeptisch. Man müsse erst einmal abwarten, wie die Kinder drauf reagieren, meinte er. Aber die Mutter kam Hans zu Hilfe. Sie war begeistert von den neuen Kasperlspielen und redete dem Vater zu, die Stücke in den

Spielplan aufzunehmen. So bekam denn Hans den Auftrag, die nötigen Requisiten zu besorgen und die Schiene unter der Spielplatte für das Fahrrad anbringen zu lassen.

Auto und Fahrrad trieb Hans in einer Spielwarenhandlung auf. Für das Grammophon zimmerte er sich selbst einen kleinen Kasten und ließ sich von einem Spengler einen kleinen Schalltrichter dazu machen. Nun konnte es also losgehen.

Der Erfolg war außerordentlich groß. Die Kinder waren überall voller Jubel, wenn Hans die neuen Stücke spielte. Vor allem war die Beteiligung der Kinder am Spiel durch Wechselrede mit Kasperl weitaus größer, als bei allen anderen Stücken. Der Kontakt zwischen Kasperl und den Kindern war viel stärker als sonst. Das gab dann bei Vater Cornelius den Ausschlag, denn das war für ihn das A und das O eines guten Kasperlstückes. So entschloß er sich denn, selbst in diesen neuen Stücken jeweils eine Rolle zu übernehmen. Daneben wurden aber natürlich auch noch die alten, bekannten Kasperlstücke gespielt, die Vater Cornelius unter keinen Umständen aufgeben wollte.

Bis in den Herbst hinein zog Hans noch mit dem Vater auf die Jahrmärkte. Es war aber jetzt, infolge des Krieges, lange nicht mehr der laute und große Betrieb wie sonst. Viele junge Menschen waren im Feld, andere hatten Familienangehörige im Krieg verloren und waren nicht in der Stimmung, Lustbarkeiten und laute Fröhlichkeit aufzusuchen. Mancher Jahrmarkt wurde überhaupt nicht abgehalten, um dem Ernst der Kriegszeit Rechnung zu tragen. Aber es gab noch viele Städte und Städtchen, die nicht ganz auf die überlieferten Messen und Märkte verzichteten, wenn sie auch in begrenzterem Umfang abgehalten wurden. Die Kasperlbude behielt überall ihre kleine Stammkundschaft, die ja vom Krieg weniger berührt wurde.

Im Oktober bekam Hans seinen Stellungsbefehl. Anfang November mußte er in Würzburg beim Rekrutendepot der Neuner sein. Den Winter wollten die Eltern, schon mit Rücksicht auf die Großmutter, die immer noch den Milchladen versah, aber doch schon recht klapprig geworden war, in Würzburg verbringen. Hans würde sie also, ehe er ins Feld kam, in Würzburg noch sehen und sich verabschieden können.

Vater Cornelius war in seinen jungen Jahren selbst Soldat gewesen, und er erzählte seinem Sohn jetzt mancherlei aus dieser Zeit. Mit vielen guten Ratschlägen seines Vaters ausgerüstet, fuhr Hans dann nach Würzburg.

✶

Die Ausbildungszeit der jungen Rekruten wurde auf das Allernotwendigste zusammengedrängt. Meist waren die Neueingezogenen nur acht bis zehn Wochen in der Ausbildung und kamen dann ins Feld. Auf allen Paradedrill wurde verzichtet. Es kam jetzt nur darauf an, die Fähigkeiten heranzubilden, die für den Krieg erforderlich waren. Viel Felddienst- und Schießübungen gab's; das Bauen der Schützengräben mußte gelernt werden, und vom Präsentiergriff und Paradeschritt war keine Rede. Im Jänner sollte es schon ins Feld gehen, hieß es im Rekrutendepot.
Ende November kam Vater Cornelius mit dem Wohnwagen zum Überwintern nach Würzburg. Der Wagen wurde wieder auf seinen alten Platz beim Kranentor gestellt, aber Vater und Mutter Cornelius wohnten bei der Großmutter. Die Mutter half im Haushalt und im Laden, und Vater Cornelius beschäftigte sich mit Schnitzarbeit.
Die Großmutter war recht froh darüber, daß ihre Tochter bei ihr war, denn ohne die Hilfe der Frau Anna hätte sie in diesem Winter kaum mehr den Milchladen versorgen können. Sie war nicht eigentlich krank. Aber die Siebzig hatte sie schon überschritten und recht müde war sie geworden. Eines Morgens, als Frau Anna zu ihr ins Zimmer kam, lag die Großmutter tot im Bett. Es war mit ihr so gekommen, wie sie vor einiger Zeit selbst zu Hans gesagt hatte: „Wenns Öl gar is, gehts Lämple halt aus..." Jetzt war es ausgegangen. Frau Berta Lechner war über Nacht ohne Schmerz und Qual ins ewige Dunkel hinübergeschlafen...
Der Tod der Großmutter war ja nicht überraschend gekommen. Man mußte seit einiger Zeit schon damit rechnen. Aber für Frau Cornelius war es doch ein harter Schlag. Im Frühjahr hatte sie die Tochter so plötzlich verloren, und jetzt die Mutter...
Das gab diesmal ein trauriges Weihnachtsfest in der Stube hinterm Milchladen. Wie lange würde es dauern, dann geht Hans ins Feld, und wer weiß, ob und wie er wieder kommen würde. Frau Anna machte sich gar trübe Gedanken.
Im Jänner bekam Hans fünf Tage Urlaub. Dann sollte er an die Front kommen. Er war jetzt schon in feldgrauer Uniform und wohnte während der paar freien Tage bei den Eltern in der Kärrnersgasse. Sie wollten vorerst den Milchladen weiterführen, bis sie im März mit dem Wohnwagen wieder losfahren würden. Dann sollte alles verkauft werden.
In diesen Tagen war Hans viel mit Gretl zusammen. Franz war schon vor Weihnachten mit einer Feldbäckereikolonne ausgerückt und hatte von draußen auch schon geschrieben. Gretl brachte seinen Feld-

postbrief Hans zum Lesen. Franz war hinter der Kampflinie, doch zuweilen hatte die Feldbäckerei schon Fliegerbesuch bekommen. Aber ihm passiere so leicht nichts, schrieb er, weil ja bekanntlich Unkraut nicht verderbe. Sein Brief war gespickt mit humorvollen Wendungen. Franz war auch draußen im Feld der heitere, stets zu Scherzen aufgelegte Mensch geblieben.
Wie schnell jetzt doch in diesen Urlaubstagen für Hans die Zeit verstrich! So ganz anders als in der Gefängniszelle. Dort ballten sich die Minuten zu Stunden, und die Stunden dehnten sich zu Tagen, lange, endlos. Jetzt huschte die Zeit hin wie ein leichtfüßiges Wiesel. Schnell, blitzschnell.
Hans ging mit Gretl am Main spazieren. Es war Schnee gefallen, und die weiße Decke, die morgens noch über dem Boden lag, war von den Fußgängertritten zu einem graubraunen Matsch zertreten und zerquetscht worden. Auf dem Main trieben Eisschollen, runde und ovale, große und kleine. Sie hatten alle einen Kranz um den Rand aus glitzernden Eis- und Schneekristallen. Wie große, garnierte Kuchen sahen sie aus.
Hand in Hand gingen Gretl und Hans am Ufer entlang. Sie sprachen von der Zukunft, was wohl werden würde mit ihnen beiden, und ob der Krieg noch lange dauern würde.
„Die ersten, die naus sin", sagte Gretl, „ham g'sagt, Weihnachten wär'n sie wieder daheim. Jetzt is aber scho Januar..."
„Ja, so schnell wie manche gemeint ham, geht's halt doch nit. Das kann vielleicht noch lang dauern."
„Und wenn's noch so lang dauert mit dem Krieg, ich wart auf dich, Hans. Das weißt ja."
Seine Hand schloß sich enger um die ihre zu festem Druck. Und sie erwiderte diesen Druck herzlich.
„Ich weiß, Gretl, wir zwei g'hörn z'samm, was auch kommt. Aber, wenn dei Vatter dickköpfig bleibt?"
„In zwei Jahren bin ich volljährig, Hans. Dann kann er mir nix mehr sagen. Und wenn er dann immer noch nit will, dann heiraten wir halt so."
„Und du kommst mit in unsern Wohnwagen und wir zieh'n in der Welt rum, Gretl. Da freu ich mich jetzt scho drauf."
„Vielleicht sagt mei Vatter doch noch ja. Wenn er sieht, daß er sein Willen nit durchsetzen kann, wird er scho nachgeben. Die Mutter hat ja so nix dagegen, und die hilft mir scho beim Vatter."
Gretl malte sich besonders gerne Zukunftsbilder aus, recht schön und rosig. Und wenn's dann auch anders kommt, meinte sie, die Freude,

die man vorher hat, wenn man sich alles so schön ausdenkt, die könnt einem doch niemand mehr nehmen. Nur zuweilen kamen ihr zwischendurch, wie plötzlich aufflammende Blitze, trübe Gedanken. Aber die verscheuchte sie schnell.
Jetzt war sie wieder dabei, sich auszumalen, wie sie später einmal als junges Paar im Wohnwagen hausen würden. Gretl wollte Kasperlspielen lernen und Hans teilte ihr lachend schon die Rollen zu, die sie zu spielen haben würde, die Amalie in den „Räubern", die Fürstin von Parma im „Faust", die Genovefa, die Großmutter vom Kasperl und noch manch andere.
Eine ganz große Sache hatte Hans noch vor. Recht sparsam müsse man die erste Zeit sein und im Winter fleißig Schnitzarbeit machen, dann würde sich das, was er vorhabe, bald verwirklichen lassen.
„Was is denn das? Du tust ja ganz geheimnisvoll."
„Der Vatter weiß auch noch gar nix davon. Da brauch ich viel Geld dazu."
„Du machst mich richtig neugierig, Hans. Jetzt hast doch die neuen Kasperlspiele erst gemacht, und gleich fällt dir wieder was Neues ein. Was is es denn? Sag's halt."
„Ich will nimmer mit'm Pferd kutschieren. Auto fahr'n wolln wir! Unser Wohnwagen wird verkauft und e neuer ang'schafft mit Benzinmotor. Da kommen wir schneller vorwärts und können weitere Touren machen. Bis nach Stuttgart und Karlsruhe können wir dann auf die Jahrmärkte und Messen."
Gretl war begeistert von dem Plan. Aber sie sagte, so ein Auto-Wohnwagen müßte doch furchtbar teuer sein. Soviel Geld würde Hans doch nie zusammenbringen. Aber Hans meinte, das wäre nit so schlimm. Sie hätten das Geld für die große Kasperlbude aufgebracht und für die neue, große Drehorgel, und mit dem Wohnwagen würde es auch gehen. Man bekäme ihn ja auf Abzahlung, und die Anzahlung ließe sich mit dem Erlös vom Verkauf des alten Wagens bestreiten.
Es begann jetzt schon zu dunkeln und Gretl und Hans kehrten um, schlenderten langsam der Kärrnersgasse zu.
„Kommst heut abend noch e bißle rüber zu mir?", fragte Hans beim Abschied. „Es is mei letzter freier Abend. Und ich möcht dir noch was zum Abschied geben."
„Nach'm Essen komm ich..."
Zu Hause wartete Gretl, bis Vater Hein zu Bett gegangen war. Er schlief meistens abends noch bis zehn Uhr, ehe die Nachtarbeit in der Backstube begann.

Zur Mutter sagte Gretl, sie wolle noch hinüber zum Hans, es wäre heute sein letzter Urlaubstag.
Hans hatte sich die ganzen Tage schon überlegt, was er wohl der Gretl als Andenken geben könnte. Dann hatte er sich für einen Kasperlkopf entschieden, den er selbst geschnitzt hatte. Den wollte er heute abend noch aus dem Wohnwagen holen, und er ließ sich deshalb vom Vater den Schlüssel zum Wagen geben.
Als Gretl abends kam, stand Hans vor dem Milchladen und wartete auf sie. Es war zwar ein milder Jännerabend, aber Winter war's doch, also nicht gerade behaglich zum Spazierengehen. Doch daran störten sich Hans und Gretl nicht. Sie gingen zum Kranentor.
„Schau, Gretl, dort steht unser Wohnwagen! Da werden wir zwei drin wohnen, wenn der Krieg erst vorbei is."
„Ich hab ihn eigentlich noch nie richtig von innen ang'schaut. Mußt mir emal erzählen, wie er eingerichtet is."
Und Hans schildert ihr die Inneneinrichtung des Wagens. Zwei Räume wären drin, in dem einen würden dann die Eltern Cornelius schlafen und in dem andern er mit der Gretl.
„E bißle eng wird's ja dann werden im Wagen. Aber vielleicht will die Mutter nimmer mit rumziehn, wegen ihr'm Rheumatismus, und bleibt dann in Kitzingen bei der Tante. Dann wär ja mehr Platz ... Kannst dir's ja emal anschau'n, wie's im Wagen aussieht. Ich muß mir so noch was raushol'n ..."
Sie standen jetzt an dem kleinen Platz beim Kranentor vor dem Wohnwagen, und Hans schloß die Tür auf. Er hängte die kleine Treppe an, stieg in den Wagen und zündete die Petroleumlampe an. Dann kam Gretl herein.
Neugierig sah sie sich im Wagen um, ging durch den Verschlag in den hinteren Raum, wo bisher Vater und Mutter Cornelius geschlafen hatten. Also hier würden sie später einmal hausen ..."
„Wo hast denn du bisher g'schlafen, Hans? Sin ja nur zwei Betten da." Sie sah sich suchend um.
„Mei Bett is im vorderen Raum. Aber tagsüber hab ich's immer zusammengeklappt, weil's im Weg steht und zuviel Platz wegnimmt. Den Raum benutzen wir doch als Wohnstube und Küche." Er zeigte an die Wand, wo ein zusammengeklapptes Feldbett stand. „Da steht's!"
Hans stellte jetzt das Bett auf.
„Siehst, so wird's aufgeklappt." Mit ein paar Handgriffen war es geschehen.
„Wenn die Mutter in Kitzingen bleiben will", meinte er, „dann ziehn

wir zwei in den andern Raum, wo die zwei Betten stehen, und der Vater nimmt dann mei Bett." Gretl wollte der Mutter Cornelius zureden, daß sie das Herumfahren aufgeben solle. Für ihren Rheumatismus wäre es doch besser. Dann wollte sie hier in diesem engen Reich das Küchenzepter führen.

Hans kramte in der Ecke in einer Kiste und suchte den Kasperlkopf, den er Gretl zum Abschied als Andenken geben wollte. Jetzt hatte er ihn gefunden.

„Gretl, da hab ich was, das sollst du zum Andenken ham..." Er reichte ihr den Kasperlkopf hin.

„Hast den selber g'macht?", fragte Gretl.

„Ja, letzten Winter, wie wir in Würzburg war'n, hab ich ihn g'schnitzt. Die Kleider dazu mußt du selber machen. Wenn d' später im Wohnwagen bist, mußt noch viel Kasperlkleider nähen..."

Sie setzten sich auf den Bettrand und plauderten davon, wie Gretl alles einrichten wolle, wenn sie erst mal hier im Wohnwagen Hausmütterchen wäre.

Hans hatte seinen Arm um sie gelegt und sie nahe zu sich herangezogen. Leise streichelte er ihr übers Haar, und sie schmiegte ihren Kopf an Hans. So blieben sie eine ganze Weile.

„Das is mir das liebste, wenn ich so still neben dir sitzen kann, Hans. Wenn du nur bei mir bist..."

Hans nahm ihren Kopf zwischen seine Hände, sah ihr in die blanken, frischen Augen, und dann küßte er sie. Leise kosend berührten seine Lippen ihre Augen und dann den Mund.

Gretl schlang leidenschaftlich ihre Arme Hans um den Hals:

„Du bist doch der allerliebste Mensch, den ich auf der Welt kenn..."

„Du...!", sagte Hans nur, und dann preßte er Gretl an sich und küßte sie wieder und wieder, heiß und innig. Sie sanken umschlungen nieder, und Hans fühlte an seiner Brust Gretls Herzschlag.

So lagen sie lange, Seite an Seite. Es war still im Wagen, und wenn beide auch kein Wort sagten, so rief doch das heiße Blut in ihnen...

Gretl sprach zuerst wieder:

„Hans, jetzt mußt du bald fort. Und vielleicht trifft dich e Kugel..."

Gretl stockte, und die Augen wurden ihr feucht.

Er küßte sie wieder.

„Mußt nit denken, daß jede Kugel trifft. Ich komm scho wieder. Ich laß dich nit allein, Gretl. Und dann heiraten wir, wenn der Krieg aus is, und wir bleiben für immer z'samm..."

„Wenn d' aber doch nimmer kommst, Hans? Mir is manchmal so angst..." Sie kuschelte sich noch enger an ihn. „Darfst mich nit

falsch verstehn, Hans... Wenn d' nimmer kommst, dann... dann... möcht ich wenigstens e Kind von dir..."
Heiß sogen sich ihre Lippen aneinander fest. Und zwei junge Menschen betraten den heiligen Garten der Liebe...

## VIII

Hans war wieder in der Kaserne. Das Regiment, das zusammengestellt wurde, bekam seine kriegsmäßige Ausrüstung. Noch ein paar Tage, dann sollte es an die Front gehen. Nach Osten oder Westen, das wußte niemand.
Am Tage vor dem Abtransport gab es noch einen dienstfreien Nachmittag. Hans ging nach der Stadt, um sich von Gretl und von seinen Eltern zu verabschieden. Er war schon bis zur Brücke gekommen, da wurde er plötzlich angerufen:
„Hans!"
Er war ganz in Gedanken verloren gewesen und schaute jetzt auf. Drüben, auf der anderen Seite der Brücke, stand sein Schulfreund Josef Berger. Der hatte ihm zugerufen und kam jetzt über den Fahrdamm herüber:
„Kleine Leut übersieht man", lachte Josef. „Bist jetzt e stolzer Vaterlandsverteidiger, da siehst so en Krüppel gar nimmer, wie ich jetzt einer bin."
„Mach doch keine Pflänz, Josef! Mir is nur so allerhand durch'n Kopf gangen, da hab ich gar nit aufg'schaut. Aber, was redst denn von em Krüppel?"
Josef zeigte seinen linken Arm. Die Hand fehlte daran.
„Bist du denn scho draußen gewesen und hast die Hand verlor'n?"
„Nä, mich kann man nit brauchen. Dauernd dienstuntauglich, ham sie bei der Musterung g'sagt."
„Ja, wo hast denn die Hand gelassen?"
„In der Möbelfabrik! Ich war an der Fräse. Akkordarbeit. Da war mir die Schutzvorrichtung beim Arbeiten im Weg. Is nit schnell genug gangen. Da hab ich halt das Ding weg, und dann is passiert. Ritsch, ham die Fräsmesser mei Hand g'fressen..."
Hans schaute ganz entsetzt auf den roten Stummel an Josefs Arm.
„Was machst jetzt?"
„Nix. Rumlungern tu ich. Rentner bin ich geworden. Bezieh jetzt doch Unfallrente."
„Kannst denn damit auskommen, Josef?"

„Da wird nit lang danach g'fragt. Ich muß einfach mit mei'm Einkommen auskommen. Erst ham sie mir sechzig Mark im Monat ge'm, dann bin ich untersucht worden. Gewöhnung eingetreten, hat's geheißen, und jetzt krieg ich die fürstliche Dauerrente von vierzig Mark im Monat."
Josef ging mit bis in die Kärnersgasse. Hans fragte ihn, ob er denn in der Möbelfabrik keine Arbeit mehr bekommen könne.
„Mit einer Hand? Was soll ich denn tun?? Da können sie nur Arbeiter mit g'sunden Knochen brauchen."
„Wirst schon noch was finden, Josef. Jetzt braucht man überall Leut. Und 's gibt auch Arbeit, die mit einer Hand g'macht wern kann. – Weißt scho? Morgen komm ich an die Front."
„Machs gut, Hans, und bring deine Knochen wieder mit heim!"
Hans ging in den Milchladen und dann in die kleine Stube dahinter. Vater Cornelius beriet gerade mit Mutter Anna, wie es mit dem Milchladen werden solle, wenn sie wieder mit ihrem Wohnwagen fortfahren würden.
„Wir werden ihn wohl verkaufen müssen", sagte Vater Cornelius. „Wenn die Lene noch da wär, die könnt ihn ja übernehmen. Aber so..."
Mutter Anna wollte es gar nicht so recht in den Sinn, daß man den Milchladen aufgeben sollte. Sie überlegte hin und her, ob es nicht doch noch irgend einen Ausweg gebe.
„Wie wärs denn, Peter", fragte sie schließlich, „wenn du e Weile allein im Wohnwagen fahr'n tätst? Abendessen kannst dir ja selber richten und mittags gehst halt in e Gasthaus. Dann könnt ich hier im Laden bleiben. Wenn dann der Krieg aus ist, will der Hans ja sowieso heiraten, hat er g'sagt, dann is ja alles wieder anders. Bis dahin sollten wir aber den Milchladen auf jeden Fall behalten."
„Wie steht's denn mit dir und deiner Gretl?" fragte Vater Cornelius.
„Gut. Wir zwei sin einig, nur der Alte will nit. Aber, wenn die Gretl volljährig is, dann heiraten wir, mit oder ohne Segen vom Bäckermeister."
„Und will denn die Gretl in den Wohnwagen? Hat sie nix gegen das Rumzigeunern...?"
„Da brauchst kei Sorg ham, Vatter. Die Gretl geht hin, wo ich hin geh. Kasperlspiel'n will sie auch lernen."
„No, da wär ja alles soweit recht. Aber ganz allein komm ich doch nit zurecht mit der Kasperlbude. Wer soll denn kassier'n, wenn ich spiel? Zum Aufbau'n krieg ich ja immer jemand, der mir hilft, wenn ich's bezahl. Aber zum Kassier'n muß ich scho en zuverlässigen Menschen

ham. Wenn ich vor'm Spiel kassier, krieg ich nix von den Zaungästen. Und nachher laufen sie alle wieder weg. Mitten im Spiel muß kassiert wer'n, sonst bringts nix. Und mit einem Hintern kann ich nit auf zwei Hochzeiten sitzen. Wenn ich spiel, kann ich nit zugleich kassier'n."
Da fiel dem Hans der Josef Berger ein. Der wär vielleicht der Richtige dazu. Er schlug das gleich vor.
„Ja, was is denn das für einer?", fragte der Vater. „Is er denn zuverlässig und kennst ihn gut?"
„Wir sin zusamm in die Schul gangen. Der is froh, wenn er e bißle was verdienen kann mit seiner einen Hand. E Rente kriegt er ja. Wenn er bei dir dann sei Essen hat und noch e bißle was dazu, nachher is er totfroh. Und ehrlich is er, das is die Hauptsach. Die Drehorgel kann er auch bedienen. Sei rechter Arm is ja noch ganz in Ordnung. Und wenn d' ihn e bißle anlernst, kann er sogar bei den Abendvorstellungen e Puppe führ'n. Mußt halt solche Stücke suchen, bei denen nie mehr wie drei Figuren zu gleicher Zeit an der Spiellatte sind. Nur mit den Frauenrollen wirds schwierig. Mußt sie halt selber spiel'n und dei Stimm e bißle verstell'n."
„Ob der Josef aber auch will?", hatte der Vater wieder Bedenken.
„Ich kann ja emal mit ihm reden. Er is vorhin mit mir bis vor'n Laden gangen und wollt heimgeh'n. Wenn ich gleich rüber spring, treff ich ihn noch."
Hans machte sich sofort auf den Weg und suchte Josef Berger in seiner Wohnung auf.
„Willst unter die Zigeuner gehn, Josef?", fragte er, kaum daß er in die Stube gekommen war.
„Unter die Zigeuner? Wie meinst denn das?" Josef wußte im ersten Augenblick überhaupt nicht, wo Hans mit seiner Frage hinaus wollte.
Der setzte ihm nun seinen Plan auseinander. Josef solle im März mit Vater Cornelius im Wohnwagen losfahren, die Drehorgel auf den Messeplätzen spielen, während den Kasperlvorstellungen Geld einkassieren und bei den Abendvorstellungen vielleicht eine Rolle übernehmen. Das gehe alles mit einer Hand, meinte Hans.
„Einmal hast mir ja scho beim Kasperlspiel g'holfen. Weißt noch, Josef, damals, wie der rote Fritz der Gretl ihr'n Ball gestohl'n hat und ihn nachher zerschnitt, wie wir ihn holen wollten? Wie ich dann mit einer Kasperlvorstellung bei uns im Hof drüben das Geld zu einem neuen Ball verdient hab, da hast du Eintrittskarten für die Vorstellung verkauft, und dann vor'm Spiel hast Musik gemacht mit deiner Mundharmonika."

Josef erinnerte sich noch sehr wohl daran. Jetzt überlegte er nicht lange:
„Das Privatisier'n paßt mir sowieso nit. Das is nur was für Leut, die den dazu nötigen dicken Geldbeutel ham. Wenn ich mit dein'm Vatter einig wer', geh ich unter die Jahrmarktszigeuner!"
Josef ging gleich mit hinüber zu Vater Cornelius, und eine Stunde später war alles abgemacht. Im März würde Josef Berger mit Vater Cornelius auf die Messen und Jahrmärkte fahren.
Mutter Anna konnte also ihren Milchladen vorerst noch behalten. Mit Hans besprach sie, wie sie sich alles für später dachte. Den Milchladen wolle sie jetzt überhaupt nicht mehr verkaufen. Es wäre doch schade um das schöne Geschäft, das so gut eingeführt sei, meinte sie. Und für ihren Rheumatismus wäre das Herumfahren auch schlecht. Wenn Hans wieder aus dem Krieg zurück wäre, dann sollte er heiraten und mit der Gretl zusammen den Wohnwagen und die Kasperlbude übernehmen. Sie und Vater Cornelius wollten dann in Würzburg bleiben und den Milchladen besorgen. Da könnten sie's auf ihre alten Tage noch gemütlich haben.
„Aber, die Gretl und ich, wir können doch dann keine Abendvorstellungen geben, wenn wir bloß zu zweit sin", wandte Hans ein. „Da muß der Vatter scho noch im Wagen bleiben."
„Kannst ja den Josef behalten, wenn's ihm recht is."
„Da hab ich noch gar nit dran gedacht! Das ging eigentlich! Aber 's hat ja noch Zeit. Erst muß ich emal meine g'sunden Knochen wieder heimbringen, dann woll'n wir weiter seh'n."
Abends traf sich Hans mit der Gretl. Während sie ihren Lieblingsspaziergang unten am Mainufer entlang machten, erzählte Hans, daß die Mutter den Milchladen behalten möchte und daß die Eltern später ihm und der Gretl den Wohnwagen und die Kasperlbude allein überlassen wollten.
Das war nun wieder was für Gretl zum Plänemachen und in die Zukunft träumen.
„Dann können wir uns ja alles einrichten, wie wir wolln!" Sie war ganz selig bei diesem Gedanken. „Und wenn wir dann erst den neuen Auto-Wohnwagen ham, dann machen wir's uns auch viel gemütlicher." Sie meinte, der neue Wagen müßte viel größer sein, damit man sich auch ein wenig rühren könne. Ein richtiger Kochherd müßte hinein und ein kleines Sofa, und die Fenster müßten viel größer sein, damit's recht hell im Wagen wäre. Unzählige Einfälle hatte sie für die Einrichtung des neuen Wagens, und es machte ihr Freude, Hans zu

erklären, wie das alles anders werden müsse und warum sie es ändern wolle.

Hans hörte mit stillem Vergnügen zu. Gretls Eifer machte ihm Spaß. Schließlich meinte er aber, es würde wohl doch noch e ganze Weile dauern, eh man soviel sparen könne, daß zusammen mit dem Erlös aus dem Verkauf des alten Wagens das Geld für die Anschaffung des Auto-Wohnwagens reiche.

„Hast ja selber g'sagt, daß du's schaffen wirst. Und auf einmal muß man ja auch nit alles bezahlen. Jetzt willst wieder bremsen. Das gibt's fei nit! Wenn du dir's ganz ernst vornimmst, dann bringst du's scho fertig. Das weiß ich ganz bestimmt, Hans!"

„Ja, da hast scho recht. Zu machen is das alles. Nur nit von heut auf morgen. Mußt scho e bißle Geduld ham, ich glaub sogar, e bißle viel Geduld."

„Wenn's länger dauert, dann hab ich halt um so länger die Freud drauf, daß der neue Wagen emal kommt. Und einmal wird er ganz sicher kommen. Das laß ich mir nit nehmen."

Hans schlug nun vor, Gretl soll noch mit zu den Eltern Cornelius kommen. Die wüßten ja jetzt, daß sie heiraten wollten. Die Gretl wäre doch sozusagen schon die Schwiegertochter und gehöre jetzt mit zur Familie. Dann wäre zum Abschied die ganze Familie zusammen. Gretl war einverstanden. So gingen sie wieder zur Kärrnersgasse. Gretl wurde von Mutter Anna mit warmer Herzlichkeit aufgenommen, und auch Vater Cornelius begrüßte sie in seiner bieder-freundlichen Art:

„Na, Fräulein Gretl, Sie wolln also mit unser'm Hans das Wanderleben im Wohnwagen riskier'n? Da wird er ja e tüchtige Kameradin ham. Er hat uns scho viel Gut's von Ihnen erzählt."

Gretl wurde ganz verlegen, als Vater Cornelius das sagte. Dann meinte sie:

„Sie brauchen doch nit Sie zu mir sagen, wo ich doch mit'm Hans so steh."

„So is recht, Gretl", sagte Hans. „Du g'hörst jetzt dazu. Für'n Vatter und für die Mutter bist du jetzt einfach die Gretl, und du sagst jetzt auch nur Mutter und Vatter zu ihnen, wie ich."

Es gab ein allgemeines gegenseitiges Händeschütteln und Gretl war damit in die Familie aufgenommen.

„Das muß aber e bißle festlich wer'n, so e wichtiges Ereignis", bemerkte Mutter Anna in freudiger Aufregung. „Das is ja eigentlich so e Art Verlobung. Und ich hab gar nix im Haus! Aber en Kaffee mach ich schnell."

Sie rannte aufgeregt in die Küche, setzte das Kaffeewasser auf und lief dann zwischendurch hinüber in die Bäckerei Hein. Die war schon zu. Aber Mutter Cornelius ging durch den Hauseingang in die Wohnung und holte noch Kuchen und anderes Backwerk. Sie wollten heute abend noch Abschied feiern mit ihrem Hans, sagte sie.
In dem Stübchen hinterm Milchladen gab's dann eine gemütlich-frohe Kaffeestunde. Gretl gewöhnte sich schnell an das „Du" gegenüber den Eltern Cornelius, zumal bei der Mutter, die besonders liebevoll zu ihr war.
Bis nach elf saßen sie noch beisammen und plauderten. Dann mußte Hans wieder in die Kaserne. Er machte es kurz mit dem Abschied von den Eltern, weil er bei der Mutter eine rührliche Szene fürchtete. Davon war er kein Freund. Die Mutter hatte ihm noch allerhand Eßbares eingepackt, und dann ging Hans mit Gretl fort, der Kaserne zu.
„Komm wieder, Hans!", rief die Mutter ihm noch nach. Sie stand unter der Ladentür und folgte den beiden mit den Blicken, solange sie sie noch sehen konnte. Dann ging sie wieder hinein in die Stube:
„Wenn er nur g'sund wiederkommt, der Hans", sagte sie zu Peter Cornelius.
„Er kommt scho wieder", tröstete der. Und dann sagte er noch: „Die Gretl g'fallt mir. Das is e ganz prächtig's Mädle..."
Am andern Tag kam Hans ins Feld. Mit einem ganzen Regiment zog er aus, lauter junge Menschen, Jahrgang 1894. Mit Musik wurden sie zur Bahn gebracht.
Gretl war auch mit zur Bahn gegangen. Sie hatte Hans noch Blumen mitgebracht. Tapfer kämpfte sie gegen ihre Tränen, aber als sie Hans zum letzten Male küßte, rollten sie ihr doch heiß über die Wangen.
„Nit weinen, Gretl!", sagte Hans. „Ich komm wieder!"
Und dann war er fort, verschwand in der Menge der grauen Uniformen, und der Zug führte ihn mit den anderen hinaus an die Kampffront...

*

Seit Hans fort war, kam Gretl Hein, so oft sie sich frei machen konnte, hinüber in den Milchladen zu Mutter Cornelius. Sie sprachen von Hans. War ein Brief an die Eltern gekommen, dann bekam ihn Gretl stets zu lesen, und manchmal lag auch ein besonders verschlossener Brief für Gretl bei. Vater Hein sollte nichts von dieser Korrespondenz wissen. Auch die Feldpostpäckchen, die Gretl an Hans schickte, wurden drüben bei den Eltern Cornelius gepackt, und Mutter Anna brachte sie zum Postamt.

Dem Vater Cornelius sah Gretl zuweilen zu, wenn er Kasperlköpfe schnitzte. Dabei kamen sie auch auf das Schneiden der Kasperlköpfe zu sprechen, weil Gretl gerne für den Kasperlkopf, den sie von Hans zum Abschied bekommen hatte, die Kleider nähen wollte. Und das hätte sie gerne ganz kunstgerecht gemacht. Frau Cornelius gab der Gretl auf ihr Drängen Unterricht in dieser Kunst. Nähen konnte Gretl ja gut. Aber die Kasperlkleider erforderten doch eine besondere Technik, vor allem auch das Festmachen der Arme und Beine an den kleinen Figuren.

Eines Tages brachte Gretl ihren Kasperlkopf mit, den sie von Hans an jenem Abend im Wohnwagen bekommen hatte. Er sollte ein besonders schönes Kostüm haben. Sie sagte auch der Mutter Cornelius, was es für eine Bewandtnis mit diesem von Hans geschnitzten Kopf habe. Da wurden nun besonders schöne und farbenprächtige Flicken zusammengesucht, und Kasperl bekam ein Staatskleid und eine schöne, lange, zweifarbige Zipfelmütze mit kleinen Narrenschellen an der Spitze. Vater Cornelius hatte noch Hände und Füße für diese Kasperlfigur geschnitzt. Gretl hatte inzwischen der Mutter Cornelius schon abgelernt, wie man sie richtig anbringt. Dann versuchte sie, den Kasperl zu bewegen, wie sie es zuweilen auf der Spiellatte gesehen hatte. Aber das mißlang ihr völlig. Da ließ sie dem Vater Cornelius keine Ruhe, bis er ihr zeigte, wie man den toten Puppen Leben gibt. Das sah viel leichter aus, als es in Wirklichkeit war. Es kam darauf an, die Puppen so vollständig zu beherrschen, daß sie mit Armen und Beinen alle möglichen Bewegungen machten. Gegenstände in den Armen hielten, mit dem Kopf nickten, sich sogar mit der Hand hinterm Ohr kratzen konnten, und was dergleichen drollige Dinge mehr sind, die diesen Puppen eine ganz besondere Wirkung geben. Vater Cornelius zeigte der Gretl geduldig, wie sie mit der Hand in die Puppe greifen und den Zeigefinger in den hohlen Kopf stecken mußte, während Mittelfinger und Daumen in je einen der Arme kamen. Dann mußte Gretl Fingerübungen machen, damit sie die nötige Gelenkigkeit bekam. Die Kasperlköpfe waren ziemlich groß, und für die Mädchenfinger Gretls sogar ein wenig schwer. Aber sie übte fleißig – zu Hause hatte sie ja eine Kasperlfigur – und eines Tages sagte ihr Vater Cornelius voll Anerkennung, daß sie es jetzt recht gut könne.

Gretl war aber damit noch nicht zufrieden. Sie wollte auch die Rollen lernen, die sie später einmal zu spielen haben würde. Da war aber nun die Schwierigkeit, daß Vater Cornelius kein einziges seiner Kasperlstücke aufgeschrieben hatte. Gretl bat nun darum, daß er ihr die Rollen vorspreche, sie wollte sich dann alles aufschreiben. Wenn Hans aus dem Felde zurückkäme, möchte sie die Rollen schon können. Es sollte eine Überraschung für ihn werden.

Gretl bettelte solange, bis Vater Cornelius sich schließlich der mühevollen Arbeit unterzog. Da gab's nun ein Vorsprechen und Aufschreiben, Wiedervorlesen und Verbessern, bis Gretl drei Rollen für die Abendvorstellungen hatte: die Amalie aus den „Räubern", die Fürstin von Parma aus dem „Faust" und die Genovefa für das Legendenspiel.

Mittlerweile waren der Jänner und der Feber verstrichen, und Vater Cornelius rüstete sich bereits wieder, mit seinem Wohnwagen auf Wanderfahrt zu ziehen. Josef Berger hatte schon wiederholt nachgefragt, wann es losgehen sollte. Und Anfang März war es dann so weit.

Mutter Anna blieb jetzt allein im Milchladen und Gretl besuchte sie recht oft. Wenn Gretl eine ihrer Rollen auswendig gelernt hatte, mußte Mutter Cornelius sie abhören, und Gretl war mit Eifer bei der Sache, als gelte es, sich auf ein Staatsexamen vorzubereiten. Daneben erzählte ihr Frau Cornelius mancherlei vom Leben im Wohnwagen, so daß Gretl über alles Wesentliche aus ihrem künftigen Reich unterrichtet war.

Einmal sprach Frau Anna den Wunsch aus, mit Gretls Mutter zu sprechen. Ein paar Tage später kam die Gretl auch mit ihrer Mutter herüber. Bei einer Tasse Kaffee besprachen die beiden Mütter die Zukunft ihrer Kinder.

Frau Hein war ja mit allem einverstanden. Die Hauptsache war ihr, daß die Gretl den Hans gerne habe und daß die zwei sich gut verstehen. Aber Vater Hein wolle halt immer noch nichts von dieser Heirat wissen.

Mutter Cornelius machte nun den Vorschlag, Frau Hein solle noch einmal mit ihrem Mann über die Sache reden. Vielleicht wäre er doch umzustimmen. Es sei doch nicht das Richtige, wenn die Gretl gegen den Willen ihres Vaters den Hans heirate und vielleicht könne man noch alles in Frieden und Eintracht abmachen.

Frau Hein wollte das noch einmal versuchen, aber viel Hoffnung machte sie sich nicht.

Nach ein paar Tagen brachte dann Gretl auch die Nachricht, daß der Vater nicht umzustimmen wäre. Vielleicht gab er später seinen Widerstand noch auf.

*

Fast jede Woche bekam jetzt Gretl einen Brief von Hans, und sie schrieb ihm auch regelmäßig wieder und schickte ihm jede Woche ein Feldpostpäckchen. Das Geld dazu bekam sie von ihrer Mutter.
Hans hatte draußen schon schwere Kämpfe mitgemacht, manches furchtbare Trommelfeuer und manch kühnen Sturmangriff. Wenn einmal ein Brief von ihm länger als sonst ausblieb, dann wartete Gretl mit ängstlicher Bangnis, und sie kam ein paarmal im Tag in den Milchladen herüber, um zu fragen, ob kein Brief von Hans gekommen sei. Wenn auch die Briefe infolge von Truppenverschiebungen oder Postsperre zuweilen etwas länger ausblieben, sie kamen doch immer wieder. War's auch nur eine Postkarte, auf der Hans schrieb, daß er gesund sei, dann war Gretl wieder zufrieden und ruhig.
Schon seit vier Wochen wußte Gretl, daß ihr Zusammensein mit Hans im Wohnwagen nicht ohne Folgen geblieben war. Das Wissen darum machte sie froh. Freilich wäre es ja schöner gewesen, wenn sie noch hätten heiraten können, ehe Hans ins Feld kam. Aber sie fühlte sich auch so mit Hans aufs engste verbunden, besonders jetzt, da sie wußte, daß ein neues, junges Leben in ihr heranwuchs, das ihrem gemeinsamen Wollen entsprungen war.
Sie sagte es jetzt auch der Mutter, daß sie schwanger sei. Die nahm die Nachricht aber gar nicht freudig auf. Erschrocken schlug Frau Hein die Hände überm Kopf zusammen:
„Ja, Gretl, daß d' aber auch sowas machst!! Wenn das der Vatter erfährt ...!" Sie verstand gar nicht, wie Gretl noch froh darüber sein konnte.
Dem Vater Hein sollte vorerst nichts gesagt werden. Dazu wäre ja immer noch Zeit, wenn es sich gar nicht mehr verheimlichen ließe.
An Hans schrieb Gretl einen langen Brief. Darin teilte sie ihm mit, daß sie ein Kind erwarte und wie sehr sie sich darüber freue. Jetzt könnte sie überhaupt nichts mehr von ihm trennen, und der Vater müsse nun wohl auch zu allem Ja und Amen sagen.
Auf diesen Brief bekam Gretl aber keine Antwort. Vierzehn Tage schon war von Hans keine Nachricht mehr gekommen. Gretl machte sich beängstigende Sorgen. Mutter Cornelius beruhigte sie zwar immer wieder, es sei schon öfter eine Postsperre gewesen. Immer, wenn Hans in eine andere Stellung gekommen sei, wären seine Briefe so lange ausgeblieben. Wenn ihm was passiert wäre, hätte doch der Kompagnieführer sicher geschrieben.
Aber, wenn Frau Anna allein war, dann glaubte sie selbst nicht so ganz fest an das, was sie der Gretl zur Beruhigung gesagt hatte, und

sie machte sich selbst schwere Sorgen, es könnte ihrem Hans etwas zugestoßen sein.

Jetzt waren schon drei Wochen vergangen und immer noch keine Nachricht von Hans. Da entschloß sich Frau Cornelius, an den Kompagnieführer zu schreiben und anzufragen, was mit Hans wäre.

Bevor aber von der Kompagnie Antwort zurück sein konnte, kam ein Brief vom Feldlazarett in Lille. Er war von fremder Hand. Mit zitternden Händen öffnete Frau Cornelius den Brief. Eine Rotkreuzschwester schrieb, Hans Cornelius sei mit einer Beinverletzung im Lazarett eingeliefert worden. Er befinde sich den Umständen entsprechen gut, sei nur noch ein wenig schwach und habe sie gebeten, an die Mutter zu schreiben und auch einen herzlichen Gruß an Fräulein Gretl zu bestellen. Frau Cornelius könne unbesorgt sein, es bestehe keine unmittelbare Gefahr.

Als Gretl wieder in den Milchladen herüberkam, gab ihr Frau Cornelius den Brief aus Lille zu lesen. Sie war recht erschrocken über den Inhalt.

„Wenn der Hans nit selber schreiben kann, dann muß er scho arg verwundet sein..." Sie malte sich alles in den schlimmsten Farben aus und war leichenblaß geworden.

„Am Bein, hat die Schwester g'schrieben", sagte die Mutter Cornelius tonlos, „is er verwundet. Er wird doch sein'n Fuß nit verlier'n...?"

Gretl und Mutter Anna hatten in den nächsten Wochen schwere Sorgen. Dem Vater Cornelius wurde sofort der Brief aus Lille geschickt, und dann richtete Gretl ein besonders reichhaltiges Feldpostpäckchen, schrieb einen langen Brief dazu und schickte beides an Hans nach dem Feldlazarett in Lille.

Dann kam die erste Karte, die Hans selbst geschrieben hatte. Es stand nicht viel darauf. Es gehe ihm wieder besser, schrieb er, und sie sollten zu Hause keine Angst um ihn haben. Es wäre nicht so schlimm. Wochen vergingen. Die Nachrichten von Hans kamen reichlicher und wurden ausführlicher. Er schrieb jetzt schon Briefe und teilte mit, daß er vielleicht in ein paar Wochen nach einem Heimatlazarett käme.

Über die Art der Verletzung schrieb er nicht viel. Er teilte nur mit, daß er von einem Granatsplitter am Bein getroffen worden sei. Im Lazarett habe er es sehr gut und er freue sich, daß es bald wieder heimwärts gehe.

Dann, wieder nach Wochen, schrieb Hans, in drei Tagen gehe ein Lazarettzug nach Bayern, da käme er mit. Wann er aber in Würzburg sei, wisse er noch nicht.

Nun war die Freude groß, bei Mutter Cornelius nicht weniger als bei Gretl. An der Bahn, beim Roten Kreuz, versuchte Gretl in Erfahrung zu bringen, wann ein Lazarettzug aus Lille käme. Dort gab man aber keine Auskunft. Die Lazarettzüge kämen gewöhnlich des Nachts, und wenn sie schon am Tage ankamen, wurden die Verwundeten doch erst nach einbrechender Dunkelheit in die einzelnen Lazarette gebracht. Gretl mußte sich also schon gedulden, bis sie von Hans direkt Nachricht bekommen würde.
Es waren nur wenige Tage, aber für Gretl schien es eine endlos lange Zeit. Endlich kam eine Postkarte. Hans teilte mit, er liege jetzt in Würzburg im Zentralschulhaus. Besuchszeit sei am Mittwoch und Sonntag von zwei bis vier Uhr.
Die Karte war am Samstag gekommen. Am Sonntagnachmittag standen Mutter Cornelius und Gretl schon lange vor zwei Uhr vor dem Eingang zum Schulgebäude, das längst in ein Lazarett umgewandelt worden war. Sie waren die ersten, die nach Beginn der Besuchszeit eingelassen wurden. In einem großen Schulzimmer standen fünfzehn Betten. In einem davon lag Hans. Gretl stürzte auf ihn zu:
„Daß d' nur wieder da bist, Hans! Wie geht's denn?" Und dann überhäufte sie ihn mit Fragen, legte ihm einen großen Strauß Blumen auf das Nachttischchen und packte eine Menge Leckereien aus, die sie ihm mitgebracht hatte.
Mutter Cornelius wartete, bis Gretl sie auch zu Worte kommen ließ.
„Blaß schaust aber aus, Hans. Wie is denn mit dei'm Bein?"
„Mein Bein? Mutter, das liegt in Lille. Das haben sie mir abnehmen müssen, sonst wär ich draufgegangen."
„Hast nur noch ein Fuß?", rief die Mutter erschrocken.
„Ham sie dich arg geplagt, Hans? Hast viel aushalten müssen?", fragte Gretl weich. Die Tränen traten ihr in die Augen und sie streichelte Hans leise über den Kopf.
„Das Schlimmste is überstanden. Und bis zum Knie hab ich ja mei Bein noch. Das linke is es. Unterhalb vom Knie haben sie's wegnehmen müssen. Aber in Würzburg krieg ich jetzt en künstlichen Fuß. Die können sie jetzt so gut machen, daß man damit tanzen kann, hat mir der Doktor g'sagt. Tanzen brauch ich ja nit. Aber meine Kasperlpuppen kann ich noch tanzen lassen auf der Spiellatte."
Hans streckte seine beiden Arme aus und bewegte die Hände, als führe er in jeder Hand eine Kasperlpuppe.
„Jetzt mußt aber erst emal wieder ganz herg'stellt sein und dein künstlichen Fuß ham, eh du wieder ans Kasperlspiel'n denken kannst", meinte Mutter Cornelius.

*Das Schulgebäude war längst in ein Lazarett umgewandelt worden*

„Das wird so lang gar nimmer dauern. In e paar Wochen darf ich schon mit der Krücke spazieren gehn, wenn's schön Wetter is."
Sie saßen noch lange zusammen, und Gretl und die Mutter erzählten Hans, was sich in Würzburg alles ereignet habe, während er draußen im Feld war. Am Mittwoch wollten sie wieder kommen.
Mutter Cornelius schlug Gretl vor, sie wolle künftig um zwei Uhr ins Lazarett gehen, und Gretl solle um drei Uhr kommen. Dann hätte jede von ihnen Hans eine ganze Stunde für sich allein.
So wurde es dann auch das nächste Mal gemacht. Als die Mutter am Mittwoch weggegangen war, fragte Gretl, welches der letzte Brief gewesen sei, den Hans von ihr bekommen habe. Es stellte sich heraus, daß Gretls letzter Brief ihn nicht mehr erreicht hatte. Es war der, worin Gretl mitgeteilt hatte, daß sie ein Kind erwarte. Jetzt sagte sie, was sie ihm in diesem Brief geschrieben. Hans war überglücklich, faßte Gretl an beiden Händen und küßte sie auf den Mund, ohne Rücksicht auf die übrigen Verwundeten und ihre Besucher. Gretl wehrte ihn ab. Sie genierte sich vor den vielen Leuten und bekam einen knallroten Kopf. Von einzelnen Betten riefen einige Verwundete derbe Scherzworte herüber. Hans mußte seine überschwengliche Freude ein wenig bändigen.
„Du weißt gar nit, Gretl, wie ich mich freu, daß wir zwei e Kindle miteinander ham solln..."

„Ich freu mich ja auch, Hans. Aber jetzt mußt schaun, daß d' bald aus'm Lazarett rauskommst. Und mit mei'm Vatter müssen wir jetzt auch reden. Das wird noch en harten Strauß geben..."

Ein paar Wochen später besuchte Frau Hein mit Gretl zusammen Hans im Lazarett. Er humpelte jetzt schon auf zwei Krücken im Zimmer herum.

„Ich muß doch mein Schwiegersohn auch emal aufsuchen", begrüßte ihn Gretls Mutter. Dann erkundigte sie sich liebevoll nach seinem Befinden. In vier Wochen, meinte Hans, würde er schon seine Prothese bekommen, dann müsse er das Laufen mit seinem künstlichen Bein lernen.

Nun brachte Mutter Hein das Gespräch auf Gretl. Er wisse doch, wie es um sie stehe, und ob er sich schon überlegt habe, wie es weiter werden solle.

„Ich hab halt g'meint", sagte Hans darauf, „wenn ich wieder richtig gehen kann, dann könnten wir heiraten. Die Mutter hat mir scho g'sagt, daß sie mit'm Vatter zusammen den Milchladen behalten will, und ich könnt dann mit der Gretl die Kasperlbude und den Wohnwagen kriegen. Unser Auskommen hätten wir da gut. Und e Rente krieg ich ja auch für mein Fuß."

„Mir wär's halt recht, wenn das mit dem Heiraten scho bald sein könnte, weil die Gretl doch im Herbst niederkommen wird."

Damit war Hans einverstanden. Seinetwegen konnte morgen schon Hochzeit sein.

„Aber wie is denn mit dei'm Vatter, Gretl?", fragte er noch.

„Ich hab noch gar nit mit ihm g'redt, Hans. Das will die Mutter selber machen."

Und Mutter Hein sprach eines Tages mit ihrem Kilian, sagte ihm, daß der Hans als Verwundeter im Lazarett liege und ein Bein verloren habe.

„Warum erzählst mir denn das?", fragte Kilian mißtrauisch.

„Du weißt doch, Kilian, wie der Hans mit der Gretl steht. Sie möchten jetzt heiraten..."

„Da wird nix draus!", brauste Vater Hein auf.

Aber Frau Rosa ließ ihn nicht weiter poltern. Sie sagte ihm, daß die Sache jetzt anders wäre. Die Gretl würde ja doch keinen andern heiraten und außerdem würde sie, wie es jetzt mit ihr stehe, auch ein anderer gar nicht mehr nehmen.

Da dämmerte es dem Kilian Hein langsam.

„Soweit is also kommen! Hat sich die Gretl en Bankert von ihm aufhängen lassen...?"

„Geh. Kilian, wer wird denn gleich so harte Ausdrücke brauchen! Die zwei jungen Leut ham sich halt gern, und mit Gewalt is da nix zu machen. Lang dauerts ja nimmer, dann ist die Gretl volljährig, dann kannst du sie sowieso nimmer hindern, wenn sie ihr'n Hans heiraten will. Da is doch scho besser, du sagst jetzt gleich Amen dazu."
„Ich hab emal g'sagt nein, und dabei bleibt's!" schrie der Bäckermeister wütend und schlug mit der Faust auf den Tisch.
Da gab's Frau Rosa vorläufig auf. Sie wollte es später wieder versuchen. Der Kilian würde sich alles durch den Kopf gehen lassen und vielleicht doch noch zu einem vernünftigen Entschluß kommen.

\*

Ende Juni hatte Hans seine Prothese bekommen, und er marschierte jetzt schon ganz munter mit einem Stock durch die Straßen. Gretl ließ sich von ihrem Vater nicht mehr verbieten, mit Hans spazieren zu gehen. Er versuchte es auch gar nicht mehr.
Am 8. Juli sollte die Kilianimesse wieder beginnen. Da würde dann Vater Cornelius mit seiner Bude unten am Kranen sein. Davon sprachen Gretl und Hans jetzt viel. Mit dem Vater wollten sie dann alles besprechen, daß Hans im Frühjahr schon den Wohnwagen übernehmen wolle, und der Vater sollte in Würzburg bleiben. Nur Gretls Vater machte ihnen noch Sorgen. Gretl war noch nicht volljährig, und wenn der Vater seine Zustimmung nicht gab, konnten sie nicht heiraten. Aber Gretl hoffte immer noch, daß sie ihren Vater umstimmen könne.
Am Abend vor der Kilianimesse ging Gretl zu Vater Cornelius und sagte ihm, sie möchte Hans morgen abend überraschen und bei der Abendvorstellung die Rolle der Genovefa spielen, er solle doch dieses Stück ansetzen. Vater Cornelius ging darauf ein. Er war kein Spielverderber.
Hans war schon aus dem Lazarett entlassen und wohnte bei der Mutter in der Kärrnersgasse. Am ersten Tag der Kilianimesse sagte ihm sein Vater, er solle doch heute zur Abendvorstellung kommen und sich einmal ansehen, wie der Josef Berger seine Sache mache.
Gretl war eine Stunde vor Beginn der Abendvorstellung schon im Wohnwagen, bekam von Vater Cornelius in der Kasperlbude noch die nötigen Anweisungen, damit sie ihre Genovefa auch richtig über die Spiellatte hielt und mit allen technischen Einzelheiten der Kasperlbude Bescheid wisse. Dann blieb sie im Spielraum der Bude, damit Hans sie nicht sehen sollte, wenn er kam.

Dem Josef war Schweigen auferlegt worden. Er drehte die Orgel und kassierte das Geld während des ersten Aktes ein, wie wenn nichts wäre. Nur ein recht verschmitztes Gesicht machte er. Im ersten Akt spielte Vater Cornelius die beiden auftretenden Figuren allein. Hans saß auf einer der Zuschauerbänke. Als dann die Genovefa auftrat, kam ihm ihre Stimme so vertraut vor. Er konnte es erst nicht glauben, aber es gab keinen Zweifel mehr: das war die Gretl! Er war voll freudiger Erregung. Nach dem zweiten Akt stelzte er in den Spielraum der Kasperlbude und beglückwünschte Gretl zu ihrem flotten Spiel:
„Wo hast denn das so schnell gelernt, Gretl? Das hast ja fein gemacht!"
„Beim Vatter bin ich in die Lehr gangen, wie du im Winter fort warst."
Hans konnte sich gar nicht genug tun an Lob und Anerkennung.
„Und mir hast gar nix g'sagt davon, was d' alles gelernt hast?"
„Ich hab dich damit überraschen wolln. Und bei deiner Mutter hab ichs Schneidern für die Kasperlpuppen gelernt."
„Da bleibt ja für mich bald gar nix mehr, was ich dir beibringen kann. bist ja scho fix und fertig ausgebildet als Puppenspielerfrau."
Die Unterhaltung mußte jetzt abgebrochen werden, weil das Spiel weitergehen sollte. Hans sah es sich bis zu Ende an, dann ging er mit Gretl hinüber in die Kärrnersgasse. –
„Da hast mich aber richtig überrascht, heut abend. An sowas hab ich im Leben nit gedacht."
„Ja und schuld dran is nur der Kasperlkopf, den d' mir im Jänner g'schenkt hast. Mit dem bin ich zu deiner Mutter und hab mir zeigen lassen, wie die Kasperlkleider gemacht wer'n. Da hab ich erst das Schneidern gelernt, und dann hab ich dei'm Vater kei Ruh gelassen, bis ich drei Rollen gekonnt hab."
„Bist doch e ganz Tüchtige! Wir wer'n gut zurechtkommen, wenn wir erst emal in unserm Wagen sin..."
Das Kriegsrentenverfahren für Hans war bereits eingeleitet, und eines Tages bekam er den Bescheid, daß er eine monatliche Rente von fünfundsechzig Mark zuerkannt bekommen habe. Mit Gretl hatte er vereinbart, daß dieses Geld zurückgelegt werden sollte für den Auto-Wohnwagen.
Eines Tages stand in der Zeitung ein längerer Aufsatz darüber, unter welchen Bedingungen Kriegsbeschädigte sich ihre Rente kapitalisieren lassen könnten. Hans erkundigte sich beim Versorgungsamt eingehend und erfuhr, es bestehe die Möglichkeit, an Stelle der Rente eine einmalige Abfindung zu beziehen. Es waren dazu aber allerhand

Voraussetzungen notwendig. Im allgemeinen sollten nur für Siedlungszwecke Abfindungen bezahlt werden. Auch für die Gründung eines selbständigen Gewerbes war die Abfindung möglich. In solchen Fällen mußten aber Garantien gegeben sein, daß der Abgefundene später dem Staat nicht zur Last falle.
Das war nun wieder ein wichtiges Problem, das Hans mit Gretl eingehend erörterte. Wenn er sich abfinden ließe, dann könnte er gleich den Auto-Wohnwagen bauen lassen. Dazu würde die Abfindung sicherlich reichen, und sie brauchten dann nicht jahrelang warten und sparen.
„Das wär fein", jubelte die Gretl, die den Auto-Wohnwagen schon im Geiste vor sich sah.
Sie sprachen nun eingehend darüber, wie der neue Wagen werden solle und wie ihn Gretl ausstatten würde.
Aber so einfach war das alles nicht. Das Versorgungsamt machte noch Schwierigkeiten. Schließlich gelang es aber doch, das Abfindungsverfahren einzuleiten.
Jetzt fuhr Hans nach Frankfurt am Main und suchte dort eine Autofabrik auf. Einem Ingenieur des Werkes, an den er gewiesen wurde, setzte er seinen Plan auseinander, sagte ihm genau, wie er seinen Auto-Wohnwagen sich denke und verlangte einen Kostenvoranschlag und eine Zeichnung, aus der zu ersehen sei, wie der Wagen aussehen würde. Aber da war noch ein Punkt. Man wollte wissen, ob Hans denn auch in der Lage wäre, einen solchen Wagen zu bezahlen. Sein Hinweis auf das eingeleitete Abfindungsverfahren für seine Kriegsrente beseitigte alle Bedenken und man erklärte sich bereit, ihm Zeichnung und Kostenvoranschlag nach Würzburg zu schicken. Mit dem Bau des Wagens könne man aber erst beginnen, wenn die Rentenabfindung genehmigt sei und Hans Sicherheit leisten könne. Mit diesem Bescheid fuhr er nach Würzburg zurück.
Als Hans die Gretl wiedertraf, erfuhr er von ihr, daß ihr Bruder Franz verwundet worden sei. Bei einem Fliegerangriff war ihm die linke Hand verletzt worden, er liege in Köln in einem Lazarett und habe von dort aus geschrieben.
„Is er schwer verwundet?", wollte Hans wissen.
„Das hat er nit g'schrieben."
„Wird scho nit so arg sein, Gretl. Ich will ihm schreiben, er soll schau'n, daß er nach Würzburg ins Lazarett kommt." Das tat denn Hans auch gleich.
Franz hatte Glück und kam nach Würzburg in ein Reservelazarett. Seine linke Hand sah bös aus. Vier Finger hatte er verloren, nur der

Daumen war noch da. Vater und Mutter Hein hatten ihn zuerst besucht und zu Hause der Gretl erzählt, wie es mit seiner Verwundung sei.

Am nächsten Besuchstag wollte Gretl ins Lazarett gehen. Sie sagte ihrer Mutter, daß sie mit Hans zusammen ihren Bruder aufsuchen wolle. Die Mutter solle doch dafür sorgen, daß der Vater nicht dazukomme. Das besorgte Mutter Hein dann auch, so daß Gretl und Hans ungestört mit Franz sprechen konnten.

Franz trug den Arm noch in der Binde, war aber fidel und munter wie immer.

„Dir ham sie ja einen Haxen abg'sägt", sagte er zu Hans. „Da hab ich scho mehr Glück g'habt. Vier Finger hat's mir weggerissen. Die Hand is aber sonst ganz leidlich in Ordnung."

„Wirst denn dein Beruf noch ausüben können?", fragte ihn Hans.

„Wird mich nit viel hindern, die Hand ohne Finger. Und dann, es gibt ja Teigknetmaschinen. Da kann man sich scho helfen. Und 's Brötleschleifen geht auch ohne Finger."

„Bist ja noch gut davongekommen. Mit mei'm Fuß geht's auch. Ich kann scho ganz gut laufen damit."

„Ich hab's ja immer g'sagt, mir passiert nit viel. Gute Ware hält sich", lachte er. Dann wandte er sich an seine Schwester: „No, Gretl, wie geht's denn dir?" Du sagst ja gar nix."

„Wir wolln bald heiraten."

„Da bin ich ja grad zurecht kommen. E Hochzeit mach ich gern mit. Aber, wie is denn mit'm Vatter? Hat der jetzt nix mehr dagegen?"

„Deswegen wollt'n wir grad mit dir reden, Franz. Die Mutter hat nix erreicht beim Vatter. Aber lang wolln wir nimmer warten, weil..."

Gretl wurde verlegen, fand nicht weiter und sah Hans hilfesuchend an. Der sprang ihr auch gleich bei.

„Weißt, Franz, die Gretl kriegt was Kleins, und da wär's halt doch besser, wenn wir bald heiraten könnten."

„Ja, freilich, Kindstauf vor der Hochzeit, das hat man nit gern. Weiß denn der Vatter was davon?"

„Dei Mutter hat's ihm g'sagt. Er will aber trotzdem nix vom Heiraten wissen."

Franz überlegte, wie es anzustellen wäre, die Zustimmung des Vaters zu erreichen. Leicht würde das sicher nicht sein. Wenn sich Kilian Hein einmal in etwas verbissen hatte, dann war's schwer, ihn umzustimmen. Franz versprach aber dann, bei nächster Gelegenheit mit dem Vater zu sprechen.

Hans erzählte von seinen großen Plänen, seinem Rentenabfindungs-

antrag, dem Auto-Wohnwagen, und daß er im Frühjahr mit der Gretl zusammen allein im Wohnwagen wäre, wenn sie heiraten könnten.
„Willst dir wohl gar einen fahrenden Palast bauen lassen? Da krieg ich ja ordentlich Lust, mitzumachen", scherzte Franz.
„Bleib du nur bei dei'm Sauerteig und schau jetzt zu, daß d' mit dei'm Vatter bald alles in Ordnung bringst wegen der Gretl und mir."
„Hast mir doch scho so oft g'holfen, Franz", fiel die Gretl ein. „Wird dir scho wieder was einfalln, daß d' den Vatter rumkriegst."
Sobald Franz Ausgang bekäme, wollte er mit dem Vater reden.
„Ich werd ihm scho zusetzen, bis er nachgibt", sagte er beim Abschied zuversichtlich. Und Gretl meinte auf dem Heimweg zu Hans: „Wenn sich der Franz was vornimmt, dann bringt er's auch fertig. Wirst sehen!"
Vom Versorgungsamt bekam Hans die Mitteilung, daß sein Rentenabfindungsantrag genehmigt sei. Er schrieb sofort nach Frankfurt an die Autofabrik, und bald darauf kamen Zeichnung und Kostenvoranschlag. Die Abfindung reichte aus, den neuen Wagen auf einmal zu bezahlen, und es blieb sogar noch etwas übrig. Damit sollte die Inneneinrichtung besorgt werden.
Die Geldangelegenheit mit der Frankfurter Fabrik war im Benehmen mit dem Versorgungsamt bald geregelt, und der Wagen wurde nun endgültig bestellt. Aber die Fabrik schob den Liefertermin hinaus, weil sie mit wichtigen und eiligen Militäraufträgen überhäuft war. Vor Dezember würde sie den Wagen kaum liefern können. Dagegen hatte Hans nichts einzuwenden, weil er ja doch erst Ende Feber wegfahren wollte. Er schrieb nur noch, daß die Maße, die auf der Zeichnung angegeben sind, genau eingehalten werden müßten, weil inzwischen auch die Inneneinrichtung bestellt würde, und dabei wolle er sich genauestens an die vorgesehenen Maße halten.
Franz hatte inzwischen nachmittags Ausgang bekommen und diese erste Gelegenheit benutzt, mit seinem Vater wegen Gretls Heiratsabsichten zu sprechen.
Vater Hein war durch die Verwundung seines Sohnes in eine sentimentale Stimmung gekommen. Das machte sich Franz zunutze. Er fiel gleich mit der Tür ins Haus und fragte, wann die Gretl denn jetzt Hochzeit mache.
„Weißt doch, Franz, daß ich von der Sach nix wissen will..."
„Damit is aber nit erledigt, daß du nix davon wissen willst, Vatter. Die Gretl heirat ja doch kein andern, und jetzt scho gar nimmer, wo's so mit ihr steht."

„Und da meinst, jetzt müßt ich ja sagen? Da kennst aber dein Vatter schlecht!"
„Ich kenn mein Vatter recht gut, und deswegen weiß ich auch, daß er sei Mädele nit ins Unglück jagt ..."
„Was willst denn damit sagen, Franz?" Kilian Hein wurde etwas unruhig.
„Wirst wohl selber wissen, was ich damit sagen will. Die Gretl will ihr'n Hans heiraten und wenn du's nit erlaubst, passiert e Unglück." Franz sagte das ganz ruhig. „Und weil ich das verhindern will, daß es soweit kommt, drum sag ich dir's rechtzeitig. Wenn was passiert, dann hast dir's selber zuzuschreib'n. Da hilft's dann nix, wenn d' nachher sagst: Hätt ich doch nachge'm! Weißt's ja, hintennach kommen die Reuerer."
Jetzt bekam's Kilian Hein doch langsam mit der Angst. Daß die Gretl aber auch so närrisch in den Hans verschossen is! Schließlich springt sie noch ins Wasser! Eine Zeitungsnachricht aus dem Generalanzeiger sieht er jetzt wieder ganz deutlich. Vor ein paar Wochen erst hatte er sie gelesen: „Selbstmord aus Liebeskummer." Sowas gibt's also wirklich. Nein, dahin wollte Kilian Hein seine Gretl nicht treiben. Er wendet sich wieder an Franz und ist ganz weich:
„Meinst denn, daß sie sich noch was antut?"
„Das kann ich mir an meine sechs Finger abzähl'n. Ich kenn doch die Gretl! Ohne dein' Will'n kann sie nit heiraten. Und wenn sie sieht, daß du nit ja sagst, dann weiß sie sich schließlich nimmer anders zu helfen."
„Ich kann doch dem Hans nicht nachlaufen und ihn schön bitten, daß er die Gretl heirat", polterte jetzt Kilian Hein ärgerlich.
„Das verlangt auch kei Mensch von dir, Vatter. Natürlich muß der Hans zu dir kommen und muß dir sagen, daß er die Gretl heiraten will."
„Er is aber noch nie dagewesen, hat sich überhaupt nit seh'n lassen."
„Ich glaub, er will nächstens emal kommen. Übrigens, der Hans hat jetzt einen Auto-Wohnwagen in Frankfurt bestellt. Da wird's die Gretl gar nit schlecht ham. Wird alles funkelnagelneu eingericht'."
„Das kost' doch en Haufen Geld!"
„Der Hans hat's aber dazu. Und alles wird bar bezahlt. Keine Schulden will er machen."
Kilian Hein konnte sich gar nicht denken, wo Hans Cornelius das viele Geld haben soll. Er gab's auch auf, eine Erklärung dafür zu finden. Von der Rentenabfindung wußte er ja nichts, und Franz hielt es auch nicht für nötig, etwas davon zu sagen.

Als Franz zur Tür hinaus ging, begegnete er im Hof der Gretl. Sie fragte ihn gleich, ob er schon mit dem Vatter g'sprochen hätte.
Aber Franz sagte nur: „Schön's Wetter is heut!" und wischte vorbei. Die Gretl schaute ihm ganz verdutzt nach. Was sollte denn das nur bedeuten? Aber sie wußte, Franz liebte Überraschungen, und ein guter Nothelfer war er immer gewesen, wenn sie in Druck war.
Franz war zum Tor hinaus und gleich hinüber in den Milchladen gegangen. Er wollte mit Hans Cornelius sprechen. In der Stube traf er ihn. Franz erzählte nun, daß er mit dem Vater gesprochen hätte und daß er auf seinen Besuch warte.
„Mußt halt emal nüber zu mei'm alten Brummbär. Aufessen wird er dich ja nit gleich. Ich hab ihm tüchtig eing'heizt, jetzt wird er wohl nimmer nein sagen, wenn d' ihn wegen der Gretl fragst."
„Wie du das so schnell fertig gebracht hast, weiß ich ja nit, Franz. Das is zu rund für mein' eckigen Kopf."
„Tu nur, was ich dir sag! Morgen mittag kommst nüber und red'st mit mei'm Vatter. Sagst ihm, du möchst die Gretl heiraten, und du wirst seh'n, es is alles in Butter. Nur eine Bedingung is dabei: Der Gretl darfst vorher kei Wort von dem sagen, was wir jetzt miteinander g'sprochen ham."
„Abgemacht!", sagte Hans. „Morgen mittag geh ich zu dei'm Vatter."
Am andern Tag, als die Gretl beim Abwasch in der Küche war, wurde sie von ihrem Vater in die Wohnstube gerufen. Der Hans war auch da. Jetzt wußte die Gretl gleich, daß Franz seine Hand im Spiel hatte.
„Gretl", sagte Kilian Hein, „der Hans Cornelius hat mich g'fragt, ob er dich zur Frau 'ham könnt. Und weil mei Teufelsmädle ja doch kein andern nimmt, hab ich g'sagt, daß mir's recht wär."
Jetzt geschah, was im Hause Hein schon lange lange nicht mehr geschehen war. Die Gretl fiel ihrem Vater um den Hals und küßte ihn.
„Bist doch e lieb's Vatterle!"
„Sei nit so närrisch", wehrte Kilian Hein die stürmische Liebkosung seiner Tochter ab. „Der Hans wart' scho lang drauf, daß er en Kuß kriegt."
Das ließ sich die Gretl nicht zweimal sagen. Und Hans bekam auch sein Teil.
Mutter Hein wurde aus dem Laden herein gerufen und mit der frohen Neuigkeit überrascht. Dann saßen die vier noch lange beisammen und sprachen über die Zukunftspläne, die Hans hatte.

\*

Ende August war Hochzeit. Im Haus bei Kilian Hein bekam das junge Paar ein Zimmer eingerichtet. Dort sollten Gretl und Hans wohnen, bis sie im nächsten Frühjahr in den Wohnwagen übersiedeln würden.
Hans lernte jetzt das Autofahren, damit er seinen Führerschein rechtzeitig bekommen könnte. Und Gretl hatte viel Arbeit mit Kinderwäsche und mit ihrer eigenen Wäsche, die sie von der Mutter für den jungen Ehestand bekommen hatte. Da mußten Monogramme eingestickt werden, zu manchen Wäschestücken hatte Gretl nur das Leinen bekommen, und man ging ans Zuschneiden und Nähen. Dann mußte noch die Einrichtung für den neuen Wohnwagen besorgt werden, der ja viel größer sein würde als der alte des Vater Cornelius. Die Einkäufe dazu besorgten Gretl und Hans gemeinsam, und sie machten ihnen viel Freude. Der alte Wagen sollte dann mit der gesamten Einrichtung verkauft werden.
Anfang Oktober mußte die Hebamme zur Gretl gerufen werden. Hans wurde von der Mutter Hein aus dem Haus geschickt. Das wär nichts für Mannsleut, sagte sie. Und Hans ging hinüber in den Milchladen, wußte aber nichts mit sich anzufangen. Er fand keine Ruhe. Aufgeregt stelzte er in der Stube hinterm Laden hin und her und wartete ungeduldig auf Nachricht aus dem Bäckerhaus. Mutter Hein hatte versprochen, ihn sofort zu rufen, wenn alles vorüber sei.
Von Zeit zu Zeit lief Hans vor die Ladentür auf die Straße hinaus und schaute nach dem Haus des Bäckermeisters Hein, ob noch nicht bald jemand käme. Dann ging er wieder in die Küche, sprach mit seiner Mutter und wollte alles mögliche wissen, wie das bei einer Geburt sei und wie lange das noch dauern könne.
Mutter Cornelius sagte ihm, er solle sich nur in die Stube setzen, so schnell gehe das nicht.
„Is nur gut, daß ihr Mannsleut die Kinder nit kriegt. Ihr stellt euch ja an, wie sonst was, und habt doch gar nix damit zu tun. Wie das wohl erst wäre, wenn ihr im Kindbett liegen müßt'. Jetzt geh nur wieder in die Stube und hab noch e bißle Geduld."
Hans ging wieder in die Stube hinüber, setzte sich, stand wieder auf und wanderte ruhelos hin und her. Auch das Hinausgehen auf die Straße und Ausschauhalten nach jemand, der Nachricht von drüben bringen würde, half ihm nicht über seine Unruhe hinweg, so oft er es auch wiederholen mochte. Das Warten wollte kein Ende nehmen.
Endlich kam Frau Hein herüber:
„Hans, jetzt kannst wieder zu deiner Gretl kommen!" rief sie in den Laden hinein.

„Is alles gut gangen? Is e Bub oder e Mädle?"
„E Bub is! Gsund und kugelrund. Und alles is glatt gangen", versicherte Mutter Hein, die ganz glückselig war.
Frau Cornelius wischte sich mit der Schürze über die Augen. Sie freute sich ja mit Hans, aber die Erinnerung an Lene stieg in ihr auf und der unglückliche Ausgang ihrer Niederkunft in Kitzingen.
So schnell es der künstliche Fuß erlaubte, lief Hans hinüber ins Bäckerhaus und in Gretls Zimmer. Sie lag im Bett und neben ihr in einem Korb, der auf zwei Stühlen stand, zappelte und schrie zwischen Tüchern und Kissen ein winziges Etwas, das rot wie ein Krebs aussah. Hans wußte vor freudiger Aufregung nicht, sollte er erst zur Gretl oder erst seinen Sohn betrachten. Dann beugte er sich über Gretl und küßte sie:
„Hast viel aushalten müssen, Gretl?"
„Es war nit so schlimm, Hans." Das Glück strahlte ihm aus ihren Augen entgegen.
Hans mußte die Gretl jetzt allein lassen. Sie brauche Ruhe, sagte die Mutter. So eine Geburt sei gar anstrengend, besonders, wenn's die erste ist.
Jetzt war Hans also Vater. Mächtig stolz war er auf seine neue Würde. Bis zum Frühjahr würde der kleine Bursche ja schon so weit sein, daß man ihn im Wohnwagen mitnehmen konnte, überlegte er.
Als Hans nach ein paar Stunden wieder bei der Gretl am Bett saß, fragte er sie, wie das Kind denn heißen solle.
„Weißt", sagte Gretl, „der Franz hat's doch fertig gebracht, daß der Vater sein' Eigensinn aufgeben hat. Wolln wir unser Büble zum Andenken dran nit Franz heißen?"
„Einverstanden!", erklärte Hans.
Der neue Erdenbürger hieß also Franz Cornelius, und Hans ging am nächsten Tag zum Standesamt und meldete die Geburt seines Sohnes an. So kam Franz Hein jetzt doch noch zur Würde eines Taufpaten.
Der kleine Franz hatte eine recht kräftige Stimme und erfüllte Tag und Nacht damit. Aber das störte Hans nicht weiter.
„Is ganz gut, wenn er sich beizeiten übt. Wenn er später emal Puppenspieler is, kann er e kräftige Stimm' brauchen."
„Wann kommt denn der neue Wagen?", fragte Gretl.
„Die Frankfurter ham g'schrieb'n, Mitte Dezember wär er fertig. Da ham wir noch Zeit genug zum Einrichten. Und Ende Feber fahren wir los, Gretl, Du, ich und unser Büble."

# Nachwort

An den Reichskanzler und Führer des Deutschen Reiches, Herrn Adolf Hitler, Berlin

Herr Reichskanzler!
Gestatten Sie mir, Ihnen nach der Lektüre des Buches Felix Fechenbach: „Der Puppenspieler" meinen herzlichen Dank zum Ausdruck zu bringen, daß Sie uns dieses hervorragende deutsche Volksbuch geschenkt haben. Es ist Ihr Geschenk, denn es ist unter Ihrer unumschränkten Herrschaft im Jahre 1933 von dem Verfasser im Amtsgerichtsgefängnis zu Detmold geschrieben, seine Abfassung und Absendung ist von Ihren Beauftragten genehmigt worden, und so verdankt sich der Umstand, daß es nun in Buchform zu erscheinen und viele Menschen erfreuen vermag, in erster Linie Ihnen.
Sie werden es daher verstehen, wenn sich einer aus der Reihe derer, die Fechenbach kannten und liebten, heute an dieser Stelle zum Wort meldet, um Ihr Verdienst am Gegenstand ins rechte Licht zu rücken. Das ist um so notwendiger, als dieses letzte Buch eines ausgezeichneten Mannes gar kein politisches ist, ja, man möchte sagen: kein einziges politisches Wort enthält, und auch so wie es ist, als ein echtes Volksbuch eben, herausgehen und wirken soll. Der Verfasser hat darin ein Stück eigenen Jugenderlebens und -träumens gestaltet, ein Stück unseres herrlichen deutschen Landes wird darin lebendig, lebendig werden prächtige Figuren darin, die man liebgewinnt, lebendig ist die Schilderung von Dorf und Stadt im Würzburgischen, wo Fechenbach aufwuchs, lebendig tritt dieser Puppenspieler vor uns hin als eine wirklich volkstümliche Gestalt aus der jüngsten Gegenwart – nur eben der Verfasser selbst ist tot. Ihn haben einige Leute, die das Kleid Ihrer Bewegung trugen, am 7. August 1933, wie Sie bekanntgeben ließen, „auf der Flucht erschossen". Pech genug, daß der Verfasser ausdrücklich vorher an Freunde geäußert hatte, er werde nie einen Fluchtversuch unternehmen: Er kannte solche Todesfälle aus seiner politischen Erfahrung.
Doch – ich greife vor. Ist, so wollte ich Ihnen in diesen Zeilen sagen, das vorliegende Buch ein so vollkommen unpolitisches, so fordert doch der Name des Autors, der auf dem Buche steht, die Erwähnung

noch eines anderen: nämlich des Ihren. Man täte Fechenbach, aber auch Ihnen unrecht, wenn man es verabsäumte, die Geschichte des Buches wenigstens durch einige solcher Zeilen anzudeuten. Schließlich hat nicht nur Fechenbach während der Haft ein Buch geschrieben.
Es liegt ein anderes vor mir, in dessen Vorwort folgendes geschrieben steht:
„Am 1. April 1924 hatte ich, auf Grund des Urteilsspruches des Münchener Volksgerichtes von diesem Tage, meine Festungshaft zu Landsberg am Lech anzutreten.
Damit bot sich mir nach Jahren ununterbrochener Arbeit zum ersten Male die Möglichkeit, an ein Werk heranzugehen, das von vielen gefordert und von mir selbst als zweckmäßig für die Bewegung empfunden wurde...
Ich hatte dabei auch die Gelegenheit, eine Darstellung meines eigenen Werdens zu geben, soweit dies zum Verständnis... nötig ist und zur Zerstörung der von der jüdischen Presse betriebenen üblen Legendenbildung über meine Person dienen kann."
So und noch anders heißt es in dem Vorwort jenes Buches, das vor mir liegt und das Sie, Herr Reichskanzler, zum Verfasser hat. So wie sie es nicht verabsäumten, den damaligen Behörden zu attestieren, daß es Ihnen dank der überhängten Haft nur möglich war, an ein Buch heranzugehen, das zu schreiben Ihnen am Herzen lag, und das Sie ohne diese Haft nicht hätten schreiben können, so soll auch dieses Buch hier nicht ohne ein solches Beiwort herausgehen. Denn auch Fechenbach hätte ohne die Haft nicht die Möglichkeit gehabt, an ein Werk heranzugehen, das ihm am Herzen lag. Auch er war infolge ununterbrochener Arbeit vorher daran gehindert, es zu schreiben.
Nur kann er das Nachwort, das diese Sachlage, um der historischen Gerechtigkeit zu genügen, feststellt, nicht mehr selbst verfassen, Ihre Beauftragten haben das verhindert.
Doch — es gibt Pflichten, die nicht verjähren. Sie, Herr Reichskanzler, vermieden es, im Vorwort Ihres Buches, die Regierung zu erwähnen, der Sie die Möglichkeit verdankten, in der Haft ein Buch zu schreiben. Vielleicht war Ihnen schon, indem Sie die Feder in der Hand hatten, um Ihr Vorwort niederzuschreiben, klar, daß Sie alles dazu tun würden, daß sowohl der Kanzler, der damals amtierte, wie auch seine Minister aus ihren Ämtern, aber auch aus Deutschland überhaupt entfernt, ihre Parteien zerstört, ihr Anhang mit Stumpf und Stiel aus allen Verwaltungs- und Staatsstellen vertrieben würden. Wiewohl es denkbar wäre, daß auch jetzt wieder Kräfte sich mit sol-

chen Gedanken befassen, wobei Sie, Herr Reichskanzler, diesmal das Objekt solcher Gedanken wären, soll doch die Dankespflicht nicht vernachlässigt werden.
Das um so weniger, als das vorliegende Buch gerade infolge der Verschiedenartigkeit der in Deutschland herrschenden Mächte eine ganz andere Wirkung ausstrahlen wird als das Ihre. Sie schrieben das Buch, das Ihrem Wesen und Wirken entsprach – er tat dasselbe. Sie schrieben „Mein Kampf" über das Ihre, er hätte es nennen können „Meine Freude". Als Sie Ihr Buch schrieben, regierte die Republik. Unterdessen hat Ihr Buch einige Wirkung entfalten können: Man muß sich nur in der Welt umsehen, um sie zu begreifen. Kaum ein Mensch noch ist aufzufinden, der an Frieden und Freude glaubt für die gegenwärtige Generation, die Länder starren in Waffen, Ihr Kampf – das wurde der Kampf aller gegen alle. Das Buch, das Fechenbach geschrieben hat, wird eine andere Wirkung haben: Es wird wenigstens in die Herzen seiner Leser Frieden und Freude einziehen lassen – und sei es, „dank" Ihrer Wirkung!, auch nur für Stunden.
Und dafür danke ich Ihnen, Herr Reichskanzler, und dieser Dank ist fern von aller Ironie. Unter Ihrer Herrschaft war es natürlich unmöglich, in der Haft auch nur ein politisches Wort niederzuschreiben. Ihrer treuen Sorge verdanken wir ja auch die herrlichen Briefe aus der Schutzhaft Felix Fechenbachs, die unter dem Titel: „Mein Herz schlägt weiter!" (im Kultur Verlag, St. Gallen) erschienen sind und glänzend beweisen, wie man von jeder Berührung mit der Politik ferngehalten wurde, wenn man unter Ihrer Protektion in Haft saß. Fechenbach mußte einfach dieses Buch schreiben, und wir wissen aus seinen Briefen, mit wieviel Freude er es schrieb. Wir wissen auch aus derselben Quelle, daß er noch einen weiteren Roman hatte schreiben und keineswegs fliehen wollen. Das tragische „Mißverständnis" Ihrer Untergebenen hat uns um dieses weitere Buch gebracht.
Als Fechenbach dieses Buch schrieb, regierten Sie. Niemand soll sagen, diese Regierung sei bar aller volkstümlichen freudebringenden Taten. Welcher Greuelmärchenverbreiter es auch behaupte: der „Puppenspieler" Felix Fechenbachs zeugt wider ihn.
Fechenbach hatte Ihr Buch gelesen. Er zog seine Konsequenzen daraus. Lesen Sie, Herr Reichskanzler, auch das seine und tun Sie desgleichen. Lernen Sie aus diesem Buche, daß man dem Volke Freude bringen kann, auch wenn man nur ein Puppenspieler ist, daß man aber nur Leid über die Welt bringt, wenn man lebende, fühlende Menschen wie Drahtpuppen behandelt, mit denen man schalten und walten kann nach Gutdünken, die sich bewegen müssen auf Befehl

und verstummen lassen müssen ihren Mund vor der Allmacht Ihres Befehles.
Vielleicht gewinnen Sie dann auch Interesse für diesen Autor, dessen Werk und Schicksal im „Felix-Fechenbach-Buch" (Eichen-Verlag, Arbon) nachzulesen ist. Dort werden Sie auch die nötigen Unterlagen fnden, um den Prozeß nachzuholen, den Sie gegen diejenigen einzuleiten versäumten, denen Fechenbach zum Opfer fiel. Tun Sie es, es ist ein guter Rat, die Welt macht sonderbare Sprünge – wie leicht kann einer selbst auf die Anklagebank geraten! Und glauben Sie ja nicht, daß es Wiederholungen gibt: Man schreibt nur ein Buch im Gefängnis, das nächste schreibt das Richtbeil der Geschichte.
In dieser Hoffnung, Herr, Reichskanzler, übersende ich Ihnen das Buch „Der Puppenspieler" von Felix Fechenbach und wünsche Ihnen viel Vergnügen bei der Lektüre. Möge auch Ihr Schlaf ein guter sein und verschont bleiben von den Erscheinungen derer, die wie unser unvergessener Freund in Ihrem Auftrag ohne Prozeß und ohne Urteil „auf der Flucht" ermordet wurden.

Zürich, im März 1937.

# Bildnachweis

Bayerisches Hauptstaatsarchiv München: 15

Lotti Fechenbach, Zürich: 23, 45 (Original-Titelbild der Ausgabe von 1937)

Walter Fechenbach, Highland Mills N.Y.: 29

Bernd Kreußer, Jutta Schmidt (Hobbit Puppen Bühne am Neunerplatz), Würzburg: 154

Main-Post-Archiv (Walter Röder): 34

Barbara Rott, Gerbrunn: 32, 39, 41

Stadtarchiv Rothenburg o.T.: 146

Stadtarchiv Würzburg: 47, 54, 63, 68, 79, 87, 97, 115, 130, 184, 203